T0200916

Benito Pérez Galdós (Las Palmas de Gran Canaria, 1843-Madrid, 1920) llegó a Madrid en 1862 para estudiar derecho. No tardó en introducirse en la vida cultural e intelectual de la ciudad y en relacionarse con los personajes más destacados de la época, como Leopoldo Alas «Clarín». En 1868 abandonó los estudios para dedicarse íntegramente a la escritura. Su primera novela, *La Fontana de Oro* (1870), escrita con apenas veinticinco años, anticipa el talento del que sería uno de los mayores narradores de nuestra literatura. Como autor, revolucionó la narrativa española incluyendo en sus obras expresiones populares para dar así más realismo al relato, ideas que aplicó también al género teatral. Al mismo tiempo, Galdós tuvo una prolífica carrera en el campo de la política, donde llegó a ser diputado en varias ocasiones por distintas circunscripciones. De su extensa obra cabe remarcar *Doña Perfecta* (1876), *Marianela* (1878), *La desheredada* (1881), *Tormento* (1884), *Fortunata y Jacinta* (1887), *Miau* (1888), *Misericordia* (1897) y los *Episodios nacionales* (1872-1912), una gran crónica de la España del siglo XIX, formada por cuarenta y seis episodios divididos en cinco series de diez novelas.

María Luisa Sotelo Vázquez es profesora de literatura española y directora del Departamento de filología hispánica, teoría de la literatura y comunicación en la Universidad de Barcelona. Entre sus líneas de investigación, destacan el análisis de las obras de Pérez Galdós, así como los estudios comparativos entre Tolstói y Clarín, y Flaubert y Emilia Pardo Bazán, a quien ha dedicado cuantiosos artículos y varias ediciones. En la literatura del siglo XX ha trabajado sobre Valle-Inclán, Miguel Delibes, Ana María Matute y Carmen Laforet, entre otros. Asimismo, es vicepresidenta primera de la Sociedad de Literatura Española del Siglo XIX.

BENITO PÉREZ GALDÓS

Marianela

Edición de
MARÍA LUISA SOTELO VÁZQUEZ

PENGUIN CLÁSICOS

Papel certificado por el Forest Stewardship Council®

Primera edición: noviembre de 2016
Sexta reimpresión: enero de 2024

PENGUIN, el logo de Penguin y la imagen comercial asociada son marcas registradas
de Penguin Books Limited y se utilizan bajo licencia.

© 2016, María Luisa Sotelo Vázquez, por la introducción y las notas
© 2016, Penguin Random House Grupo Editorial, S. A. U.
Travessera de Gràcia, 47-49. 08021 Barcelona
Diseño de la cubierta: Penguin Random House Grupo Editorial
Ilustración de la cubierta: © Elsa Suárez Girard

Printed in Spain – Impreso en España

ISBN: 978-84-9105-284-5
Depósito legal: B-19.671-2016

Compuesto en gama, s. l.

Impreso en Liberdúplex
Sant Llorenç d'Hortons (Barcelona)

PG 5 2 8 4 B

Índice

Marianela

Introducción

1. El contexto político-social de la época

El siglo XIX es un período fundamental en la formación europea, y Galdós, como Balzac o Dickens, se convierte en testigo excepcional de los cambios de esta época. Dos grandes corrientes literarias jalonan el siglo XIX: el Romanticismo en la primera mitad de la centuria y el Realismo-Naturalismo en la segunda, el cual se inicia en Francia a partir de la década de 1870, mientras que en España la aplicación de los principios de tal escuela, como veremos más adelante, sólo adquirirá carta de naturaleza a partir de 1880.

En cuanto al ámbito político-social, la segunda mitad del siglo XIX se caracteriza en Europa por un creciente proceso de industrialización del que se derivarán dos elementos definitorios del período: el auge de la clase burguesa, que consolida su poder e impone sus gustos en el arte, la literatura, la moda y las costumbres, y el progresivo desarrollo de los movimientos proletarios, que se van fortaleciendo tras la Revolución de 1848, el mismo año en que se publica *El manifiesto comunista* de Marx y Engels.

En el terreno filosófico se produce el desarrollo del positivismo de Comte, que, frente al idealismo, defendía la experiencia y los hechos comprobables como base del conocimiento. En paralelo a esta corriente filosófica, en las ciencias alcanza un gran prestigio el método experimental de la mano de Claude Bernard, autor de la *Introduction à l'étude de la médecine experimentale* (1859), y la teoría de la evolución de Darwin, recogida en *The Origin of Species* (1859) y *The Descent of Man* (1871), así como el descubrimiento de las leyes de la herencia de Mendel.

La literatura, como no podía ser de otra manera, se hará eco de todas estas transformaciones sociales, científicas y filosóficas a través de las dos grandes corrientes que caracterizan este período histórico, el Realismo y el Naturalismo, las cuales se desarrollarán fundamentalmente en la novela y en menor medida en el teatro.

La sociedad española de la segunda mitad del siglo XIX experimenta todos estos cambios sociales con cierto retraso y lentitud, debido, en parte, a la inestabilidad política que caracteriza toda la centuria con frecuentes cambios de gobierno, pronunciamientos militares, guerras, etc., y que no favorece un desarrollo organizado y fecundo ni en el aspecto político-social ni en el ámbito cultural.

Entre los sucesos destacables de esta época en que se inscribe la producción galdosiana (1870-1920), es preciso mencionar la Revolución de Septiembre del 68, llamada también «La Gloriosa», que supuso el ascenso de la burguesía al poder y la caída de Isabel II para dar paso al Sexenio revolucionario (1868-1874), el cual no consiguió consolidar un orden social estable. Fracasan tanto el efímero intento de una monarquía constitucional, encarnada en la figura de Amadeo de Saboya, como las esperanzas de cambio depositadas en la Primera República (1873). Ésta termina en 1874 con el golpe de Estado del general Pavía y, a finales de ese mismo año, el pronunciamiento de Martínez Campos favorecerá el retorno de Alfonso XII. La

Restauración monárquica dará pie a un sistema pacífico de partidos que se turnan en el poder: los conservadores —con Cánovas del Castillo al frente— y los liberales —liderados por Práxedes Mateo Sagasta—. Este sistema se sustentaba en una estructura oligárquica y caciquil, especialmente efectiva en los medios rurales, donde el cacique controlaba u orientaba el voto de los electores de su demarcación.

La cultura será el fiel reflejo de esta realidad político-social. De este modo, puede considerarse que los escritores se dividen en dos bandos. Por una parte, el de aquellos que representan el ala tradicionalista, conservadora y católica, reacia a los cambios sociales y a las innovaciones científicas que llegaban de Europa. Tal es el caso de personalidades como Jaime Balmes, Donoso Cortés y Marcelino Menéndez Pelayo; y también, en buena medida, de Pereda y el último Alarcón. Por otra parte, el de aquellos que simbolizan el pensamiento liberal influenciados por el krausismo, introducido en España por don Julián Sanz del Río y difundido por sus discípulos desde las cátedras universitarias. Entre estos últimos destaca la figura de Francisco Giner de los Ríos, fundador de la Institución Libre de Enseñanza, quien defendía una educación liberal, laica y europeísta basada en un compromiso ético y estético, y que ejercería una profunda influencia sobre los novelistas más importantes del período: Galdós y Clarín.

La novela realista hace de la observación y el estudio de la realidad cercana al escritor su tema fundamental. La descripción minuciosa se convierte en el arma esencial del novelista para reflejar tanto el aspecto social, la descripción del medioambiente y las costumbres, como el aspecto psicológico, el estudio de los caracteres de los personajes.

Junto a las obras de los grandes novelistas realistas europeos, entre las que destacan *Le rouge et le noir* (1830), de Stendhal, *Père Goriot* (1833) y *Eugénie Grandet* (1835), de Balzac, o *Madame Bovary* (1856), de Flaubert, en Francia; *Oliver Twist* (por entregas entre 1837 y 1839), de Dickens, en Inglaterra; y los grandes novelistas rusos como Dostoievski, con *Crimen y castigo* (1866), y Tolstói, con *Guerra y paz* (1869) y *Anna Karenina* (1877); debemos situar la fecunda obra narrativa de Galdós con títulos tan significativos para el desarrollo de la novela realista decimonónica como *Doña Perfecta* (1876), *Marianela* (1878), *La desheredada* (1881), *El amigo Manso* (1882), *Tormento* (1884), *Fortunata y Jacinta* (1887), *Miau* (1888), *Tristana* (1892) o *Misericordia* (1897), por citar sólo algunos de sus títulos más representativos.

Entre las obras mencionadas ya encontramos novelas que apuntan hacia la estética naturalista, cuyos principios formulará Émile Zola con *Le roman expérimental* (1880) y *Les romanciers naturalistes* (1881). La novela naturalista incorporará una mayor atención al aspecto fisiológico de los personajes y a la descripción de ambientes sórdidos o marginales, y tenderá a reflejar con más detalle los conflictos sociales. Zola será el pontífice de la nueva escuela con obras como *L'assommoir* (1877), *Nana* (1880), *Pot-Bouille* (1882) o *Germinal* (1885). Esta nueva corriente francesa encontrará en la novela realista española un campo especialmente abonado en la narrativa galdosiana de la segunda época, la de las llamadas «novelas contemporáneas», inaugurada con *La desheredada* (1881) y cerrada con *Fortunata y Jacinta* (1887). También se sumarán a la praxis naturalista Leopoldo Alas, Clarín, con sus artículos en *La Diana* (1882) y su obra ejemplar, *La Regenta* (1884-1885); y Emilia Pardo Bazán, quien se convertirá en una extraordinaria divulgadora de la nueva estética con sus artículos sobre el

Naturalismo en *La Época* (noviembre, 1882-abril, 1883) —recogidos en un libro con prólogo de Clarín bajo el título de *La cuestión palpitante* (1883)— e incurrirá en la ficción narrativa con *Los Pazos de Ulloa* (1886) y *La madre Naturaleza* (1887), entre otros. Ahora bien, conviene precisar que la praxis naturalista en España será siempre heterodoxa y flexible, ya que nuestros escritores no comparten de un modo absoluto el determinismo filosófico de dicha escuela, la cual condicionaba la conducta de los personajes desde las leyes de la herencia biológica y el determinismo del medio.

2. Vida y obra de Benito Pérez Galdós

Benito Pérez Galdós nació en Las Palmas de Gran Canaria en 1843. Era el menor de nueve hermanos de una familia de clase media con ascendencia vasca por parte de madre. Desde su infancia, transcurrida en la isla, el escritor manifiesta un carácter muy observador y reservado y una imaginación muy viva, además de mostrar una gran afición a la lectura y a las demás artes; por ejemplo, aprende a tocar el piano —en sus primeros años madrileños ejercerá la crítica musical— y dibuja con gran destreza —unos dibujos que pueden considerarse verdaderos esbozos costumbristas—. Sus primeras composiciones poéticas datan de cuando el autor contaba apenas siete años.

Durante su adolescencia, Pérez Galdós solía escribir versos imitando a Calderón y cuentos que parafraseaban con gran habilidad el estilo de Cervantes y las aventuras de don Quijote, que fue a lo largo de toda su vida una continuada fuente de inspiración. Sus biógrafos aseguran que llegaba a memorizar capítulos enteros de la novela cervantina y Montesinos añade que Cervantes le había educado la mirada. Su primer amor fue su prima Sisita, y su madre, alarmada, decidió mandarlo a Madrid para poner fin a esta relación y con la finalidad de que iniciase los estudios universitarios.

Es así como a los dieciocho años Galdós se traslada a Madrid para estudiar derecho. Carente de vocación, el joven falta a menudo a las aulas universitarias, donde, sin embargo, entra en contacto con algunos de los profesores krausistas como Fernando de Castro, por quien sintió verdadera veneración, tal como se deduce del espléndido retrato que le dedica en «Galería de figuras de cera», *La Nación* (16 de febrero de 1868). Pérez Galdós decide abandonar la carrera de derecho para dedicarse al periodismo y, sobre todo, a pasear y a observar la bulliciosa vida de Madrid: las tertulias del Ateneo, donde el krausismo era la ideología dominante; los teatros y los cafés, que se convirtieron en centros desde los que contemplar el curso imparable de la vida ciudadana; la multiplicidad de personajes, las calles y el comercio madrileño; los bajos fondos, y tantas otras cuestiones que nutrirán sus novelas y, en los primeros tiempos, las amenas crónicas que publica en revistas de la capital. Un buen testimonio de estos años nos lo suministra el propio autor en sus *Memorias*:

Entré en la Universidad, donde me distinguí por los frecuentes novillos que hacía, como he referido en otro lugar. Escapándome de las cátedras, ganduleaba por las calles, plazas y callejuelas, gozando en observar la vida bulliciosa de esta ingente y abigarrada capital. Mi vocación literaria se iniciaba con el prurito dramático, y si mis días se me iban en «flanear» por las calles, invertía parte de las noches en emborronar dramas y comedias.

Frecuentaba el Teatro Real y un café de la Puerta del Sol, donde se reunía buen golpe de mis paisanos.[1]

En 1865, Galdós presencia los sucesos de la Noche de San Daniel y empieza su tarea como periodista colaborando en *La Nación* y la *Revista del Movimiento Intelectual de Europa*. Al año siguiente, es testigo del fusilamiento de los sargentos del cuartel de San Gil, hechos que iban a dejar una honda huella en su personalidad y en sus obras.

Viaja por primera vez a París en 1867, donde, paseando por los muelles del Sena, tal como refiere en las mencionadas *Memorias*, descubre a Balzac. Concretamente, adquiere y devora de un tirón *Eugénie Grandet* y, a partir de entonces, lee con suma atención todos los volúmenes de *La comédie humaine*. En 1868 reanuda sus colaboraciones en *La Nación* y traduce *The Pickwick Papers*, de Dickens. Viaja de nuevo a París y de regreso hace escala en Barcelona, ciudad en la que conoce la noticia de la Revolución del 68, La Gloriosa.

En la década de 1870 Galdós emprende un programa realista y regeneracionista, cuyos postulados expresa en «Observaciones sobre la novela contemporánea en España», texto fundamental que debe ser considerado el manifiesto del Realismo español. En él, censura el estado de la novela española contaminada por el folletín francés, que había llegado a corromper el gusto del público, y reivindica una novela enraizada en la tradición española; esto es, que se nutriera de la picaresca, de Cervantes y del costumbrismo romántico, y que fuera capaz de reflejar con fidelidad la realidad contemporánea al novelista: «[...] la novela de

---

[1] Benito Pérez Galdós, *Memorias de un desmemoriado*, *Obras Completas*, t. III, Madrid, Aguilar, 1980, p. 1430b.

verdad y de caracteres, espejo fiel de la sociedad en que vivimos». Novela que, además, debía ocuparse de la clase media, la incipiente burguesía, materia y destinataria de la misma, pues categóricamente afirma que la clase media, «la más olvidada por nuestros novelistas, es el gran modelo, la fuente inagotable» de la «moderna novela de costumbres».[2] En resumen, Galdós estaba postulando una novela realista, española y contemporánea, que reflejara los vicios y virtudes de la clase media, especialmente el problema religioso y el problema social y familiar del adulterio, tan presente en las novelas decimonónicas.

En este primer período, el autor se consagra a las novelas de tesis y a la escritura de la primera serie de *Episodios nacionales*, conjunto de novelas en las que Galdós se distancia de la novela histórica romántica para narrar sucesos del pasado reciente cuya lectura ayude a comprender mejor las claves del presente. Concretamente, esa primera serie aborda desde los sucesos en torno a la guerra de la Independencia hasta la derrota del ejército francés en la batalla de los Arapiles. En el aspecto ficcional, esta etapa se inaugura con *La Fontana de Oro* (1870), narración histórica situada en el Trienio Liberal a la que sigue una serie de novelas de tesis —o «tendenciosas», como las llamó Clarín—: *Doña Perfecta* (1876), *Gloria* (1877) y *La familia de León Roch* (1878). En todas ellas, a través de personajes arquetípicos se critica la intolerancia y el fanatismo de la sociedad española. El autor presenta una realidad maniquea mediante dos mundos enfrentados: el tradicionalista, dominado por una religiosidad intransigente y sectaria de la que

---

[2] Benito Pérez Galdós, «Observaciones de la novela contemporánea en España», en Laureano Bonet, ed., *Ensayos de crítica literaria*, Barcelona, Península, 1972, p. 120.

son exponentes personajes como Doña Perfecta, y el mundo liberal, tolerante y progresista, representado por Pepe Rey, joven ingeniero enfrentado al ambiente provinciano y asfixiante de Orbajosa, lugar ficticio donde transcurre la acción. Lo mismo podría decirse de Gloria y Morton, o de María Egipciaca y León Roch en las novelas homónimas. A este mismo período pertenece *Marianela* (1878), quizá la más distinta de estas novelas fuertemente marcadas por la ideología del autor; una dramática historia con abundantes resabios románticos y folletinescos. Todas estas novelas están muy influenciadas por la filosofía krausista a la que Galdós llegó, como hemos dicho, a través de sus maestros y del ambiente del Ateneo, de la lectura de *Ideal de la humanidad para la vida* de Krause —adaptado por Julián Sanz del Río— y de *La minuta de un testamento* de Gumersindo de Azcárate, cuya impronta es muy evidente en *La familia de León Roch*. Por consiguiente, las ideas krausistas se observan en esta etapa de su producción en la apuesta por la educación como método de progreso y transformación del individuo y de la sociedad.

Sin embargo, Galdós, consciente de que la estructura, el contenido maniqueo y los personajes convertidos en auténticos arquetipos de las novelas de tesis eran un callejón sin salida, evoluciona hacia una segunda manera, que denomina «novelas contemporáneas», claramente influidas por el Naturalismo francés. Así, a partir de la década de 1880, abandona de forma progresiva el afán adoctrinador para mostrar al lector la realidad de la forma más objetiva posible y dejar que sea él mismo quien juzgue y saque sus propias conclusiones. Esta etapa abarca desde *La desheredada* (1881) a *Torquemada en la hoguera* (1889). Entre ambas, Galdós publica *El amigo Manso* (1882), *El doctor Centeno* (1883), *Tormento* (1884), *La de Bringas* (1884),

Lo prohibido (1885) y su obra maestra, *Fortunata y Jacinta* (1887), la cual supone una inflexión espiritualista que se irá acentuando en obras posteriores como *Miau* (1888). En todas ellas alienta un hondo sentido moral frente a las corruptelas sociales y políticas y la ausencia de una auténtica caridad cristiana. En torno a estos años se inicia el romance con Emilia Pardo Bazán, del que da cuenta una abundante correspondencia en la que no sólo se evidencia su apasionada relación sentimental, sino también un vínculo intelectual muy fecundo en momentos de gestación y escritura de algunas de las novelas más importantes de ambos. El idilio se rompe tras la visita de la escritora a la Exposición Universal de Barcelona, a la que también acude Galdós como diputado del Partido Liberal, y el breve romance de la autora con Lázaro Galdiano en 1888. Al autor de *Marianela* asimismo se le relacionó sentimentalmente con Concha Morell y con Lorenza Cobián, con quien en 1891 tuvo una hija, María, a la que Galdós reconoció y ayudó, aunque siempre permaneció soltero.

A esta agitada vida sentimental hay que añadir otra nueva faceta en la vida del escritor, su actividad política, la cual le llevó a vincularse al Partido Liberal entre 1886 y 1891 y a ingresar en 1906 en el Partido Republicano, del que participó muy activamente en los mítines durante los primeros tiempos y fue elegido diputado en tres ocasiones. Sin embargo, con el paso del tiempo su desconfianza de la política se fue acentuando hasta apartarse por completo de la actividad parlamentaria. Galdós, como los krausistas, creía que la única regeneración profunda de la sociedad empezaba forzosamente por la regeneración interior del hombre a través de la educación.

En los años noventa, agotado el Naturalismo, Galdós sigue innovando de acuerdo con las tendencias europeas de creciente espiritualidad. Sin abandonar su interés por la realidad, el autor atiende cada vez con más intensidad a problemas de orden moral y espiritual en obras como *Ángel Guerra* (1890), *Tristana* (1892), *Nazarín y Halma* (1895), y *Misericordia* (1897), protagonizada por la inolvidable Benina, la criada que pasa auténticas privaciones para ayudar a sus amos.

Galdós fue fundamentalmente novelista, aunque su tarea como dramaturgo sea también digna de estudio. A pesar de que sus obras dramáticas de juventud no lograron el aplauso del público, en la década de 1890 vuelve a la escena adaptando algunas de sus novelas como *Realidad* (1892) y el episodio nacional *Gerona* (1893), para pasar poco después a escribir directamente para el teatro obras como *El abuelo* (1904), en la que cuestiona sin tapujos la nobleza de sangre, y *Casandra* (1909), exponente de su anticlericalismo radical. Así pues, desde la escena el autor combatía los privilegios de las dos clases sociales que a su juicio eran las responsables del atraso social de España, la nobleza y el clero. En este contexto, el estreno de *Electra* el 30 de enero de 1901 fue un verdadero acontecimiento y originó una extraordinaria conmoción social, acompañada de manifestaciones y altercados en toda España, de los que se hicieron eco algunos jóvenes autores como Valle-Inclán y Baroja.

En los últimos años de su vida, Galdós regresa a la novela, pero alejándose de la observación directa de la realidad y recurriendo frecuentemente al mito, al símbolo y a la alegoría con títulos en los que es muy evidente la huella cervantina, tales como *El caballero encantado* (1909) y *La razón de la sinrazón* (1915).

A pesar de sus extraordinarios méritos como novelista, sin duda el más importante de su tiempo, capaz de reflejar todo el panorama de la sociedad contemporánea como habían hecho Balzac y Zola en Francia, Galdós no fue elegido miembro de la Real Academia de la Lengua hasta 1894, para cuyo ingreso en 1897 leyó el discurso titulado «La sociedad presente como materia novelable» y contestado por Menéndez Pelayo. Menos suerte tuvo con su candidatura al Premio Nobel en 1905, boicoteada por sus enemigos políticos precisamente por su ideología liberal y republicana y, sobre todo, después del escándalo que supuso el estreno de *Electra*.

Los últimos años de su vida, a pesar de haber conseguido vivir de su trabajo como novelista, son muy tristes para el autor de *Marianela*. Galdós se queda ciego y sufre serias dificultades económicas a causa de su agitada vida sentimental y su proverbial generosidad para con los más desvalidos de la sociedad; situación que describe muy bien Pérez de Ayala en este magnífico retrato:

En una ocasión don Gabino Pérez, su editor, le quiso comprar en firme sus derechos literarios de las dos primeras series de los *Episodios nacionales* por quinientas mil pesetas, una fortuna entonces. Don Benito replicó: «Don Gabino, ¿vendería usted un hijo?». Y, sin embargo, don Benito no sólo no disponía jamás de un cuarto, sino que había contraído deudas enormes. Las flaquezas con el pecado del amor son pesadas gabelas. Pero éste no era el único agujero por donde el diablo le llevaba los caudales, sino, además, su dadivosidad irrefrenable, de que luego hablaré. En sus apuros perennes acudía, como tantas otras víctimas, al usurero. Era cliente y vaca lechera de todos los usureros y usureras matritenses, a quienes, como se supone, había estudiado y cabalmente conocía en la propia salsa y medio típico, con todas sus tretas y sórdida voracidad. ¡Qué admirable cáncer social para un novelista! (Léase su *Fortunata y Jacinta* y la serie de los Torquemadas.) Cuando uno de los untuosos y quejumbrosos prestamistas le presentaba a la firma uno de los recibos diabólicos en que una entrega en mano de cinco mil pesetas se convierte, por arte de encantamiento, con carácter de documento ejecutivo o pagaré al plazo de un año, en una deuda imaginaria de cincuenta mil pesetas, don Benito tapaba con la mano izquierda el texto, si querer leerlo, y firmaba resignadamente. Los intereses de la deuda ficticia así contraídos le llevaban casi todo lo que don Benito debía recibir por liquidaciones mensuales de la venta de sus libros. Muy pocos años antes de la muerte de don Benito, un periodista averiguó su precaria situación económica y la hizo pública, con que se suscitó un movimiento general de vergüenza, simpatía y piedad [...]. A principios de mes acudían a la casa de don Benito, o bien le acechaban en las acostumbradas calles, atajándole al paso, copiosa y pintoresca colección de pobres gentes, dejadas de la mano de Dios; pertenecían a ambos sexos y las más diversas edades, muchos de ellos de semblante y guisa asaz sospechosos; todos, de vida calamitosa, ya en lo físico, ya en lo moral, personajes cuyas cuitas no dejaba de escuchar evangélicamente [...]. Don Benito se llevaba sin cesar la mano izquierda al bolsillo interno de la chaqueta, sacaba esos papelitos mágicos denominados billetes de banco, que para él no tenían valor ninguno sino para ese único fin, y los iba aventando.[3]

[3] Ramón Pérez de Ayala, «Más sobre Galdós», *Divagaciones literarias,* Madrid, Biblioteca Nueva, 1958, pp. 162-163.

Benito Pérez Galdós fallece el 4 de enero de 1920. Las crónicas de la época hablan de un entierro muy concurrido, sobre todo entre las gentes del pueblo de Madrid, que perdían sin duda al mejor cronista de la ciudad, el que más y mejor había sabido retratar a sus personajes y tomar el pulso de la vida cotidiana. Poco antes de su muerte, Galdós fue inmortalizado con la escultura de Victorio Macho instalada en el Retiro madrileño.

3. MARIANELA

3.1. PROCESO DE ESCRITURA, INTERPRETACIONES Y ADAPTACIONES

Marianela es una de las novelas con más éxito de público y con un número considerable de ediciones y de artículos consagrados por la crítica más solvente: desde Clarín y Revilla, en su tiempo, a los trabajos ya clásicos de Gilman, Casalduero, Cardona, Montesinos, Correa, Blanquat, y los más recientes de Scanlon, Méndez-Faith o Marie A. Wellington, por citar sólo algunos de los estudios más específicamente dedicados a dicha novela. Además, sabemos que la novela llamó la atención de Oscar Wilde, que saludó a Galdós en uno de sus viajes a París como el autor de *Marianela*.

La novela fue llevada al teatro en 1916 en adaptación de los hermanos Quintero, con Margarita Xirgu en el papel protagonista, acontecimiento que emocionó a Galdós, ya casi ciego, quien en plena representación tendió los brazos a la actriz llamándola repetidas veces: «¡Nela, Nela!». También ha sido objeto de dos versiones cinematográficas. La primera de ellas, dirigida por Benito Perojo en 1940 y con Mary Carrillo en el papel de Nela y Julio Peña en el de Pablo, fue premiada en el Festival de Venecia de 1941. En 1972 aparece una nueva versión cinematográfica, esta vez dirigida por Angelino Fons y con José Suárez en el papel de Teodoro Golfín y Rocío Dúrcal en el de Marianela.

Sin embargo, esta novela de notable éxito y una de las preferidas de su autor «hubo de escribirse a la diabla y ello explica su extraña índole», tal como argumenta el profesor Montesinos,[4] pues Galdós terminó *Gloria* en mayo de 1877 y en enero de 1878 publicaba *Marianela*, lo que evidencia que fue escrita en muy poco tiempo y que no mantiene suficiente cohesión con las restantes novelas de esta etapa. Es decir, es evidente que se da una estrecha coherencia temática e ideológica entre tres de las llamadas novelas de tesis: *Doña Perfecta*, *Gloria* y *La familia de León Roch*, tal como demostró María Pilar Aparisi en *Las novelas de tesis de Benito Pérez Galdós* (1982); una coherencia ideológica de la que participa sólo en parte *Marianela*, mezcla de idilio romántico de raíz folletinesca y de novela social en la que el autor no oculta alguna de las fuentes inspiradoras ya señaladas por la crítica de su tiempo; por ejemplo, la influencia de la lectura de *Wilhelm Meisters Lehrjahre* de Goethe, del que sabemos tenía un ejemplar anotado en su biblioteca.[5] A esta influencia se podría añadir la del Victor Hugo no sólo de *Notre-Dame de Paris*, sino también el de *Les misérables*.

Las coincidencias entre la Mignon goethiana, señaladas en el momento de la publicación de la novela por el buen

---

[4] José F. Montesinos, *Galdós*, t. I, Madrid, Castalia, 1980, p. 235.
[5] Según Mlle. Blanquat, Galdós leyó *Wilhelm Meisters Lehrjahre* en la «traduction complète et nouvelle par M. Théophile Gautier Fils», París, Charpentier, 1861, 2 vols. Cf. «¿Galdós, humanista?», *Actas del primer congreso internacional de estudios galdosianos*, 1977.

instinto crítico de Clarín y también poco después por don Manuel de la Revilla, radican en la habilidad y sensibilidad de las dos mujeres para el cante y, sobre todo, en la muerte romántica de ambas protagonistas, una de esas muertes que en realidad no se deben a enfermedad física alguna, sino a la nostalgia, la tristeza y los celos al ver que sus amos se interesan por otra mujer. Así lo demostró el hábil cotejo entre ambas obras llevado a cabo por Montesinos, quien, sin embargo, relativiza dicha influencia al sostener que la obra de Goethe fue en esencia «una sugestión y Galdós planeó su novela libérrimamente».[6]

La novela ha sido objeto de otras múltiples interpretaciones que, no obstante, no agotan sus posibilidades de lectura. Desde el punto de vista filosófico, se ha interpretado tanto desde el idealismo platónico como desde el positivismo comtiano, tal como ha desarrollado Casalduero.[7] El eminente galdosista, apoyándose en la teoría de Augusto Comte de las tres edades en la vida del hombre, considera a Marianela representante de la edad teológica, a Pablo de la edad metafísica y a Teodoro Golfín de la edad positiva o científica.

Lo cierto es que ambas tendencias, el platonismo y el positivismo, están presentes en la novela y encarnadas en la visión del mundo que tienen sus principales protagonistas. Así, Pablo, el joven ciego, identifica a la manera platónica bondad y belleza y, por ello, es incapaz de pensar que la bondadosa y sensible Marianela no se corresponda con la bella mujer que él imagina. En contraposición, el positivismo y la fe en la ciencia, tan en boga en el último tercio

---

[6] José F. Montesinos, *op. cit.*, p. 238.

[7] Joaquín Casalduero, «Auguste Comte y Marianela», *Vida y obra de Galdós (1843-1920)*, Madrid, Gredos, 1970, pp. 204-221.

del siglo XIX, se verán encarnados en las ideas y en la praxis del médico Teodoro Golfín, el encargado de devolver la vista a Pablo y de destruir, de este modo, el hechizo del idilio romántico entre éste y Marianela. En este caso, la ciencia soluciona el grave problema de la ceguera de Pablo, pero es al mismo tiempo el desencadenante de la tragedia final, pues cuando éste recobra la vista comprueba que la bondad no necesariamente va unida a la belleza, tal como él suponía en su idealizada Marianela.

También la novela ha suscitado el interés de la crítica desde la perspectiva religiosa. Por un lado, el paganismo de Marianela, ser noble y auténtico que vive una especie de panteísmo pagano en contacto con la naturaleza a la vez que siente una profunda devoción por la Virgen, es un aspecto destacable de la psicología primaria y sin formación de la protagonista. Por otro, la falsa caridad va a ser objeto de una severa crítica por parte del novelista. Ésta se encarna en la conducta de la Señana, matriarca de la «familia de piedra» que da cobijo en su casa a la desvalida Marianela pero sin mostrarle ningún afecto, y en la de Sofía, esposa del ingeniero de las minas y cuñada del médico Golfín que, hipócritamente, sostiene que practicar la caridad cristiana consiste en organizar rifas y corridas de toros en beneficio de los más necesitados cuando, en el fondo, le preocupa más la salud de su perro que la de la pobre Marianela, ser desvalido, abandonado y menospreciado por todos, incluso por ella misma,[8] ya que repite insistentemente que no sirve para nada.

Un sector de la crítica ha leído la novela como una excepción a la premisa de la observación rigurosa del Realis-

---

[8] Cf. Méndez-Faith, «Del sentimiento caritativo en *Marianela* y *Misericordia*», *Bulletin Hispanique*, LXXXIV (1982), pp. 420-433.

mo galdosiano, pues, como asegura Montesinos, se trata de una historia totalmente «inventada» y deudora de las lecturas del autor mencionadas más arriba y, sobre todo, del folletín romántico, que fue pasto de lectura de muchos de nuestros autores del siglo XIX e incluso de comienzos del XX, tal como confesaba Baroja al considerarlo el «fondo sentimental del escritor» de su tiempo. Galdós retoma en esta novela un motivo folclórico muy del gusto romántico, el de un alma sencilla y bondadosa encerrada en un cuerpo feo y deforme. El mismo tema lo encontramos encarnado en el personaje del jorobado de *Notre-Dame de Paris*. Y, junto a esos resabios románticos, el argumento y la protagonista de *Marianela* son deudores de las novelas de folletín que Galdós había criticado abiertamente en «Observaciones sobre la novela contemporánea en España» (1870), en cuanto que responsables de la corrupción del gusto del público. Sin duda, él había leído con avidez folletines como tantos otros autores de su época y, por ello, podía escribir con pleno conocimiento de causa: «[...] la sustitución de la novela nacional de pura observación, por esa otra convencional y sin carácter, género que cultiva cualquier peste nacida en Francia y que se ha difundido con la pasmosa rapidez de todos los males contagiosos».[9] La lectura de folletines no sólo contaminó el argumento de esta novela, sino principalmente también el de *La desheredada*, cuya protagonista se intoxica de novela folletinesca como don Quijote de libros de caballería.

Por último, otro sector de la crítica, conocedora de la importancia que va a ir adquiriendo el problema social en

---

[9] Benito Pérez Galdós, «Observaciones sobre la novela contemporánea en España», *op. cit.*, p. 116.

la narrativa galdosiana, señala en esta obra algunos aspectos que pueden considerarse ya antecedentes de los desarrollados posteriormente. Me refiero a la descripción realista del trabajo en las minas, incluyendo las referencias al trabajo infantil; a las condiciones de vida miserables de la «familia de piedra», en la que vive refugiada la pobre Marianela desde que se quedó huérfana, frente a la situación acomodada del ingeniero de las minas y de los terratenientes de la zona. Este aspecto, no suficientemente desarrollado en esta novela, apunta a la creciente preocupación del autor por las cuestiones sociales que se evidenciará en las novelas contemporáneas, en especial en *La desheredada* y en *Fortunata y Jacinta*.

Y, ligado a todos estos temas, cobra importancia una cuestión quizá no lo suficientemente atendida por la crítica: el problema de la educación reflejado en el analfabetismo de la pobre Marianela y en el interés de Celipín (personaje que recuperará y desarrollará Galdós en *El doctor Centeno*), quien no se resigna a su miserable vida en las minas y aspira a formarse para llegar a ser médico. En consecuencia, la educación como vía de regeneración individual para conseguir una verdadera transformación social, tal como postulaban los krausistas, vertebra una de las posibles interpretaciones de esta obra, tan distinta al resto de sus novelas de tesis. La novela gustó mucho a Leopoldo Alas precisamente porque este aparente idilio entre un joven ciego de familia acomodada y su lazarillo, la desafortunada Marianela, fea y contrahecha pero de alma sensible y bondadosa, encierra muchos valores morales que, para el crítico más lúcido del XIX, tenían que ver con una idea para él muy querida y reivindicada en su literatura: la del «auténtico cristianismo», aquello que está en su esencia inmortal.

Lo cierto es que en *Marianela* estamos ante un Galdós con muchos resabios románticos que, todavía, como señala Montesinos, no ha asimilado bien la lección de Cervantes, y, por ello, la lectura de la novela resulta muy atractiva pero a la vez no lo suficientemente apoyada en la realidad, el terreno en que se desenvuelve mejor el autor. El propio Galdós, en el prologuillo a *La sombra*, novela publicada en la *Revista de España* en 1871, defendía su inclinación hacia la literatura realista y pedía al público que fuese indulgente con sus escarceos de literatura romántica y fantástica:

> Se empeña uno a veces, por cansancio o por capricho, en apartar los ojos de las cosas visibles y reales, y no hay manera de remontar el vuelo por grande que sea el esfuerzo de nuestras menguadas alas. El pícaro natural tira y sujeta desde abajo... y cuando uno cree que se ha empinado bastante y puede mirar de cerca las estrellas, éstas, siempre distantes, siempre inaccesibles, le gritan desde arriba: *Zapatero, a tus zapatos.*[10]

Realmente, en el aspecto en que Galdós se manifiesta como un novelista con gran potencial no es tanto en el simbólico como en la construcción de un personaje inolvidable, Marianela. La historia es sencilla y trágica pero la protagonista es una criatura nacida para sufrir, personaje que Galdós fue capaz de describir con sumo detalle, aunque a veces se alejara de la realidad, como vio don Manuel de la Revilla al criticar el habla excesivamente culta de la protagonista e impropia de una joven de su escasa formación cultural; defecto, por otra parte, en el que muy pocas

[10] Benito Pérez Galdós, prólogo a *La sombra*, Madrid, Hernando, 1909, pp. 3-4.

veces cae Galdós, siempre atento a que los personajes hablen de acuerdo con su formación y su estatus social.

3.2. Género e influencias

Galdós transformó el panorama narrativo de su época a través de las novelas escritas en diferentes etapas con características bien definidas siempre sobre la base del Realismo. Sin embargo, algunas de sus novelas no encajan del todo en las premisas generales del período al que pertenecen. Ya en su tiempo, Mesonero Romanos distinguía *Marianela* de las demás novelas de tesis en una carta fechada el 19 de enero de 1879 en la que, tras acusar recibo de *La familia de León Roch*, advertía a Galdós que en lo referente «al delicado punto de la religión y del culto no quisiera verle a Vd. tan encariñado con este objetivo; más me encanta cuando, prescindiendo de él y ateniéndose sólo a la naturaleza como en *Marianela*, nos regala con un idilio de amor, de sencillez y de ternura».[11] Téngase en cuenta que *Marianela* se publicó inmediatamente después de *Gloria*, una de las novelas de tesis donde el conflicto religioso está más presente al vertebrar la acción de la obra.

Y es que, *Marianela*, aunque pertenece al período de las novelas de tesis, presenta rasgos claramente diferenciados. Por ello ha sido clasificada por la crítica como una novela de transición hacia la segunda manera de novelar de Galdós, la inaugurada con *La desheredada* en 1881. La novela debe ser considerada un idilio romántico con muchos elementos de factura folletinesca y, a su vez, con otra serie

[11] Soledad Ortega, ed., *Cartas a Galdós*, Madrid, Revista de Occidente, 1964, p. 30.

de rasgos nada desdeñables que preludian el determinismo fisiológico fundamental en las novelas del período naturalista; todo ello sin renunciar al idealismo que se nutre de la influencia krausista, especialmente evidente en esta primera etapa galdosiana.

Cuando hablamos de *Marianela* como novela-idilio es necesario precisar que no se trata de un idilio empalagoso, sentimental y dulzón a la manera de la *Graziella* de Lamartine o de la *María* de Jorge Isaacs, ya que éstas son heroínas bellas de cuerpo y alma. El caso de la protagonista galdosiana no es tal. Por lo tanto, esta novela es un idilio más bien áspero y con un final doloroso y triste, en el que ni siquiera es posible una catarsis.

3.3. Las voces narrativas en la construcción del personaje de Marianela

Marianela es, sobre todo, una novela de personaje. La personalidad de la protagonista se nos revela esencialmente a través de la mirada del narrador omnisciente, mediante el monólogo, el diálogo —técnica narrativa que cobra una importancia capital en determinados capítulos y preludia el dialogismo de las novelas de la última etapa— y las miradas de los demás personajes —es decir, el multiperspectivismo—.

Nela, la protagonista, es una muchacha huérfana y pobre que, a falta de atractivo físico, posee una extraordinaria grandeza moral y espiritual; un personaje cuya condición humana es maravillosamente captada por su autor. Ésta vive consagrada a ejercer de lazarillo de un joven ciego, Pablo Penáguilas, hijo de una acomodada familia de Socartes, del que se ha enamorado y se ha forjado ilusiones de llegar a casarse con él sin darse cuenta de la enorme distancia social e intelectual que los separa. Pablo, por su parte, en su ceguera también se ha enamorado de ella y le proporciona todo el afecto que le niega la familia Centeno, de simbólico nombre «familia de piedra». Como ha quedado indicado, Pablo identifica bondad y belleza a la manera platónica, de modo que no puede imaginar que la bondadosa Marianela no sea también bella en grado sumo. La revelación que sufrirá al recobrar la vista destruye su platónico idilio, y sin demasiada justificación se enamora de la belleza de su prima Florentina, con la que sí se propone contraer matrimonio. Es así como Nela será víctima del conflicto entre lo real y lo imaginado al modo de una heroína romántica de evidente ademán quijotesco.

Poner de manifiesto esa dicotomía entre el lamentable aspecto físico de la protagonista y la bondad y belleza de su alma fue, a juicio de Clarín, el objetivo fundamental de Galdós al escribir *Marianela*:

> Humíllate y te ensalzaré, dice el Evangelio, y esta vez ha cumplido su promesa con Marianela. Del polvo colorado de una mina creó Pérez Galdós el cuerpo de Marianela, raquítico y feo, tal vez con alguna gracia que sólo un espíritu penetrante pudiera descubrir; pero a este cuerpo unió un alma bella, apasionada y soñadora.[12]

De manera que, aunque los demás personajes cumplen también una función importante en el relato, éste siempre se supedita a la construcción de la protagonista, pues, tal como señaló certeramente Montesinos, sin el personaje de

---

[12] Leopoldo Alas, Clarín, «Nela», *El Solfeo* (13/14 de abril de 1878), en Adolfo Sotelo, ed., *Galdós, novelista*, Barcelona, PPU, 1991, p. 60.

Marianela no hay novela. Nela lo llena todo a pesar de sus tristes orígenes, hija natural de una pobre mujer alcohólica que se suicida lanzándose a las profundidades de la Trascava. Este hecho, antecedente del determinismo fisiológico naturalista, explica la fascinación que dicho lugar ejerce sobre la pobre Nela, quien, al sentirse abandonada por Pablo, piensa en ir al encuentro de su madre por el mismo procedimiento.

El suicidio será impedido por el médico Teodoro Golfín, el cual, a pesar de su ciencia médica, no podrá impedir la muerte de Nela a consecuencia de la melancolía, el desengaño y la tristeza que le ocasiona el abandono de Pablo, de ahí el título del penúltimo capítulo de la novela: «Los ojos matan».

3.3.1. *El narrador omnisciente*

En *Marianela* predomina el narrador omnisciente, atalaya desde la que el autor, conocedor de la trama, organiza el mundo de los personajes de acuerdo con su particular visión. Se trata de una voz en tercera persona que, aunque no hace comentarios tan evidentes como en la novela romántica, se permite alusiones irónicas o referencias ideológicas que traslucen la personalidad y la ideología del escritor.

Las principales características de la protagonista, tanto en su aspecto físico como psicológico y moral, se dibujan mediante la omnisciencia narrativa: la fealdad física, el sentimiento de orfandad, la prácticamente nula formación intelectual, el paganismo, la religiosidad de signo panteísta y la supremacía que otorga a la belleza en todos los órdenes de la vida.

Sirvan unos fragmentos como ejemplo de lo que venimos diciendo. En el primer capítulo, la perspectiva de este narrador omnisciente nos presentará al personaje a través de su voz y, más específicamente, del canto, que es una de las cualidades distintivas de Marianela:

> El discreto Golfín se sentó tranquilamente, como podría haberlo hecho en el banco de un paseo, y ya se disponía a fumar cuando sintió una voz... Sí, indudablemente era una voz humana que lejos sonaba, un quejido patético, mejor dicho, melancólico canto, formado de una sola frase, cuya última cadencia se prolongaba apianándose en la forma que los músicos llaman *morendo* y que se apagaba al fin en el plácido silencio de la noche sin que el oído pudiera apreciar su vibración postrera. (cap. I, pp. 74-75)

Poco después, también desde la omnisciencia narrativa, se alude a las cualidades de esa voz bella y misteriosa, que es capaz de aliviar la sensación de extravío que experimenta el médico Teodoro Golfín al entrar en el paraje de las minas:

> La voz que durante breve rato había regalado con encantadora música el oído del hombre extraviado se iba perdiendo en la inmensidad tenebrosa, y a los gritos de Golfín, el canto extinguiose por completo. Sin duda la misteriosa entidad gnómica, que entretenía la soledad subterránea cantando tristes amores, se había asustado de la brusca interrupción del hombre, huyendo a las hondas entrañas de la tierra, donde moran, avaras de sus propios fulgores, las piedras preciosas. (cap. I, pp. 75-76)

33

De los fragmentos citados se desprende que el misterio y la soledad serán componentes de la psicología de Marianela, de la misma manera que la alusión a las piedras preciosas que se esconden en el fondo de la tierra simboliza el verdadero tesoro espiritual que encierra el mundo interior de la protagonista y que trasciende, como se verá a lo largo de la novela, la pura apariencia física tan desafortunada y descrita por el narrador de forma muy minuciosa y detallada:

Iba descalza: sus pies ágiles y pequeños denotaban familiaridad consuetudinaria con el suelo, con las piedras, con los charcos, con los abrojos. Vestía una falda sencilla y no muy larga, denotando en su rudimentario atavío, así como en la libertad de los cabellos sueltos y cortos, rizados con nativa elegancia, cierta independencia más propia del salvaje que del mendigo. Sus palabras, al contrario, sorprendieron a Golfín por lo recatadas y humildes, dando indicios de un carácter formal y reflexivo.

[...]

Teodoro se inclinó para mirarle el rostro. Éste era delgado, muy pecoso, todo salpicado de manchitas parduscas. Tenía pequeña la frente, picudilla y no falta de gracia la nariz, negros y vividores los ojos; pero comúnmente brillaba en ellos una luz de tristeza. Su cabello dorado oscuro había perdido el hermoso color nativo a causa de la incuria y de su continua exposición al aire, al sol y al polvo. Sus labios apenas se veían de puro chicos y siempre estaban sonriendo, mas aquella sonrisa era semejante a la imperceptible de algunos muertos que han dejado de vivir pensando en el cielo. La boca de la Nela, estéticamente hablando era desabrida, fea [...].

En efecto, ni hablando, ni mirando, ni sonriendo revelaba aquella miserable el hábito degradante de la mendicidad. (cap. III, pp. 92, 93)

Y tras el retrato de la protagonista, será también la voz del narrador omnisciente la que nos describa el espacio que habita Marianela en casa de la familia Centeno, donde es tratada sin afecto y nunca se le manifiesta ningún tipo de interés por su persona o sus necesidades más elementales:

> Jamás se le dio a entender a la Nela que había nacido de criatura humana [...].
>
> Nunca se le dio a entender que tenía un alma pronta a dar ricos frutos si la cultivaba con esmero ni que llevaba en sí, como los demás mortales, ese destello del eterno saber que se nombra inteligencia humana, y que de aquel destello podían salir infinitas luces y lumbre bienhechora. Nunca se le dio a entender que en su pequeñez fenomenal llevaba en sí el germen de todos los sentimientos nobles y delicados, y que aquellos brotes podían ser flores hermosísimas y lozanas, sin más cultivo que una simple mirada de vez en cuando [...].
>
> Por el contrario, todo le demostraba su semejanza con un canto rodado, el cual ni siquiera tiene forma propia, sino aquella que le dan las aguas que lo arrastran y el puntapié del hombre que lo desprecia. Todo le demostraba que su jerarquía dentro de la casa era inferior a la del gato, cuyo lomo recibía blandas caricias, y a la del mirlo, que saltaba gozoso en la jaula. (cap. IV, p. 113)

3.3.2. *El diálogo*

Además del narrador omnisciente, en esta novela Galdós hace un uso abundante del diálogo en los momentos más trascendentales de la trama, como son los pasajes en que Pablo declara su amor a Nela, la buena nueva de su operación para recobrar la vista, el diálogo entre Teodoro Golfín y Marianela hacia el final de la obra (donde se hace hincapié en la fealdad física), o el diálogo entre Nela y Celipín cuando ambos proyectan huir del entorno minero de Socartes. Al fin, Galdós hará, asimismo, uso del diálogo en el momento más triste de la novela, la muerte de Nela; en concreto, en la conversación entre Teodoro y Florentina en el capítulo XXI, titulado simbólicamente «Los ojos matan».

Pero será el capítulo III, de significativo título «Un diálogo que servirá de exposición», donde el autor nos ponga sobre la pista de la importancia de este recurso narratológico en la factura de la protagonista y también del resto de los personajes. Es el capítulo en el que Nela conversa con Teodoro Golfín y conocemos el origen de su desgraciado aspecto físico, así como su degradada percepción de sí misma y su escasa autoestima, la cual se resume en una frase repetida a lo largo de la novela: «si yo no sirvo para nada». Tampoco dejan de ser significativos y premonitorios su nacimiento el día de Difuntos, su desgraciada infancia y su función como lazarillo de Pablo. En este diálogo, por lo tanto, se apuntan todos los motivos que van a desarrollarse a lo largo de la novela. La forma narrativa del diálogo potencia cierto grado de objetividad por parte del autor, ya que será el personaje quien mediante su voz exprese sus anhelos e inquietudes. También será el diálogo entre Teodoro y Nela el recurso utilizado por Galdós para presentarnos a Pablo y explicar la relación que le une a su particular lazarillo:

—¿Y quién es Pablo?

—Ese señorito ciego, a quien usted encontró en la Terrible. Yo soy su lazarillo desde hace año y medio. Le llevo a todas partes; nos vamos por los campos paseando.

[...]

—¿Y tu amo te quiere mucho?

—Sí, señor; es muy bueno. Él dice que ve con mis ojos, porque como le llevo a todas partes y le digo cómo son las cosas.

—Todas las cosas que no puede ver —indicó el forastero, muy gustoso de aquel coloquio.

—Sí, señor, yo le digo todo. Él me pregunta cómo es una estrella y yo se la pinto de tal modo, hablando, que para él es lo mismo que si la viera. Yo le explico cómo son las hierbas y las nubes, el cielo, el agua y los relámpagos, las veletas, las mariposas [...]. Yo le digo lo que es feo y lo que es bonito y así se va enterando de todo. (cap. III, pp. 96, 97)

Además de en este capítulo, los diálogos cobran una extraordinaria importancia en capítulo XIX, «Domesticación», el cual presenta un paralelismo manifiesto con el capítulo III, ya que en ambos el diálogo se produce entre Nela y Teodoro Golfín, y en este último caso, el médico, tras evitar el suicidio de la protagonista, se interroga sobre las causas de su abandono:

—Esa idea de que no sirves para nada es causa de grandes desgracias para ti, ¡infeliz criatura! ¡Maldito sea el que te la inculcó o los que te la inculcaron, porque son

muchos!... Todos son igualmente responsables del abandono, de la soledad y de la ignorancia en que has vivido.
¡Que no sirves para nada! ¡Sabe Dios lo que hubieras
sido tú en otras manos! Eres una personilla delicada,
muy delicada, quizá de inmenso valor; pero, ¡qué demonio!, pon un arpa en manos toscas..., ¿qué harán?, romperla [...]. (cap. XIX, p. 242)

También existe un paralelismo entre los capítulos IV
—«La familia de piedra»—, XII —«El doctor Celipín»— y
XVIII —«La Nela se decide a partir»—, pues el diálogo se
establece entre la protagonista y Celipín Centeno, el menor
de la familia de piedra, que, como se ha comentado, no se
resigna a vivir la vida miserable del trabajo en las minas y
aspira a estudiar para ser médico en el futuro. Celipín es el
único miembro de la familia Centeno que la trata con afecto y que comparte con Nela sus inquietudes. Ésta, por su
parte, le entrega sus pobres ahorros para que pueda llevar a
cabo el proyecto de trasladarse a la ciudad para formarse.

Finalmente, también cabe destacar los diálogos que
Nela mantiene con Pablo, los cuales se enmarcan en el tríp-
tico formado por los capítulos VI —«Tonterías»—, VII
—«Más tonterías»— y VIII —«Prosiguen las tonterías»—
y conforman una verdadera unidad temática y estructural
dentro de la novela. Son tres capítulos claramente influenciados por el platonismo, pues los dos jóvenes se encuentran paseando por el bosque, verdadero *locus amoenus*, y
Nela, que ejerce de lazarillo de Pablo, afirma que ése es el
único objetivo de su vida, ser los ojos de él, explicarle la
belleza de la naturaleza que él no puede contemplar. Él,
por su parte, habla de historia y de filosofía y afirma categóricamente que no necesita los ojos para percibir la belleza, pues para él la belleza es Nela, mientras ésta contempla

su aspecto miserable en el espejo del agua y piensa: «¡Madre de Dios, qué feísima soy!» (cap. VII, p. 140). El diálogo entre ambos evidencia la distancia entre la imaginación y la realidad. En el siguiente capítulo, el narrador contrapone el entusiasmo de Pablo ante la posibilidad de recobrar la vista y contemplar la belleza que imagina en Marianela y la tristeza de ésta al presentir el final de su idilio:

> —Oye tú: tengo un presentimiento..., sí, un presentimiento. Dentro de mí parece que está Dios hablándome y diciéndome que tendré ojos, que te veré, que seremos felices... ¿No sientes tú lo mismo?
>
> —Yo... El corazón me dice que me verás..., pero me lo dice partiéndoseme. (cap. VIII, p. 152)

3.3.3. *El monólogo*

El monólogo como mecanismo de introspección psicológica, que será un recurso fundamental en muchas de las novelas de Galdós a partir de *La desheredada* (1881), tiene en esta obra menos importancia en la construcción del personaje que los demás recursos narratológicos. En *Marianela*, de hecho, el monólogo interior no está plenamente desarrollado y es sin lugar a dudas deudor del soliloquio romántico, caracterizado por la brevedad y por ir precedido de un *verbum dicendi*.

En la novela aparecen dos monólogos citados por Nela; el primero en el capítulo XIII, «Entre dos cestas», y el segundo en el capítulo XIV, «De cómo la Virgen María se apareció a Nela». En el primer caso el monólogo se produce en el espacio en que duerme Marianela, humilde reducto de intimidad desde el que no sólo conversa con Celipín, sino que además le permite conversar consigo misma. Todo este primer monólogo gira en torno a la idea de la belleza que ella no posee y que le impedirá aspirar al amor de Pablo una vez que éste haya recuperado la vista. Todo el monólogo de la protagonista se articula alrededor de una serie de interrogaciones retóricas para finalmente rogar a la Virgen un milagro:

> Si sus ojos nacen ahora y los vuelve a mí y me ve, me caigo muerta... [...] Señora Madre mía, ya que vas a hacer el milagro de darle la vista, hazme hermosa a mí o mátame, porque para nada estoy en el mundo. Yo no soy nada ni nadie más que para uno solo... [...] Lo que no quiero es que mi amo me vea, no. Antes de consentir que me vea, ¡Madre mía!, me enterraré viva, me arrojaré al río... Sí, sí: que se trague la tierra mi fealdad. Yo no debí haber nacido. (cap. XIII, p. 192, 193)

Este primer monólogo de Nela anticipa su trágico final, ya que su muerte se producirá cuando Pablo recupere la vista y la vea por primera vez. La extraordinaria importancia que Nela concede a la belleza la lleva a supeditar toda su existencia a ella:

> ¡Si yo fuese grande y hermosa, si tuviera el talle, la cara y el tamaño..., sobre todo el tamaño de otras mujeres, si yo pudiese llegar a ser señora y componerme!... ¡Ay!, entonces mi mayor delicia sería que sus ojos se recrearan en mí... Si yo fuera como las demás, siquiera como Mariuca..., ¡qué pronto buscaría el modo de instruirme, de afinarme, de ser una señora!... (cap. XIII, p. 193)

El segundo monólogo, en «De cómo la Virgen María se apareció a Nela», inmediatamente después del anterior, cierra el día y el capítulo. Marianela espera ver cumplido el deseo expresado en el primer monólogo y, antes de comprobar si se ha cumplido, en una nueva escena especular ésta cree sentir la presencia de la Virgen:

> La Nela no respondió, porque estaba su espíritu ocupado en platicar consigo propio, diciéndose: «¿Qué es lo que yo tengo?... No puede ser maleficio, porque lo que tengo dentro de mí no es la figura feísima y negra del demonio malo, sino una cosa celestial, una cara, una sonrisa y un modo de mirar que, o yo estoy tonta o son de la misma Virgen María en persona. Señora y Madre mía, ¿será verdad que hoy vas a consolarme?... ¿Y cómo me vas a consolar? ¿Qué te he pedido anoche?». (cap. XIV, p. 196)

De nuevo, este monólogo cumple una función anticipatoria, pero en este caso es claramente irónica, pues, más adelante, en ese bosque que funciona como *locus amoenus*, Nela creerá ver a la Virgen, que no es sino Florentina, prototipo de belleza y de la que se enamorará Pablo al recuperar la vista. La belleza de Florentina es la otra cara de la moneda de la fealdad de Nela, de ahí que el narrador describa minuciosamente su hermosura recurriendo a la comparación con la representación que de la Virgen habían hecho los pintores Alberto Durero, Rafael Sanzio, Van Dyck y Bartolomé Murillo.

En consecuencia, los dos monólogos de Marianela en capítulos consecutivos contribuyen decisivamente a desvelar su carácter, su peculiar religiosidad, sus temores e ilusiones, que giran en torno a la importancia desmedida que concede a la belleza física.

3.3.4. *El multiperspectivismo*

El multiperspectivismo, o la multiplicidad de perspectivas entendida como polifonía de voces —en términos de Bajtin—,[13] que Galdós irá perfilando hasta su desarrollo completo en *La desheredada*, verdadero crisol de formas y estrategias narrativas, cumple también en esta novela una función fundamental en la construcción del personaje de Nela.

Vemos y conocemos a la protagonista a través de la perspectiva de Pablo, de Sofía, de Florentina, de Carlos y de Teodoro Golfín; todos ellos contribuyen decisivamente a completar su magnífico retrato. Sin embargo, en esta polifonía no todas las voces tienen la misma importancia, pues sobresale la perspectiva de Pablo, en un principio, y sobre todo la del médico Teodoro Golfín, tras la cual se oculta parcialmente la del propio Galdós.

La perspectiva que de Nela tiene Pablo en su ceguera es, desde el punto de vista moral, la más veraz, puesto que es el único, hasta la llegada del médico Golfín, que ha captado la belleza de su alma, su bondad y generosidad:

> [...] Tu alma está llena de preciosos tesoros. Tienes bondad sin igual y fantasía seductora. De todo lo que Dios tiene en su esencia absoluta te dio a ti parte muy grande. Bien lo conozco; no te veo lo de fuera, pero veo lo de dentro, y todas las maravillas de tu alma se me han revelado desde que eres mi lazarillo... (cap. VI, p. 131)

Esta perspectiva es fruto de los sentimientos que experimenta hacia Nela y es, por consiguiente, la más pura. Sin

---

[13] Mijail Bajtin, *Teoría y estética de la novela*, Madrid, Taurus, 1989.

embargo, en realidad resultará muy poco convincente y se truncará en el momento en que recobre la vista para transformarse rápidamente en una visión cargada de prejuicios al olvidarse de las virtudes de Nela y contraponer su fealdad a la belleza de Florentina. También se tambalearán todos sus alardes de sabiduría y sus cábalas filosóficas, que son harto superficiales, como ha demostrado Montesinos.[14]

La perspectiva de Teodoro Golfín se va construyendo progresivamente a medida que avanza el relato, desde que llega a Aldeacorba para intentar curar la ceguera de Pablo, donde lo primero que percibe al atravesar el terreno de las minas es el canto de la voz misteriosa de Nela, hasta el final con la muerte de la protagonista de una enfermedad que no está en los libros de medicina. Esta perspectiva se afianza fundamentalmente en el capítulo III, «Un diálogo que servirá de exposición», y el XIX, «Domesticación». En el primero, Nela le cuenta su desgraciada vida, cuyo único objetivo importante es servir de lazarillo a Pablo. Gracias a esa conversación, Teodoro toma conciencia del abandono en que ha vivido la pobre Nela y de su falta de educación, una visión sobre la protagonista que se completa en el capítulo XIX. Se trata de un punto de vista objetivo, sin los prejuicios que condicionan la visión de los demás habitantes de Aldeacorba, pues para Golfín la situación de Nela y su escasa autoestima son consecuencia del «abandono, de la soledad y de la ignorancia en que has vivido» (cap. XIX, p. 242). No obstante, él es el único capaz de aquilatar el verdadero valor de su alma, que pasa desapercibido para todos los demás personajes a excepción, al principio, del ciego Pablo.

[14] *Cf.* José F. Montesinos, *Marianela*, Madrid, Castalia, 1980, pp. 245-249.

Teodoro Golfín, intuyendo el verdadero valor espiritual de Nela y siguiendo los postulados krausistas, sostiene que el problema fundamental que ha condicionado la vida de la protagonista es la falta de educación e instrucción:

> [...] Eres una personilla delicada, muy delicada, quizá de inmenso valor [...]. ¿No tendrás tú inteligencia, no tendrás tú sensibilidad, no tendrás mil dotes preciosas que nadie ha sabido cultivar? No: tú sirves para algo, aún servirás para mucho si encuentras una mano hábil que te sepa dirigir [...]. (cap. XIX, p. 242)
>
> [...] Tú te has acostumbrado a la vida salvaje en contacto directo con la naturaleza y prefieres esta libertad grosera a los afectos más dulces de una familia. (cap. XIX, p. 244)

También relativizará el valor que la protagonista concede a la hermosura, a la belleza física. Teodoro no sólo quiere curar la ceguera de Pablo, sino también la enfermedad de Nela, su desmesurada estima de la belleza física, la cual le impide dar valor a otras cualidades morales y espirituales que posee. El tono persuasivo que emplea Teodoro Golfín con Nela delata su intención educativa:

> [...] Verdaderamente no eres muy bonita..., pero no es propio de una joven discreta apreciar tanto la hermosura exterior. (cap. XIX, p. 245)
>
> [...] Tuviéronla personas que vivieron hace siglos, personas de fantasía como tú que vivían en la naturaleza, y que, como tú, carecían de cierta luz que a ti te falta por tu ignorancia y abandono, y a ellas, porque aún esa luz no había venido al mundo... Es preciso que te cures esa manía; hazte cargo de que hay una porción de dones más

estimables que el de la hermosura, dones del alma que ni son ajados por el tiempo ni están sujetos al capricho de los ojos. Búscalos en tu alma y los hallarás. (cap. XIX, p. 246)

Teodoro Golfín insistirá en la supremacía de los valores morales sobre los físicos, que son engañosos y, sobre todo, perecederos. El siguiente fragmento es un buen diagnóstico de la naturaleza de Nela:

[...] ¡Pobre criatura, formada de sensibilidad ardiente, de imaginación viva, de candidez y de superstición, eres una admirable persona nacida para todo lo bueno pero desvirtuada por el estado salvaje en que has vivido, por el abandono y la falta de instrucción [...]. ¡Infeliz! Has nacido en medio de una sociedad cristiana y ni siquiera eres cristiana; vive tu alma en aquel estado de naturalismo poético [...], en aquel estado en que vivieron pueblos de que apenas queda memoria. (cap. XIX, pp. 248-250)

Y por ello pretende domesticarla, educarla para sacarla del estado semisalvaje en el que vive: «Pero todo lo sabrás; tú serás otra: dejarás de ser la Nela, yo te lo prometo, para ser una señorita de mérito, una mujer de bien» (cap. XIX, p. 250).

Por último, en el ya citado capítulo XXI, titulado «Los ojos matan» en clara referencia a la recuperación de la vista por parte de Pablo y el consiguiente abandono de Nela, Golfín subraya cómo el espíritu de Nela es de natural bondadoso pero a la vez está lleno de supersticiones. Por ello, cree necesario que Nela supere ese primer estadio primitivo, natural, casi salvaje, para, a través de la educación, liberarse de peligrosas supersticiones:

[...] Posee una fantasía preciosa, sensibilidad viva, sabe amar con ternura y pasión, tiene su alma aptitud maravillosa para todo aquello que del alma depende, pero al mismo tiempo está llena de supersticiones groseras, sus ideas religiosas son vagas y monstruosas, equivocadas, sus ideas morales no tienen más guía que el sentido natural. [...] adora la naturaleza lo mismo que los pueblos primitivos. [...]

»Su espíritu da a la forma, a la belleza, una preferencia sistemática. Todo su ser, sus afectos todos giran en derredor de esta idea. (cap. XXI, pp. 268-269)

Y acabará sentenciando de qué forma su habilidad como médico ha sido en gran parte responsable del desgraciado final de la protagonista:

[...] La realidad ha sido para él nueva vida; para ella ha sido dolor y asfixia, la humillación, la tristeza, el desaire, el dolor, los celos..., ¡la muerte! (cap. XXI, p. 279)

La perspectiva de los demás personajes es menos importante, aunque cumple también una función complementaria en la construcción de esta criatura de ficción tan esencialmente galdosiana. Así, la mirada cargada de prejuicios de Sofía, la mujer de Carlos Golfín, el ingeniero de las minas, revela con claridad la ideología de la clase burguesa a la que pertenece, la hipocresía de su conducta y la falsa caridad que practica con Nela:

—Atrasadilla está. ¡Qué desgracia! —exclamó Sofía—. Y yo me pregunto: ¿para qué permite Dios que tales criaturas vivan?... Y me pregunto también: ¿qué es lo que se puede hacer por ella? Nada, nada más que darle de comer, vestirla... hasta cierto punto... Ya se ve..., rompe todo lo que le ponen encima. [...] Saltando de piedra en piedra, subiéndose a los árboles, jugando y enredando todo el día y cantando como los pájaros, cuanto se le pone encima conviértese pronto en jirones... (cap. IX, p. 161)

Sin embargo, Carlos Golfín tiene una perspectiva distinta a la de su mujer. Probablemente porque sus orígenes son muy humildes, éste es capaz de sentir verdadera compasión por el abandono en que vive Nela y de diagnosticar que su superstición es el resultado de su falta de formación, pues advierte que sí posee una inteligencia natural:

—Pues yo he observado en la Nela —dijo Carlos— algo de inteligencia y agudeza de ingenio bajo aquella corteza de candor y salvaje rusticidad. No, señor; la Nela no es tonta ni mucho menos. Si alguien se hubiera tomado el trabajo de enseñarle alguna cosa, habría aprendido mejor quizá que la mayoría de los chicos. ¿Qué creen ustedes? La Nela tiene imaginación; por tenerla y carecer hasta de la enseñanza más rudimentaria, es sentimental y supersticiosa. (cap. IX, p. 161)

De todos estos pasajes se deduce que Marianela es una figura extraordinaria, creada por Galdós valiéndose de una serie de estrategias narrativas que no sólo completan el retrato físico y psicológico de la protagonista, sino que además preludian la madurez narrativa del autor de *Fortunata y Jacinta*.

4. RECEPCIÓN CRÍTICA

Ya quedó dicho al principio de esta introducción que *Marianela* es una de las novelas de mayor éxito de Benito Pérez Galdós. Es, evidentemente, una novela de personaje, de tal manera que la fuerza expresiva de la obra reside en la protagonista. Éste ha sido uno de los rasgos más destacados por la crítica desde su publicación en 1878 hasta los estudios más recientes. En este epígrafe, siguiendo un orden cronológico, hemos seleccionado algunas de las opiniones más relevantes del panorama crítico de la novela galdosiana —Clarín y Revilla en el siglo XIX, Casalduero, Montesinos y Scanlon en el XX—, que pueden servir de muestra de las diferentes interpretaciones y lecturas:

No, no se busque en la obra de Pérez Galdós el pesimismo-tesis; cierto es que nos presenta una antinomia, pero no pretende hacerla insoluble. Aparte de la *tendencia* social de esta novela, queda lo más interesante en ella: esa lucha de la luz del día con la luz de la conciencia, que he procurado hacer resaltar en la breve exposición que antecede. La sociedad tiene algo que aprender en este caso, sin duda; la misma religión cristiana, es decir, sus hombres, tienen también un poco que meditar; pero en definitiva, fuese o no fuese Marianela ignorante, pagana por ignorancia; fuese o no fuese víctima de la estupidez, del egoísmo, de la impiedad de aquellos empedernidos aldeanos, de todos modos, Marianela, fea, repugnante de figura, pero hermosa en el espíritu, amada por Pablo ciego y olvidada por Pablo al volver a la luz, queda como principal objeto de la obra, y la antinomia a que me referí no desaparece.

Pero esta antinomia, ¿es absoluta, es necesaria, es fatal en la vida? ¿La presenta el autor como un sarcasmo de la naturaleza, como podría presentarla un pesimista sistemático? ¿Nela es víctima de la *naturaleza de las cosas*, o de algo que podría corregirse, de aberración humana?

Explícitamente no nos da la solución el Sr. Pérez Galdós; pero lo más bello de su obra, en el sentido profundo que en ella se esparce como fluido incoercible, como una atmósfera espiritual, como una música vaga que no dice nada y lo dice todo, el lector recoge mil consuelos, mil esperanzas y lecciones de la más pura, de la más tierna moral. No es ciertamente un libro de filosofía *Marianela*, ni lo pretende; pero ¡cuánto encierra! ¡El espíritu ya inmortal del cristianismo, aquello de su esencia que ya no puede desaparecer está en Marianela latente, y el que llega a sentirlo palpitar allí, experimenta una sacudida extraña, una como revelación que tiene mucho de reminiscencia! Todos los días nos predican los filósofos más o menos cristianos y los estéticos escolásticos la superioridad del espíritu, la inferioridad de la naturaleza formal, aparente; pero nos dejan fríos, y por culpa de sus fórmulas impuestas y de sus exageraciones y exclusivismos casi nos obligan a arrojarnos en brazos del ideal contrario. Y es que ellos ni entienden ni sienten toda la belleza y toda la bondad de la espiritualidad cristiana.

(Leopoldo Alas, Clarín, *El Solfeo*,
13/14 de abril de 1878, en Adolfo Sotelo, ed.,
Galdós, novelista, Barcelona, PPU, 1991, pp. 59-66)

Entre las múltiples e ingeniosas formas que el dolor reviste, quizá no hay otra más horrible que la que ha inspirado al Sr. Pérez Galdós su bella novela *Marianela*. La combinación de un espíritu hermoso y un cuerpo feo en una mujer y la reunión del abandono y la desventura con la inocencia infantil, constituyen la forma más refinada de sufrimiento que pudo inventar la imaginación del más implacable de los demonios. Dotar al ser únicamente nacido para amar y ser amado, de un corazón amante y una elevada inteligencia y encerrar tales tesoros en mezquina forma, es el mayor tormento que concebirse puede; porque, digan lo que quieran los platónicos, el amor de las almas no existe sin apoyarse en el de los cuerpos, y el más elevado espíritu femenino nunca recabará los goces amorosos, si no se presenta bajo la forma de un hermoso cuerpo. Salvo contadas excepciones, para la mujer fea no hay más porvenir que la eterna soledad.

Pero si a tanta desgracia se unen la miseria y el abandono, la desventura adquiere las proporciones de lo trágico; y si todas estas desdichas recaen sobre la infancia inocente, el horror de situación semejante excede todo límite [...].

Tal es esta concepción, a la vez idilio y tragedia, en que el señor Galdós ha revelado una cualidad que hasta ahora no había mostrado tanto como fuera apetecible: la ternura y la delicadeza del sentimiento. [...]

Y sin embargo, fuerza es reconocer que *Marianela* no es la mejor obra de Pérez Galdós. Aventájala en trascendencia *Gloria;* en verdad *Doña Perfecta* y *El audaz*, y todas las superan en originalidad. *Marianela* no es una creación nueva. Su protagonista ofrece muchos puntos de semejanza con Mignon, Cuasimodo, Gwynplaine y Gilliatt; los amores de la fea y el ciego recuerdan demasiado los de la ciega Dea y el *hombre que ríe*. Además, Marianela no es un personaje real, sino un bello fantasma soñado por el Sr. Galdós. Por mucho que se quiera conceder a la naturaleza no es posible que en la condición social en que Marianela vive se despierten tan elevadas ideas ni se manifiesten en tan acabado y poético lenguaje. En Marianela puede haber maravillosas, pero confusas intuiciones, y nobilísimos, pero mal digeridos sentimientos; pero no es posible que piense y hable como una doctora [...].

En resumen: *Marianela* es un idilio delicioso, que señala una nueva y fecunda dirección en el ingenio del Sr. Galdós y que constituye, a pesar de sus defectos, un legítimo triunfo del insigne novelista, que si en otras novelas sabe hacer pensar, en ésta ha conseguido hacer sentir; por tan delicado modo que pocos poetas pueden envidiarle.

(Manuel de la Revilla, «Revista crítica», *Revista contemporánea*, XIV, 30 de marzo de 1878, pp. 505-509)

Marianela es una profesión de fe: Galdós cree en el progreso de la Humanidad, gracias a la ciencia y el trabajo. La creencia en el progreso le confirmará en su idealismo que ha de acompañarle durante toda su obra.

Marianela es una confesión: nos dice la lucha interior de Galdós, cómo se sobrepuso a la fantasía para darse con fruición a la realidad captada por los sentidos. El realismo naturalista va a liberarle de las puras abstracciones a que le había conducido su estudio histórico de España, y le permitirá dedicarse a la observación de la sociedad contemporánea.

[...] Tampoco logra salir del terreno de las ideas en *Marianela*, pero esta obra es el palenque en que luchan su antiguo ser y el nuevo; en ella rompe el círculo de hierro en que estaba encerrado y logra liberarse. No es un azar el que después de esta novela escriba *La familia de León Roch*, en la cual se examina de nuevo el problema religioso, pero esta vez en Madrid, en función de la sociedad y del matrimonio. Teodoro le dice repetidamente a Florentina, cuando, perpleja, contempla la muerte: «Si usted no me entiende bien, querida Florentina, se lo explicaré mejor en otra ocasión», alusión a su labor futura. Con *Marianela* supera el trabajo realizado y se abre el camino para la obra a realizar, en la cual la realidad, la ciencia y el trabajo de un lado, estarán en conflicto continuo con la imaginación y el ocioso soñar; el presente histórico luchando perpetuamente con el pasado histórico. Si el niño Celipín fracasa en su vida y se le otorga burlescamente el título de Doctor, se debe a haber emprendido el camino impulsado únicamente por la imaginación, por la Nela.

El lirismo de *Marianela* es un lirismo ético; refleja la emoción de Galdós ante el fluir de la historia, ante el ritmo de la Humanidad. La alegoría y el símbolo tienen un calor humano, porque traducen los sentimientos de Galdós, expresan su lucha por liberarse de un mundo que le agobiaba y poderse entregar por entero a la realidad.

(Joaquín Casalduero, «*Marianela* y *De l'intelligence* de Taine», *PMLA*, 50, 1935, en *Vida y obra de Galdós*, Madrid, Gredos, 1970, pp. 220-221)

Marianela no sería lo que es sin Marianela, la huérfana harapienta que vale menos que el gato de los Centeno, la que siempre afirma, de modo casi agresivo, que no sirve para nada. Esta sobrecogedora figurilla, ridícula, caquéxica, es la que hace vivir el libro; el libro, repito, más amargo que jamás escribiera Galdós, pues es una tragedia sin catarsis, sin la posibilidad siquiera de tenerla [...].

Algo tan esencialmente galdosiano ya, que insatisfactoria como es la novela por muchas causas, esta creación no podía faltar en la galería de sus grandes creaciones. Niña, mujer, no sabe; de aspecto físico muy poco atractivo —y pensamos, leyendo su historia, que aquella criatura, fuera de Socartes, lavada, peinada y bien nutrida, podría dar otra impresión de la que da a los que están hechos a verla—, el autor ha captado maravillosamente su condición humana [...].

Todos los capítulos finales son admirables siempre que la protagonista está en ellos. Marianela muere, literalmente, de vergüenza de sí misma, y su muerte y todo lo que a su muerte conduce se pone en la clásica línea del esperpento español, con la diferencia, respecto de los más conocidos, de que no hay en él nada de grotesco, pues ni la fealdad de Nela lo es. Lo que resulta grotesco es la vida humana. El más crudo existencialismo de hoy no creo que haya logrado una página como la de la muerte de Marianela.

(José F. Montesinos, «Marianela», *Galdós*, t. I, Madrid, Castalia, 1980, pp. 241 y 246)

[Algunas interpretaciones de *Marianela*] están basadas en el supuesto de que el texto posee un único significado expresado de forma coherente, que cabe identificar con la intención del autor y puede ser descubierto por los críticos. Esta suposición sería rechazada por la mayoría de los teóricos de la crítica modernos, y el hecho mismo de que *Marianela* haya dado lugar a una amplia variedad de interpretaciones diferentes y a menudo contradictorias debiera hacernos sospechar de ella. Por otra parte, la forma de entender la novela de Galdós en aquella época se oponía a tal noción. Comentando *Gloria* en una carta a Pereda del 10 de marzo de 1877, no mucho antes de empezar a escribir *Marianela*, afirma: «Yo no he querido probar en dicha novela ninguna tesis filosófica ni religiosa, porque para eso no se escriben novelas». Existe una intención simbólica en la ficción de Galdós, pero más que un sentido simbólico rígido y unívoco como el de las alegorías, hay todo un conjunto de significados posibles. No hay razón para creer que sus opiniones acerca del simbolismo cambiaran entre 1878 y 1902, cuando Galdós escribió en el prólogo de su obra *Alma y vida*: «Y el simbolismo no sería bello si fuese claro, como solución descifrable mecánicamente como la de las charadas. Déjenle, pues, su vaguedad de ensueño y no le busquen la derivación lógica ni la moraleja del cuento de niños. Si tal tuviera y se nos presentaran sus figuras y accidentes ajustados a clave, perdería todo su encanto, privando a los que lo escuchan o contemplan del íntimo goce de la interpretación personal.

(Geraldine M. Scanlon, *Pérez Galdós*, *Marianela*, Londres, Grant & Cutler-Tamesis Books, 1988, p. 17)

5. BIBLIOGRAFÍA

Ediciones:
Benito Pérez Galdós, *Marianela*, Pascual Izquierdo, ed., Madrid, Anaya, colección «Tus libros», 2000.

—, *Marianela*, Agustín Sánchez Aguilar, ed., Barcelona, Vicens Vives, «Aula de Literatura», 2000.

—, *Marianela*, Francisco Caudet, ed., Madrid, Cátedra, 2003.

—, *Marianela*, José Manuel Cabrales Arteaga, ed., Madrid, Anaya, 2011.

Estudios:

ALAS, Clarín, Leopoldo, *Galdós, novelista*, Adolfo Sotelo Vázquez, ed., Barcelona, PPU, 1991.

—, «*Marianela*», *El Solfeo* (13/14 de abril de 1878), en Adolfo Sotelo Vázquez, ed., *Galdós, novelista*, Barcelona, PPU, 1991, pp. 59-68.

APARICI LLANAS, María Pilar, *Las novelas de tesis de Benito Pérez Galdós*, Barcelona, CSIC, 1982.

BAJTIN, Mijail, *Teoría y estética de la novela*, Madrid, Taurus, 1989.

BELTRÁN ALMERIA, Luis, y Juan Luis GARCÍA, «El discurso del personaje en la novela galdosiana», *Revista de Literatura*, n.º 106 (1991), pp. 513-533.

BLY, Peter A., «Egotism and Charity in *Marianela*», *Anales Galdosianos*, VII (1972), pp. 49-66.

BOSCH, Rafael, «Galdós y la teoría de la novela de Lukács», *Anales Galdosianos*, II (1967), pp. 169-184.

CARDONA, Rodolfo, «*Marianela*: su trayectoria de la novela al teatro», en *Homenaje a Casalduero*, Madrid, Gredos, 1972, pp. 109-114.

CASALDUERO, Joaquín, «*Marianela* y *De l'intelligence* de Taine», *PMLA*, 50 (1935), pp. 929-931, recogido en *Vida y obra de Galdós*, Madrid, Gredos, 1961, pp. 201-204.

—, «Augusto Comte y *Marianela*», *Smith College Studies in Modern Languages*, 21 (1939), pp. 10-25, recogido en *Vida y obra de Galdós*, Madrid, Gredos, 1961, pp. 204-221.

CAUDET, Francisco, *El mundo novelístico de Pérez Galdós*, Madrid, Anaya, 1992.

CAUDET, Francisco, y José M.ª MARTÍNEZ CACHERO, *Pérez Galdós y Clarín*, Madrid, 1993, pp. 3-188.

CORREA, Gustavo, *Realidad, ficción y símbolo en las novelas de Pérez Galdós: ensayo de estética realista*, Madrid, Gredos, 1977.

GILMAN, Stephen, *Galdós y el arte de la novela europea*, Madrid, Taurus, 1985.

GULLÓN, Ricardo, *Técnicas de Galdós*, Madrid, Taurus, 1980.

GULLÓN, Germán, *La novela del XIX: estudio sobre su evolución formal*, Amsterdam-Atlanta, GA. Rodopi, 1990.

LÓPEZ GRANADOS, Alicia, *La configuración del personaje femenino en las novelas galdosianas*, Barcelona, Tesis doctoral leída en la Universidad de Barcelona, 2013.

LÓPEZ MORILLAS, Juan, «Galdós y el krausismo. *La familia de León Roch*», *Revista de Occidente*, t. IV, n.º 60 (1968), pp. 331-357.

MADARIAGA DE LA CAMPA, Benito, *Pérez Galdós. Biografía santanderina*, Santander, Institución Cultural de Cantabria, 1979.

MÉNDEZ-FAITH, Teresa, «Del sentimiento caritativo en *Marianela* y *Misericordia*», *Bulletin Hispanique*, LXXXIV (1982), pp. 420-433.

MENÉNDEZ PELAYO, Marcelino, «Don Benito Pérez Galdós», en *Estudios sobre la prosa del siglo XIX*, Madrid, CSIC, 1956.

MONTESINOS, José F., *Galdós*, t. I, Madrid, Castalia, 1980.

ORTEGA, Soledad, ed., *Cartas a Galdós*, Madrid, Revista de Occidente, 1964.

ORTIZ ARMENGOL, Pedro, *Vida de Galdós*, Barcelona, Crítica, 1995.

PARDO BAZÁN, Emilia, «Estudios de literatura contemporánea: Pérez Galdós», *Revista Europea*, 15 (1880), pp. 347-350, 375-379 y 412-413.

PÉREZ DE AYALA, Ramón, «Más sobre Galdós», en *Divagaciones literarias*, Madrid, Biblioteca Nueva, 1958, pp. 162-163.

PÉREZ GALDÓS, Benito, *La sombra*, Madrid, Hernando, 1909.

—, *Ensayos de crítica literaria*, Laureano Bonet, ed., Barcelona, Península, 1972, pp. 115-132.

—, *Memorias de un desmemoriado*, *Obras Completas*, t. III, Madrid, Aguilar, 1982, pp. 1430-1472.

—, *Cuarenta leguas por Cantabria y otras páginas*, Benito Madariaga, ed., Santander, Ediciones Tantín, 1996.

REVILLA, Manuel de la, «Revista crítica», *Revista Contemporánea*, 14 (1878), pp. 505-509.

RODGERS, Eamonn, «El krausismo, piedra angular de la novelística de Galdós», *Boletín de la Biblioteca Menéndez Pelayo*, 62 (1986), pp. 241-253.

ROGERS, Douglas M., ed., *Benito Pérez Galdós*, Madrid, Taurus, 1979.

RUIZ, Mario E., «El idealismo platónico en *Marianela*», *Hispania*, LIII (1970), pp. 870-880.

SCANLON, Geraldine M., *Marianela*, Londres, Grant & Cutler-Tamesis Books, 1988.

SOTELO VÁZQUEZ, Marisa, «Giner y Galdós: las bellas letras son la carne y la sangre de la historia», en Raquel Velázquez, ed., *Un duelo de labores y esperanzas. Don Francisco Giner en su centenario (1839-1915)*, Barcelona, Edicions de la Universitat de Barcelona, 2015, pp. 17-34.

Wellington, Marie A., «*Marianela* de Galdós y Diderot», *Cuadernos Hispanoamericanos*, 324 (1977), pp. 558-569.

—, «*Marianela* a la sombra de la realidad», en *Marianela: esencia y espejo: cinco ensayos*, Nueva York, Senda Nueva de Ediciones, 1984, pp. 65-79.

6. La edición

La primera edición de *Marianela* se publicó en 1878. Sin embargo, la presente edición reproduce el texto de la de 1899, correspondiente a la novena edición, al frente de la cual figuraba «esmeradamente corregida» por su autor. Entre estas dos fechas la novela había tenido dos ediciones consecutivas, prácticamente idénticas entre sí, en 1878. En la segunda edición, Galdós había añadido tres párrafos finales en los que, siguiendo el modelo de Balzac, prometía dar continuidad al personaje de Celipín Centeno escribiendo otra novela, proyecto que se acabaría materializando en 1883 con *El doctor Centeno*, ya en la serie de las novelas contemporáneas o naturalistas. Y hasta 1899 ésta era la edición reimpresa.

Sin embargo, la edición de 1899 es la que debe darse por definitiva y es la que publica Galdós, tras recuperar en 1897 los derechos sobre sus obras y fundar su propio sello editorial en el Establecimiento Tipográfico de la Viuda e Hijos de Tello al ganar el largo pleito contra su editor hasta entonces, Miguel Honorio de la Cámara, propietario de la editorial La Guirnalda.

No obstante, a pesar de ser la edición más completa y corregida por su autor, el texto contiene alguna errata de imprenta fácilmente subsanable por el contexto y por el cotejo con las dos primeras ediciones, tales como «teclado» por «tecleado» en el capítulo I; «suave» por «grave» en el capítulo V, y «anterior» por «interior» en el capítulo XVI.

En lo que atañe a la puntuación, se ha respetado la original salvo en aquellos casos en que lo desaconsejase la norma ortográfica actual.

En la corrección y revisión del texto quiero agradecer la ayuda que me ha prestado Jessica Cáliz Montes, becaria de mi proyecto de investigación y experta correctora de textos.

7. CRONOLOGÍA

Año	Autor-obra	Hechos históricos	Hechos culturales
1843	Nace el 10 de mayo en Las Palmas de Gran Canaria.		*Poesías* de Carolina Coronado. Richard Wagner: *El buque fantasma.*
1844			Estreno de *Don Juan Tenorio*, de Zorrilla.
1848		Inauguración del ferrocarril Barcelona-Mataró. Proclamación de la República Francesa.	Marx y Engels: *El manifiesto comunista.*
1851			Nace Emilia Pardo Bazán.
1852			Nace Leopoldo Alas, Clarín.

Año	Autor-obra	Hechos históricos	Hechos culturales
1854		Fundación de la Unión Liberal. Pronunciamiento del general O'Donnell en Vicálvaro.	Sanz del Río difunde las ideas krausistas desde su cátedra en la Universidad de Madrid.
1857			Ley Madoz de Instrucción Pública.
1859 1860		Guerra de Marruecos, que referirá Galdós en su «episodio» *Aita Tettauen*.	Darwin: *The Origin of Species.* Sanz del Río: *Ideal de la humanidad para la vida.*
1862	Primeros escritos en la prensa canaria y traslado a Madrid para cursar la carrera de derecho.		Victor Hugo: *Les misérables.* Sarah Bernhardt debuta en la «Comédie Française».
1864			Pintura: Casado de Alisal, *La rendición de Bailén*; y Rosales: *El testamento de Isabel la Católica.* Nace Unamuno.

Año	Autor-obra	Hechos históricos	Hechos culturales
1865	Empieza su labor como periodista en el semanario *La Nación*.	Fuerte depresión económica y revueltas estudiantiles en la Noche de San Daniel.	
1866		Sublevación de los sargentos en el cuartel de San Gil.	Dostoievski: *Crimen y castigo.* Lewis Carroll: *Alice's Adventures in Wonderland.*
1867	Primer viaje a París. Lectura de *Eugénie Grandet* de Balzac.		Tamayo y Bauss: *Un drama nuevo.*
1868	Traduce la obra de Dickens *The Picwick Papers.*	Revolución septembrina que derroca a Isabel II. Empieza el gobierno del general Prim.	Marx: *El capital.*

Año	Autor-obra	Hechos históricos	Hechos culturales
1870	Entabla amistad con Clarín y Pereda. Publica en la *Revista de España* «Observaciones sobre la novela contemporánea en España», su primera novela, *La Fontana de Oro*, y el cuento «La novela en el tranvía».	Es proclamado rey de España Amadeo de Saboya y muere, asesinado, Prim.	Muere Bécquer.
1871	Aparición, por entregas, de *La sombra* y *El audaz*.		Bécquer: *Obras*.
1872	Empieza a dirigir la *Revista de España*. Amistad con Mesonero Romanos.	Tercera guerra carlista.	Rimbaud: *Les illuminations*.
1873	Inicia en la editorial La Guirnalda los *Episodios nacionales*.	Primera República Española y sublevaciones cantonalistas (como la de Cartagena).	

Año	Autor-obra	Hechos históricos	Hechos culturales
1874	Continúa con los *Episodios nacionales*.	Martínez Campos proclama rey de España a Alfonso XII. Restauración monárquica.	Valera: *Pepita Jiménez*. Alarcón: *El sombrero de tres picos*.
1875	Concluye la primera serie de los *Episodios* e inicia la segunda.		Núñez de Arce: *Gritos del combate*.
1876	*Doña Perfecta*.	Se aprueba una de las más estables e importantes Constituciones españolas.	Creación de la Institución Libre de Enseñanza.
1877	*Gloria*; debate en torno al problema religioso.		
1878	*Marianela* y *La familia de León Roch*.	Pablo Iglesias funda el PSOE.	Estreno de *Consuelo*, de Adelardo López de Ayala.
1880			Menéndez y Pelayo: *Historia de los heterodoxos españoles*. Zola: *Le roman expérimental*.
1881	*La desheredada*. Inicio de las novelas naturalistas.	Creación de la Unión Católica de Pidal y Mon.	Zola: *Les romanciers naturalistes*.

Año	Autor-obra	Hechos históricos	Hechos culturales
1882	Publica *El amigo Manso*, y prologa *El sabor de la tierruca* de Pereda.		Pardo Bazán: *La Tribuna*. Alarcón: *La Pródiga*.
1883	Viaja a Inglaterra y escribe *El doctor Centeno*. Amistad con Emilia Pardo Bazán.		Nace Ortega y Gasset.
1884	*Tormento* y *La de Bringas*.		Leopoldo Alas: *La Regenta* (1.ª parte).
1885	Edición de *Lo prohibido* y artículos en *La Prensa* de Buenos Aires.	Muerte de Alfonso XII. Tratado de El Pardo. Regencia de M.ª Cristina de Habsburgo.	Antonio Gaudí construye el Palacio Güell. Zola: *Germinal*. *La Regenta* (2.ª parte).
1886	Obtiene por primera vez un acta de diputado por el distrito de Puerto Rico.		Giner de los Ríos: *Estudios sobre educación*. Pardo Bazán: *Los Pazos de Ulloa*.
1887	*Fortunata y Jacinta*. Viaja por varios países europeos.		Pardo Bazán: *La madre Naturaleza*. Conferencias en el Ateneo sobre la novela rusa.

Año	Autor-obra	Hechos históricos	Hechos culturales
1888	Escritura de *Miau* y visita a la Exposición Universal de Barcelona.		Alfred Jarry estrena *Ubu roi* y Rubén Darío publica *Azul*.
1889	*La incógnita* y *Realidad* y la serie Torquemada: *Torquemada en la hoguera*.		Palacio Valdés: *La hermana San Sulpicio*.
1891	Concluye y edita *Ángel Guerra*.	León XIII da a conocer la encíclica *Rerum Novarum*.	Coloma: *Pequeñeces*.
1892	*Tristana* y *La loca de la casa*. Autor teatral con *Realidad*. Residencia en Santander: San Quintín.		Salvador Rueda: *En tropel*.
1893	*Torquemada en la cruz* y estreno de la adaptación del «episodio» *Gerona*.	Inicio de la guerra de Marruecos. Atentado del Liceo de Barcelona.	
1894	*Torquemada en el Purgatorio*.		

Año	Autor-obra	Hechos históricos	Hechos culturales
1895	*Torquemada y San Pedro. Nazarín* y la continuación de ésta, *Halma.*	Comienza la guerra de la independencia cubana.	Freud inicia el psicoanálisis. Unamuno: *En torno al casticismo.* Pereda: *Peñas arriba.* Joaquín Dicenta: *Juan José.*
1896	Estreno de *Doña Perfecta* y *La fiera.*		
1897	*Misericordia.* Ingresa en la Real Academia de la Lengua. *El abuelo.*	Asesinato de Cánovas.	Ganivet: *Idearium español.* Unamuno: *Paz en la guerra.* J. Costa: *Colectivismo agrario en España.*
1898	Desarrolla la tercera serie de los *Episodios nacionales.*	Pérdida de Cuba, Puerto Rico y Filipinas. Firma del Tratado de París entre España y EE.UU.	Torre Eiffel. Maragall: «Oda a Espanya».
1901	Estreno polémico de *Electra.*		
1902	Comienzo de la cuarta serie de los *Episodios nacionales.* Visita en París a Isabel II.	Mayoría de edad de Alfonso XIII. Huelga general en Barcelona, y gobierno de concentración presidido por Sagasta.	Valle Inclán: *Sonata de Otoño.* Baroja: *Camino de perfección.* Azorín: *La voluntad.* Unamuno: *Amor y pedagogía.*

Año	Autor-obra	Hechos históricos	Hechos culturales
1906	Editorial Hernando: edición y distribución exclusiva de sus libros.	Atentado contra Alfonso XIII por el anarquista catalán Mateo Morral.	
1907	Alcanza el acta de diputado por Madrid con el Partido Republicano.		
1908	Comienza la quinta serie de los *Episodios nacionales*.		
1909	Enferma gravemente de la vista, y escribe *El caballero encantado*.	Cataluña: la Semana Trágica.	Manifiesto futurista de Marinetti. *Arlequín* de Picasso.
1910	Estrena *Casandra*, novela dialogada de 1905.		Fundación de la Residencia de Estudiantes.
1912	Último *Episodio* de la «quinta serie»: *Cánovas*. Dirige durante algún tiempo el Teatro Español.		
1914	Suscripción popular a su favor. Diputado a Cortes por Las Palmas.	Inicio de la Primera Guerra Mundial. Neutralidad española.	Estreno en París de la ópera de Falla *La vida breve*.

Año	Autor-obra	Hechos históricos	Hechos culturales
1915	Última novela: *La razón de la sinrazón*.		
1916	Estreno de *Marianela*, adaptada por los hermanos Álvarez Quintero, con Margarita Xirgu.		Arniches: *La señorita de Trévelez*.
1918	Margarita Xirgu encabeza el reparto de *Santa Juana de Castilla*.	Fin de la Primera Guerra Mundial.	
1919	Escultura del escritor, realizada por Victorio Macho, en el madrileño Parque del Retiro.	España ingresa en la Sociedad de Naciones. Terror anarquista en Barcelona. Tratado de Versalles.	Creación de la Bauhaus en Weimar.
1920	El 4 de enero Galdós muere en Madrid.	Fundación del PCE y de la Liga de Acción Monárquica.	Pirandello: *Sei personaggi in cerca d'autore*.

Marianela

I

Perdido

Se puso el sol. Tras el breve crepúsculo vino tranquila y oscura la noche, en cuyo negro seno murieron poco a poco los últimos rumores de la tierra soñolienta, y el viajero siguió adelante en su camino, apresurando su paso a medida que avanzaba el de la noche. Iba por angosta vereda,[15] de esas que sobre el césped traza el constante pisar de hombres y brutos,[16] y subía sin cansancio por un cerro en cuyas vertientes se alzaban pintorescos grupos de guindos,[17] hayas y robles. (Ya se ve que estamos en el norte de España.)

Era un hombre de mediana edad, de complexión recia, buena talla, ancho de espaldas, resuelto de ademanes, firme de andadura, basto de facciones, de mirar osado y vivo, ligero a pesar de su regular obesidad y (dígase de una vez, aunque sea prematuro) excelente persona por doquiera que se le mirara. Vestía el traje propio de los señores acomodados que viajan en verano, con el redondo sombrerete, que debe a su fealdad el nombre de hon-

---

[15] *angosta vereda*: sendero estrecho.

[16] *brutos*: ganado, caballerías.

[17] *guindos*: árbol de la familia del cerezo, que da un fruto redondo y ácido, la guinda.

go,[18] gemelos de campo[19] pendientes de una correa y grueso bastón que, entre paso y paso, le servía para apalear las zarzas cuando extendían sus ramas llenas de afiladas uñas para atraparle la ropa.

Detúvose, y mirando a todo el círculo del horizonte, parecía impaciente y desasosegado. Sin duda no tenía gran confianza en la exactitud de su itinerario y aguardaba el paso de algún aldeano que le diese buenos informes topográficos para llegar pronto y derechamente a su destino.

«No puedo equivocarme —murmuró—. Me dijeron que atravesara el río por la pasadera...[20] Así lo hice. Después, que marchara adelante, siempre adelante. En efecto; allá, detrás de mí, queda esa apreciable villa a quien yo llamaría *Villafangosa*[21] por el buen surtido de lodos que hay en sus calles y caminos... De modo que por aquí, adelante, siempre adelante... (me gusta esta frase, y si yo tuviera escudo, no le pondría otra divisa)[22] he de llegar a las famosas minas de Socartes.»[23]

---

[18] *sombrero hongo*: también llamado bombín, de ala estrecha y copa semiesférica.

[19] *gemelos de campo*: prismáticos.

[20] *pasadera*: construcción rústica que permite atravesar una corriente de agua.

[21] *Villafangosa*: topónimo tras el que se esconde la población santanderina de Torrelavega. Más adelante aparece como «Villamojada». En ésta, como en otras novelas de Galdós de la primera época, la acción transcurre en diversas localidades españolas ocultas bajo topónimos inventados, como Hinojales, Homedes, ficóbriga, Matamoros o Saldeoro.

[22] *adelante, siempre adelante*: es la divisa del progreso y de la modernidad. Cf. Francisco Caudet, *El parto de la modernidad: La novela española de los siglos XIX y XX*, Madrid, Ediciones de la Torre, 2002, pp. 9-17.

[23] *Socartes*: es de nuevo un topónimo inventado, y probablemente inspirado en el santanderino de Cartes, cercano a Reocín, población con minas de calamita (carbonato o silicato de cinc). Benito Madariaga,

Después de andar largo trecho, añadió:

«Me he perdido, no hay duda de que me he perdido...
Aquí tienes, Teodoro Golfín, el resultado de tu *adelante,
siempre adelante*. Estos palurdos no conocen el valor de
las palabras. O han querido burlarse de ti o ellos mismos
ignoran dónde están las minas de Socartes. Un gran establecimiento minero ha de anunciarse con edificios, chimeneas, ruido de arrastres, resoplido de hornos, relincho
de caballos, trepidación de máquinas, y yo no veo, ni hue-
lo, ni oigo nada... Parece que estoy en un desierto... ¡Qué
soledad! Si yo creyera en brujas, pensaría que mi destino
me proporcionaba esta noche el honor de ser presentado
a ellas... ¡Demonio!, ¿pero no hay gente en estos lugares?... Aún falta media hora para la salida de la luna. ¡Ah,
bribona, tú tienes la culpa de mi extravío!... Si al menos
pudiera conocer el sitio donde me encuentro... ¡Pero qué
más da! —Al decir esto hizo un gesto propio del hombre
esforzado que desprecia los peligros—. Golfín, tú que has
dado la vuelta al mundo, ¿te acobardarás ahora?... ¡Ah!
Los aldeanos tenían razón: adelante, siempre adelante. La
ley universal de la locomoción no puede fallar en este momento.»

Y puesta denodadamente en ejecución aquella osada
ley, recorrió un kilómetro, siguiendo a capricho las veredas que le salían al paso y se cruzaban y quebraban en ángulos mil, cual si quisiesen engañarle y confundirle más.

Por grandes que fueran su resolución e intrepidez, al
fin tuvo que pararse. Las veredas, que al principio subían,
luego empezaron a bajar, enlazándose, y al fin bajaron tan-

---

por su parte, asegura que se trata de las minas de Mercadal. Cf. Benito
Madariaga de la Campa, *Pérez Galdós. Biografía santanderina*, Santander, Institución Cultural de Cantabria, 1979, p. 252.

to que nuestro viajero hallose en un talud[24] por el cual sólo habría podido descender echándose a rodar.

«¡Bonita situación! —exclamó, sonriendo y buscando en su buen humor lenitivo[25] a la enojosa contrariedad—. ¿En dónde estás, querido Golfín? Esto parece un abismo. ¿Ves algo allá abajo? Nada, absolutamente nada..., pero el césped ha desaparecido, el terreno está removido. Todo es aquí pedruscos y tierra sin vegetación, teñida por el óxido de hierro... Sin duda estoy en las minas..., pero ni alma viviente, ni chimeneas humeantes, ni ruido, ni un tren que murmure a lo lejos, ni siquiera un perro que ladre... ¿Qué haré? Hay por aquí una vereda que vuelve a subir. ¿Seguirela? ¿Desandaré lo andado?... ¡Retroceder! ¡Qué absurdo! O yo dejo de ser quien soy o llegaré esta noche a las minas de Socartes y abrazaré a mi querido hermano. Adelante, siempre adelante.»

Dio un paso, y hundiose en la frágil tierra movediza.

«¿Ésas tenemos, señor planeta?... ¿Conque quiere usted tragarme?... Si ese holgazán satélite quisiera alumbrar un poco, ya nos veríamos las caras usted y yo... Y a fe que por aquí abajo no hemos de ir a ningún paraíso. Parece esto el cráter de un volcán apagado... Hay que andar suavemente por tan delicioso precipicio. ¿Qué es esto? ¡Ah!, una piedra. Magnífico asiento para echar un cigarro esperando a que salga la luna.»

El discreto Golfín se sentó tranquilamente, como podría haberlo hecho en el banco de un paseo, y ya se disponía a fumar cuando sintió una voz... Sí, indudablemente era una voz humana que lejos sonaba, un quejido patético, mejor dicho, melancólico canto, formado de una sola frase

---

[24] *talud*: inclinación, pendiente del terreno.
[25] *lenitivo*: alivio, medio para suavizar el dolor.

cuya última cadencia se prolongaba apianándose[26] en la forma que los músicos llaman *morendo*[27] y que se apagaba al fin en el plácido silencio de la noche sin que el oído pudiera apreciar su vibración postrera.[28]

«Vamos —dijo el viajero lleno de gozo—, humanidad tenemos. Ése es el canto de una muchacha; sí, es voz de mujer, y voz preciosísima. Me gusta la música popular de este país. Ahora calla... Oigamos, que pronto ha de volver a empezar... Ya, ya suena otra vez. ¡Qué voz tan bella, qué melodía tan conmovedora! Creeríase que sale de las profundidades de la tierra y que el señor de Golfín, el hombre más serio y menos supersticioso del mundo, va a andar en tratos ahora con los silfos, ondinas, gnomos, hadas y toda la chusma emparentada con la loca de la casa...;[29] pero si no me engaña el oído, la voz se aleja... La graciosa cantadora se va. ¡Eh, niña, aguarda, detén el paso!»

La voz que durante breve rato había regalado con encantadora música el oído del hombre extraviado se iba perdiendo en la inmensidad tenebrosa, y a los gritos de Golfín, el canto extinguiose por completo. Sin duda la misteriosa entidad gnómica, que entretenía su soledad subterránea cantando tristes amores, se había asustado de

---

[26] *apianándose*: apagándose, amortiguándose lentamente.

[27] *morendo*: término musical de origen italiano que significa «muriendo»; en las partituras indicaba que la música debía ir acabándose poco a poco.

[28] *postrera*: última.

[29] *la loca de la casa*: Santa Teresa se refería así al reino de la imaginación, también Galdós la denomina así. A ella pertenecen los silfos, seres fantásticos de la mitología germánica que habitan el aire; las ondinas, según la mitología griega, doncellas que habitan en las aguas, y los gnomos, en la mitología germánica, enanos que guardaban tesoros subterráneos.

la brusca interrupción del hombre, huyendo a las hondas entrañas de la tierra, donde moran, avaras de sus propios fulgores, las piedras preciosas.

«Ésta es una situación divina —murmuró Golfín, considerando que no podía hacer mejor cosa que dar lumbre a su cigarro—. No hay mal que cien años dure. Aguardemos fumando. Me he lucido con querer venir solo y a pie a las minas. Mi equipaje habrá llegado primero, lo que prueba de un modo irrebatible las ventajas del *adelante, siempre adelante*.»

Moviose entonces ligero vientecillo y Teodoro creyó sentir pasos lejanos en el fondo de aquel desconocido o supuesto abismo que ante sí tenía. Puso atención y no tardó en adquirir la certeza de que alguien andaba por allí. Levantándose, gritó:

—¡Muchacha, hombre o quienquiera que seas!, ¿se puede ir por aquí a las minas de Socartes?

No había concluido cuando oyose el violento ladrar de un perro y después una voz de hombre, que dijo:

—¡*Choto, Choto*, ven aquí!

—¡Eh! —gritó el viajero—. ¡Buen amigo, muchacho de todos los demonios o lo que quiera que seas, sujeta pronto ese perro, que yo soy hombre de paz!

—¡*Choto, Choto*!

Vio Golfín que se le acercaba un perro negro y grande, mas el animal, después de gruñir junto a él, retrocedió llamado por su amo. En tal punto y momento el viajero pudo distinguir una figura, un hombre que inmóvil y sin expresión, cual muñeco de piedra, estaba en pie, a distancia como de diez varas,[30] más abajo de él, en una vereda trans-

---

[30] *diez varas*: aproximadamente unos ocho metros. La vara es una medida de longitud que equivale a ochenta y tres centímetros.

versal que aparecía irregularmente trazada por todo lo largo del talud. Este sendero y la humana figura detenida en él llamaron vivamente la atención de Golfín, que, dirigiendo gozosa mirada al cielo, exclamó:

—¡Gracias a Dios! Al fin sale esa loca.[31] Ya podemos saber dónde estamos. No sospechaba yo que tan cerca de mí existiera esta senda. ¡Pero si es un camino!... ¡Hola, amiguito!, ¿puede usted decirme si estoy en Socartes?

—Sí, señor, éstas son las minas, aunque estamos un poco lejos del establecimiento.

La voz que esto decía era juvenil y agradable, y resonaba con las simpáticas inflexiones que indican una disposición a prestar servicios con buena voluntad y cortesía. Mucho gustó al doctor oírla, y más aún observar la dulce claridad que, difundiéndose por los espacios antes oscuros, hacía revivir cielo y tierra cual si los sacara de la nada.

—*Fiat lux*[32] —dijo, descendiendo—. Me parece que acabo de salir del caos primitivo. Ya estamos en la realidad... Bien, amiguito: doy a usted las gracias por las noticias que me ha dado y las que aún ha de darme... Salí de Villamojada al ponerse el sol. Dijéronme que adelante, siempre adelante.

—¿Va usted al establecimiento? —preguntó el misterioso joven, permaneciendo inmóvil y rígido, sin mirar al doctor, que ya estaba cerca.

—Sí, señor; pero sin duda equivoqué el camino.

—Ésta no es la entrada de las minas. La entrada es por la pasadera de Rabagones, donde está el camino y el ferro-

<hr>

[31] *la loca*: referido a la luna.

[32] *Fiat lux*: «Hágase la luz». Frase latina que dice Dios al comienzo del *Génesis* (I, 3), referida a la creación del mundo. Aquí anuncia el valor simbólico de la novela.

carril en construcción. Por allá hubiera usted llegado en diez minutos al establecimiento. Por aquí tardaremos más, porque hay bastante distancia y muy mal camino. Estamos en la última zona de explotación, y hemos de atravesar algunas galerías y túneles, bajar escaleras, pasar trincheras, remontar taludes, descender el plano inclinado; en fin, recorrer todas las minas de Socartes desde un extremo, que es éste, hasta el otro extremo, donde están los talleres, los hornos, las máquinas, el laboratorio y las oficinas.

—Pues a fe mía que ha sido floja mi equivocación —dijo Golfín riendo.

—Yo le guiaré a usted con mucho gusto, porque conozco estos sitios perfectamente.

Golfín, hundiendo los pies en la tierra, resbalando aquí y bailoteando más allá, tocó al fin el benéfico suelo de la vereda, y su primera acción fue examinar al bondadoso joven. Breve rato permaneció el doctor dominado por la sorpresa.

—Usted... —murmuró.

—Soy ciego, sí, señor —añadió el joven—, pero sin vista sé recorrer de un cabo a otro las minas. El palo que uso me impide tropezar, y *Choto* me acompaña, cuando no lo hace la Nela, que es mi lazarillo. Conque sígame usted y déjese llevar.

II

GUIADO

—¿Ciego de nacimiento? —dijo Golfín con vivo interés, que no era sólo inspirado por la compasión.

—Sí, señor, de nacimiento —repuso el ciego con naturalidad—. No conozco el mundo más que por el pensamiento, el tacto y el oído. He podido comprender que la parte más maravillosa del universo es esa que me está vedada. Yo sé que los ojos de los demás no son como estos míos, sino que por sí conocen las cosas, pero este don me parece tan extraordinario que ni siquiera comprendo la posibilidad de poseerlo.

—Quién sabe... —manifestó Teodoro—. Pero, ¿qué es esto que veo, amigo mío? ¿Qué sorprendente espectáculo es éste?

El viajero, que había andado algunos pasos junto a su guía, se detuvo, asombrado de la perspectiva fantástica que a sus ojos se ofrecía. Hallábase en un lugar hondo semejante al cráter de un volcán, de suelo irregular, de paredes más irregulares aún. En los bordes y en el centro de la enorme caldera, cuya magnitud era aumentada por el engañoso claroscuro de la noche, se elevaban figuras colosales, hombres disformes, monstruos volcados y patas arriba, brazos inmensos desperezándose, pies truncados,[33] dispersas fi-

---

[33] *truncados*: amputados, mutilados.

guras semejantes a las que forma el caprichoso andar de las nubes en el cielo, pero quietas, inmobles,[34] endurecidas. Era su color el de las momias, color terroso tirando a rojo; su actitud, la del movimiento febril sorprendido y atajado por la muerte. Parecía la petrificación de una orgía de gigantescos demonios; sus manotadas, los burlones movimientos de sus disformes cabezas habían quedado fijos como las inalterables actitudes de la escultura. El silencio que llenaba el ámbito del supuesto cráter era un silencio que daba miedo. Creeríase que mil voces y aullidos habían quedado también hechos piedra, y piedra eran desde siglos de siglos.

—¿En dónde estamos, buen amigo? —dijo Golfín—. Esto es una pesadilla.

—Esta zona de la mina se llama la Terrible —repuso el ciego, indiferente al estupor[35] de su compañero de camino—. Ha estado en explotación hasta que hace dos años se agotó el mineral. Hoy los trabajos se hacen en otras zonas que hay más arriba. Lo que a usted le maravilla son los bloques de piedra que llaman cretácea y de arcilla ferruginosa[36] endurecida que han quedado después de sacado el mineral. Dicen que esto presenta un golpe de vista[37] sublime, sobre todo a la luz de la luna. Yo de nada de eso entiendo.

—Espectáculo asombroso, sí —dijo el forastero deteniéndose en contemplarlo—, pero que a mí antes me causa

---

[34] *inmobles*: inmóviles, estáticas.

[35] *estupor*: sorpresa, asombro.

[36] *piedra... cretácea y de arcilla ferruginosa*: roca formada por restos fósiles que contienen hierro.

[37] *golpe de vista*: panorama, perspectiva, derivado de la expresión francesa «coup d'oeil».

espanto que placer, porque lo asocio al recuerdo de mis neuralgias.[38] ¿Sabe usted lo que me parece? Pues que estoy viajando por el interior de un cerebro atacado de violentísima jaqueca. Estas figuras son como las formas perceptibles que acepta el dolor cefalálgico,[39] confundiéndose con los terroríficos bultos y sombrajos que engendra la fiebre.

—¡*Choto, Choto*, aquí! —dijo el ciego—. Caballero, mucho cuidado ahora, que vamos a entrar en una galería.

En efecto: Golfín vio que el ciego, tocando el suelo con su palo, se dirigía hacia una puertecilla estrecha cuyo marco eran tres gruesas vigas.

El perro entró primero olfateando la negra cavidad. Siguiole el ciego con la impavidez[40] de quien vive en perpetuas tinieblas. Teodoro fue detrás, no sin experimentar cierta repugnancia instintiva hacia la importuna excursión bajo tierra.

—Es pasmoso —observó— que usted entre y salga por aquí sin tropiezo.

—Me he criado en estos sitios —contestó el joven— y los conozco como mi propia casa. Aquí se siente frío: abríguese usted si tiene con qué. No tardaremos mucho en salir.

Iba palpando con su mano derecha la pared, formada de vigas perpendiculares. Después dijo:

—Cuide usted de no tropezar en los carriles que hay en el suelo. Por aquí se arrastra el mineral de las pertenencias[41] de arriba. ¿Tiene usted frío?

—Diga usted, buen amigo —interrogó el doctor fes-

---

[38] *neuralgia*: dolor continuo a lo largo de un nervio.

[39] *cefalálgico*: dolor de cabeza.

[40] *impavidez*: serenidad.

[41] *pertenencias*: unidad de medida para las concesiones mineras, equivalente a una hectárea.

tivamente—: ¿está usted seguro de que no nos ha tragado la tierra? Este pasadizo es un esófago. Somos pobres bichos que hemos caído en el estómago de un gran insectívoro. ¿Y usted, joven, se pasea mucho por estas amenidades?

—Mucho paseo por aquí a todas horas, y me agrada extraordinariamente. Ya hemos entrado en la parte más seca. Esto es arena pura... Ahora vuelve la piedra... Aquí hay filtraciones de agua sulfurosa,[42] por aquí una capa de tierra en que se encuentran conchitas de piedra... También verá capas de pizarra: esto llaman esquistos... ¿Oye usted cómo canta el sapo? Ya estamos cerca de la boca. Allí se pone ese holgazán todas las noches. Le conozco: tiene una voz ronca y pausada.

—¿Quién, el sapo?

—Sí, señor. Ya nos acercamos al fin.

—En efecto: allá veo como un ojo que nos mira. Es la claridad de la otra boca.

Cuando salieron, el primer accidente que hirió los sentidos del doctor fue el canto melancólico que había oído antes. Oyolo también el ciego; volviose bruscamente, y dijo sonriendo con placer y orgullo:

—¿La oye usted?

—Antes oí esa voz y me agradó sobremanera. ¿Quién es la que canta?...

En vez de contestar, el ciego se detuvo, y dando al viento la voz con toda la fuerza de sus pulmones, gritó:

—¡Nela!... ¡Nela!

Ecos sonoros, próximos los unos, lejanos otros, repitieron aquel nombre. El ciego, poniéndose las manos en la boca en forma de bocina, gritó:

---

[42] *sulfurosa*: que contiene azufre.

—No vengas, que voy allá. ¡Espérame en la herrería..., en la herrería!

Después, volviéndose al doctor, le dijo:

—La Nela es una muchacha que me acompaña, es mi lazarillo. Al anochecer volvíamos juntos del prado grande..., hacía un poco de fresco. Como mi padre me ha prohibido que ande de noche sin abrigo, metime en la cabaña de Remolinos, y la Nela corrió a mi casa a buscarme el gabán.[43] Al poco rato de estar en la cabaña, acordeme de que un amigo había quedado en esperarme en casa; no tuve paciencia para aguardar a la Nela y salí con *Choto*. Pasaba por la Terrible cuando le encontré a usted... Pronto llegaremos a la herrería. Allí nos separaremos, porque mi padre se enoja cuando entro tarde en casa. Nela le acompañará a usted hasta las oficinas.

—Muchas gracias, amigo mío.

El túnel les había conducido a un segundo espacio más singular que el anterior. Era una profunda grieta abierta en el terreno, a semejanza de las que resultan de un cataclismo, pero no había sido abierta por las palpitaciones fogosas del planeta, sino por el laborioso azadón del minero. Parecía el interior de un gran buque náufrago tendido sobre la playa y a quien las olas hubieran quebrado por la mitad doblándole en un ángulo obtuso. Hasta se podían ver sus descarnados costillajes, cuyas puntas coronaban en desigual fila una de las alturas. En la concavidad panzuda distinguíanse grandes piedras, como restos de carga maltratados por las olas, y era tal la fuerza pictórica del claroscuro de la luna que Golfín creyó ver, entre mil despojos de cosas náuticas, cadáveres medio devorados por los peces, momias, esqueletos, todo muerto, dormido, semidescom-

---

[43] *gabán*: prenda de abrigo.

puesto y profundamente tranquilo, cual si por mucho tiempo morara en la inmensa sepultura del mar.

La ilusión fue completa cuando sintió rumor de agua, un chasquido semejante al de las olas mansas cuando juegan en los huecos de una peña o azotan el esqueleto de un buque náufrago.

—Por aquí hay agua —dijo a su compañero.

—Ese ruido que usted siente —replicó el ciego, deteniéndose—, y que parece... ¿Cómo lo diré? ¿No es verdad que parece ruido de gárgaras, como el que hacemos cuando nos curamos la garganta?

—Exactamente. ¿Y dónde está ese buche[44] de agua? ¿Es algún arroyo que pasa?

—No, señor. Aquí, a la izquierda, hay una loma. Detrás de ella se abre una gran boca, una sima, un abismo cuyo fin no se sabe. Se llama la Trascava. Algunos creen que va a dar al mar por junto a Ficóbriga.[45] Otros dicen que por el fondo de él corre un río que está siempre dando vueltas y más vueltas, como una rueda, sin salir nunca fuera. Yo me figuro que será como un molino. Algunos dicen que hay allá abajo un resoplido de aire que sale de las entrañas de la tierra, como cuando silbamos, el cual resoplido de aire choca contra un raudal de agua, se ponen a reñir, se engarran,[46] se enfurecen y producen ese hervidero que oímos de fuera.

—¿Y nadie ha bajado a esa sima?

—No se puede bajar sino de una manera.

—¿Cómo?

---

[44] *buche*: bolsa que tienen las aves en la garganta donde almacenan la comida. Aquí significa trago de agua.

[45] *Ficóbriga*: es una ciudad imaginaria en la que transcurre la acción de *Gloria* y que Galdós sitúa en la costa cantábrica.

[46] *engarran*: luchan a brazo partido.

—Arrojándose a ella. Los que han entrado no han vuelto a salir, y es lástima, porque nos hubieran dicho qué pasaba allá dentro. La boca de esa caverna hállase a bastante distancia de nosotros, pero hace dos años, cavando los mineros en este sitio, descubrieron una hendidura en la peña por la cual se oye el mismo hervor de agua que por la boca principal. Esta hendidura debe comunicar con las galerías de allá dentro, donde está el resoplido que sube y el chorro que baja. De día podrá usted verla perfectamente, pues basta enfilar un poco las piedras del lado izquierdo para llegar hasta ella. Hay un asiento cómodo. Algunas personas tienen miedo de acercarse, pero la Nela y yo nos sentamos allí muy a menudo a oír cómo resuena la voz del abismo. Y efectivamente, señor, parece que nos hablan al oído. La Nela dice y jura que oye palabras, que las distingue claramente. Yo, la verdad, nunca he oído palabras, pero sí un murmullo como soliloquio[47] o meditación que a veces parece triste, a veces alegre, tan pronto colérico como burlón.

—Pues yo no oigo sino ruido de gárgaras —dijo el doctor riendo.

—Así parece desde aquí... Pero no nos retrasemos, que es tarde. Prepárese usted a pasar otra galería.

—¿Otra?

—Sí, señor. Y ésta, al llegar a la mitad, se divide en dos. Hay después un laberinto de vueltas y revueltas, porque se hicieron obras que después quedaron abandonadas y aquello está como Dios quiere. *Choto*, adelante.

Choto se metió por un agujero como hurón que persigue al conejo, y siguiéronle el doctor y su guía, que tentaba con su palo el torcido, estrecho y lóbrego camino. Nunca el sentido del tacto había tenido más delicadeza y finura, pro-

---

[47] *soliloquio*: reflexión en voz alta y a solas, monólogo.

longándose desde la epidermis[48] humana hasta un pedazo de madera insensible. Avanzaron describiendo primero una curva, después ángulos y más ángulos, siempre entre las dos paredes de tablones húmedos y medio podridos.

—¿Sabe usted a lo que me parece esto? —dijo el doctor, reconociendo que los símiles[49] agradaban a su guía—. Pues lo comparo a los pensamientos del hombre perverso. Aquí se representa la intuición del malo cuando penetra en su conciencia para verse en toda su fealdad.

Creyó Golfín que se había expresado en lenguaje poco inteligible para el ciego, mas éste probole lo contrario, diciendo:

—Para el que posee el reino desconocido de la luz estas galerías deben de ser tristes, pero yo, que vivo en tinieblas, hallo aquí cierta conformidad de la tierra con mi propio ser. Yo ando por aquí como usted por la calle más ancha. Si no fuera porque unas veces es escaso el aire y otras excesiva la humedad, preferiría estos lugares subterráneos a todos los demás lugares que conozco.

—Esto es la idea de la meditación.

—Yo siento en mi cerebro un paso, un agujero lo mismo que éste por donde voy, y por él corren mis ideas desarrollándose magníficamente.

—¡Oh, cuán lamentable cosa es no haber visto nunca la bóveda azul del cielo en pleno día! —exclamó el doctor con espontaneidad suma—. Dígame: ¿este conducto donde las ideas de usted se desarrollan magníficamente no se acaba nunca?

—Ya, ya pronto estaremos fuera. ¿Dice usted que la bóveda del cielo?... ¡Ah! Ya me figuro que será una conca-

[48] *epidermis*: capa superficial de la piel.
[49] *símil*: comparación.

vidad armoniosa, a la cual parece que podremos alcanzar con las manos sin lograrlo realmente.

Al decir esto salieron. Golfín, respirando con placer y fuerza, como el que acaba de soltar un gran peso, exclamó mirando al cielo:

—¡Gracias a Dios que os vuelvo a ver, estrellitas del firmamento! Nunca me habéis parecido más lindas que en este instante.

—Al pasar —dijo el ciego alargando su mano, que mostraba una piedra— he cogido este pedazo de caliza[50] cristalizada. ¿Sostendrá usted que estos cristalitos que mi tacto halla tan bien cortados, finos y bien pegaditos los unos a los otros no son una cosa muy bella? Al menos a mí me lo parece.

Diciéndolo, desmenuzaba los cristales.

—Amigo querido —dijo Golfín con emoción y lástima—, es verdaderamente triste que usted no pueda conocer que ese pedrusco no merece la atención del hombre mientras esté suspendido sobre nuestras cabezas el infinito rebaño de maravillosas luces que pueblan la bóveda del cielo.

El ciego volvió su rostro hacia arriba y dijo con profunda tristeza:

—¿Es verdad que existís, estrellas?

—Dios es inmensamente grande y misericordioso —observó Golfín, poniendo su mano sobre el hombro de su acompañante—. ¡Quién sabe, quién sabe, amigo mío!... Se han visto, se ven todos los días casos muy raros.

Mientras esto decía mirábale de cerca tratando de examinar, a la escasa claridad de la noche, las pupilas del joven. Fijo y sin mirada, el ciego volvía sonriendo su rostro hacia donde sonaba la voz del doctor.

[50] *caliza*: roca formada por carbonato de cal.

—No tengo esperanza —murmuró.

Habían salido a un sitio despejado. La luna, más clara a cada rato, iluminaba praderas ondulantes y largos taludes que parecían las escarpas[51] de inmensas fortificaciones. A la izquierda, y a regular altura, vio el doctor un grupo de blancas casas en el mismo borde de la vertiente.

—Aquí, a la izquierda —dijo el ciego—, está mi casa. Allá arriba..., ¿sabe usted? Aquellas tres casas es lo que queda del lugar de Aldeacorba de Suso;[52] lo demás ha sido expropiado en diversos años para beneficiar el terreno; todo aquí debajo es calamina. Nuestros padres vivían sobre miles de millones sin saberlo.

Esto decía cuando se vino corriendo hacia ellos una muchacha, una niña, una chicuela, de ligerísimos pies y menguada de estatura.

—Nela, Nela —dijo el ciego—. ¿Me traes el abrigo?

—Aquí está —repuso la muchacha poniéndole un capote sobre los hombros.

—¿Ésta es la que cantaba?... ¿Sabes que tienes una preciosa voz?

—¡Oh! —exclamó el ciego con candoroso[53] acento de encomio—, canta admirablemente. Ahora, Mariquilla, vas a acompañar a este caballero hasta las oficinas. Yo me quedo en casa. Ya siento la voz de mi padre que baja a buscarme. Me reñirá, de seguro... ¡Allá voy, allá voy!

—Retírese usted pronto, amigo —dijo Golfín estrechándole la mano—. El aire es fresco y puede hacerle daño. Muchas gracias por la compañía. Espero que seremos ami-

---

[51] *escarpa*: muro inclinado.

[52] *Aldeacorba de Suso*: topónimo ficticio que Galdós pudo tomar de la población santanderina de Riocorvo.

[53] *candoroso*: inocente.

gos, porque estaré aquí algún tiempo... Yo soy hermano de Carlos Golfín, el ingeniero de estas minas.

—¡Ah!..., ya... Don Carlos es muy amigo de mi padre y mío; le espera a usted desde ayer.

—Llegué esta tarde a la estación de Villamojada...; dijéronme que Socartes estaba cerca y que podía venir a pie. Como me gusta ver el paisaje y hacer ejercicio, y como me dijeron que adelante, siempre adelante, eché a andar, mandando mi equipaje en un carro. Ya ve usted cuán tontamente me perdí... Pero no hay mal que por bien no venga...: le he conocido a usted, y seremos amigos, quizá muy amigos... Vaya, adiós; a casa pronto, que el fresco de septiembre no es bueno. Esta señora Nela tendrá la bondad de acompañarme.

—De aquí a las oficinas no hay más que un cuarto de hora de camino..., poca cosa... Cuidado no tropiece usted en los raíles, cuidado al bajar el plano inclinado. Suelen dejar las vagonetas sobre la vía..., y con la humedad, la tierra está como jabón... Adiós, caballero y amigo mío. Buenas noches.

Subió por una empinada escalera abierta en la tierra y cuyos peldaños estaban reforzados con vigas. Golfín siguió adelante, guiado por la Nela. Lo que hablaron, ¿merecerá capítulo aparte? Por si acaso, se lo daremos.

III

Un diálogo que servirá de exposición

—Aguarda, hija, no vayas tan aprisa —dijo Golfín, deteniéndose—; déjame encender un cigarro.

Estaba tan serena la noche que no necesitó emplear las precauciones que generalmente adoptan contra el viento los fumadores. Encendido el cigarro, acercó la cerilla al rostro de la Nela, diciendo con bondad:

—A ver, enséñame tu cara.

Mirábale asombrada la muchacha, y sus negros ojuelos brillaron con un punto rojizo, como chispa, en el breve instante que duró la luz del fósforo. Era como una niña, pues su estatura debía contarse entre las más pequeñas, correspondiendo a su talle delgadísimo y a su busto mezquinamente constituido.[54] Era como una jovenzuela, pues sus ojos no tenían el mirar propio de la infancia y su cara revelaba la madurez de un organismo que ha entrado o debido entrar en el juicio. A pesar de esta desconformidad, era admirablemente proporcionada, y su cabeza chica remataba con cierta gallardía[55] el miserable cuerpecillo. Alguien la definía mujer mirada con vidrio de disminución; alguno

---

[54] *mezquinamente constituido*: de pobre constitución o tamaño muy pequeño.

[55] *gallardía*: elegancia.

como una niña con ojos y expresión de adolescente. No conociéndola, se dudaba si era un asombroso progreso o un deplorable[56] atraso.

—¿Qué edad tienes tú? —preguntole Golfín, sacudiendo los dedos para arrojar el fósforo, que empezaba a quemarle.

—Dicen que tengo dieciséis años —replicó la Nela, examinando a su vez al doctor.

—¡Dieciséis años! Atrasadilla estás, hija. Tu cuerpo es de doce, a lo sumo.

—¡Madre de Dios! Si dicen que yo soy como un fenómeno...[57] —manifestó ella en tono de lástima de sí misma.

—¡Un fenómeno! —repitió Golfín, poniendo su mano sobre los cabellos de la chica—. Podrá ser. Vamos, guíame.

Comenzó a andar la Nela resueltamente sin adelantarse mucho, antes bien, cuidando de ir siempre al lado del viajero, como si apreciara en todo su valor la honra de tan noble compañía. Iba descalza: sus pies ágiles y pequeños denotaban familiaridad consuetudinaria[58] con el suelo, con las piedras, con los charcos, con los abrojos.[59] Vestía una falda sencilla y no muy larga, denotando en su rudimentario atavío, así como en la libertad de sus cabellos sueltos y cortos, rizados con nativa elegancia, cierta independencia más propia del salvaje que del mendigo. Sus palabras, al contrario, sorprendieron a Golfín por lo recatadas y humildes, dando indicios de un carácter formal y reflexivo. Resonaba su voz con simpático acento de corte-

---

[56] *deplorable*: lamentable.
[57] *fenómeno*: ser deforme o monstruoso.
[58] *consuetudinaria*: dícese de lo que es de costumbre, habitual.
[59] *abrojos*: cardos, plantas silvestres.

sía, que no podía ser hijo de la educación; sus miradas eran fugaces y momentáneas como no fueran dirigidas al suelo o al cielo.

—Dime —le preguntó Golfín—, ¿vives tú en las minas? ¿Eres hija de algún empleado de esta posesión?

—Dicen que no tengo madre ni padre.

—¡Pobrecita! Tú trabajarás en las minas...

—No, señor. Yo no sirvo para nada —replicó sin alzar del suelo los ojos.

—Pues a fe que tienes modestia.

Teodoro se inclinó para mirarle el rostro. Éste era delgado, muy pecoso, todo salpicado de manchitas parduscas. Tenía pequeña la frente, picudilla y no falta de gracia la nariz, negros y vividores los ojos; pero comúnmente brillaba en ellos una luz de tristeza. Su cabello dorado oscuro había perdido el hermoso color nativo a causa de la incuria[60] y de su continua exposición al aire, al sol y al polvo. Sus labios apenas se veían de puro chicos y siempre estaban sonriendo, mas aquella sonrisa era semejante a la imperceptible de algunos muertos cuando han dejado de vivir pensando en el cielo. La boca de la Nela, estéticamente hablando, era desabrida,[61] fea, pero quizá podía merecer elogios, aplicándole el verso de Polo de Medina: «Es tan linda su boca que no pide».[62] En efecto: ni hablando, ni mirando, ni sonriendo revelaba aquella miserable el hábito degradante de la mendicidad.

---

[60] *incuria*: falta de cuidado.

[61] *desabrida*: sosa, sin gracia, desagradable.

[62] Salvador Jacinto Polo de Medina (1607-1657), escritor satírico del barroco, famoso por sus imitaciones de Quevedo. El verso citado pertenece al poema burlesco «Fábula de Apolo y Dafne» (1634): «Pero, para decirles su alabanza, / conceptillo mejor mi ingenio alcanza, / y tanto, que con otro no se mide: / es tan linda su boca, que no pide».

Golfín le acarició el rostro con su mano, tomándolo por la barba y abarcándolo casi todo entre sus gruesos dedos.

—¡Pobrecita! —exclamó—. Dios no ha sido generoso contigo. ¿Con quién vives?

—Con el señor Centeno, capataz de ganado en las minas.

—Me parece que tú no habrás nacido en la abundancia. ¿De quién eres hija?

—Dicen que mi madre vendía pimientos en el mercado de Villamojada. Era soltera. Me tuvo un día de Difuntos,[63] y después se fue a criar[64] a Madrid.

—¡Vaya con la buena señora! —murmuró Teodoro con malicia—. Quizá no tenga nadie noticia de quién fue tu papá.

—Sí, señor —replicó la Nela, con cierto orgullo—. Mi padre fue el primero que encendió las luces en Villamojada.

—¡Cáspita![65]

—Quiero decir que cuando el Ayuntamiento puso por primera vez faroles en las calles —dijo, como queriendo dar a su relato la gravedad de la historia—, mi padre era el encargado de encenderlos y limpiarlos. Yo estaba ya criada por una hermana de mi madre, que era también soltera, según dicen. Mi padre había reñido con ella... Dicen que vivían juntos..., todos vivían juntos..., y cuando iba a farolear[66] me llevaba en el cesto, junto con los tubos de vidrio,

---

[63] *día de Difuntos*: según la liturgia católica, el día de Difuntos se celebra el 2 de noviembre, al día siguiente de la festividad de Todos los Santos. Sin duda, un mal presagio para la pobre Marianela.

[64] *criar*: aquí significa ejercer de nodriza, amamantar a un niño que no es tu hijo.

[65] *¡Cáspita!*: interjección que denota extrañeza.

[66] *farolear*: encender farolas.

las mechas, la aceitera... Un día dicen que subió a limpiar el farol que hay en el puente, puso el cesto sobre el antepecho,[67] yo me salí fuera, y caíme al río.

—¡Y te ahogaste!

—No, señor, porque caí sobre piedras. ¡Divina Madre de Dios! Dicen que antes de eso era yo muy bonita.

—Sí, indudablemente eras muy bonita —afirmó el forastero, el alma inundada de bondad—. Y todavía lo eres... Pero dime: ¿hace mucho tiempo que vives en las minas?

—Dicen que hace tres años. Dicen que mi madre me recogió después de la caída. Mi padre cayó enfermo, y como mi madre no le quiso asistir porque era malo, él fue al hospital, donde dicen que se murió. Entonces vino mi madre a trabajar a las minas. Dicen que un día la despidió el jefe porque había bebido mucho aguardiente...

—Y tu madre se fue... Vamos, ya me interesa esa señora. Se fue...

—Se fue a un agujero muy grande que hay allá arriba —dijo la Nela, deteniéndose ante el doctor y dando a su voz el tono más patético— y se metió dentro.

—¡Canario![68] ¡Vaya un fin lamentable! Supongo que no habrá vuelto a salir.

—No, señor —replicó la chiquilla con naturalidad—. Allí dentro está.

—Después de esa catástrofe, pobre criatura —dijo Golfín con cariño—, has quedado trabajando aquí. Es un trabajo muy penoso el de la minería. Estás teñida del color del mineral, estás raquítica y mal alimentada. Esta vida destruye las naturalezas más robustas.

---

[67] *antepecho*: baranda.

[68] *¡Canario!*: ¡caramba!, interjección con la que se expresa asombro.

—No, señor, yo no trabajo. Dicen que yo no sirvo ni puedo servir para nada.

—Quita allá, tonta, tú eres una alhaja.[69]

—Que no, señor —dijo la Nela, insistiendo con energía—. Si no puedo trabajar. En cuanto cargo un peso pequeño, me caigo al suelo. Si me pongo a hacer una cosa difícil, en seguida me desmayo.

—Todo sea por Dios... Vamos, que si cayeras tú en manos de personas que te supieran manejar, ya trabajarías bien.

—No, señor —repitió la Nela con tanto énfasis como si se elogiara—, si yo no sirvo más que de estorbo.

—¿De modo que eres una vagabunda?

—No, señor, porque acompaño a Pablo.

—¿Y quién es Pablo?

—Ese señorito ciego a quien usted encontró en la Terrible. Yo soy su lazarillo desde hace año y medio. Le llevo a todas partes; nos vamos por los campos paseando.

—Parece buen muchacho ese Pablo.

Detúvose otra vez la Nela mirando al doctor. Con el rostro resplandeciente de entusiasmo, exclamó:

—¡Madre de Dios! Es lo mejor que hay en el mundo. ¡Pobre amito mío! Sin vista tiene él más talento que todos los que ven.

—Me gusta tu amo. ¿Es de este país?

—Sí, señor; es hijo único de don Francisco Penáguilas, un caballero muy bueno y muy rico que vive en las casas de Aldeacorba.

—Dime: ¿y a ti por qué te llaman la Nela? ¿Qué quiere decir eso?

La muchacha alzó los hombros. Después de una pausa, repuso:

[69] *alhaja*: joya, aquí referido a una persona que vale mucho.

—Mi madre se llamaba la *señá*[70] María Canela, pero la decían Nela. Dicen que éste es nombre de perra. Yo me llamo María.

—Mariquita.

—María Nela me llaman, y también la hija de la Canela. Unos me dicen Marianela y otros nada más que la Nela.

—¿Y tu amo te quiere mucho?

—Sí, señor; es muy bueno. Él dice que ve con mis ojos, porque como yo le llevo a todas partes y le digo cómo son todas las cosas...

—Todas las cosas que no puede ver —indicó el forastero, muy gustoso de aquel coloquio.

—Sí, señor, yo le digo todo. Él me pregunta cómo es una estrella y yo se la pinto de tal modo, hablando, que para él es lo mismito que si la viera. Yo le explico cómo son las hierbas y las nubes, el cielo, el agua y los relámpagos, las veletas, las mariposas, el humo, los caracoles, el cuerpo y la cara de las personas y de los animales. Yo le digo lo que es feo y lo que es bonito y así se va enterando de todo.

—Veo que no es flojo tu trabajo. ¡Lo feo y lo bonito! Ahí es nada... ¿Te ocupas de eso?... Dime: ¿sabes leer?

—No, señor. Si yo no sirvo para nada.

Decía esto en el tono más convincente, y con el gesto de que acompañaba su firme protesta parecía añadir: «Es usted un majadero al suponer que yo sirvo para algo».

—¿No verías con gusto que tu amito recibiera de Dios el don de la vista?

La muchacha no contestó nada. Después de una pausa, dijo:

—¡Divino Dios! Eso es imposible.

—Imposible no, aunque difícil.

---

[70] *señá*: señora.

—El ingeniero director de las minas ha dado esperanzas al padre de mi amo.

—¿Don Carlos Golfín?

—Sí, señor; don Carlos tiene un hermano médico que cura los ojos, y, según dicen, da vista a los ciegos, arregla a los tuertos y les endereza los ojos a los bizcos.

—¡Qué hombre más hábil!

—Sí, señor; y como ahora el médico anunció a su hermano que iba a venir, su hermano le escribió diciéndole que trajera las herramientas para ver si le podía dar vista a Pablo.

—¿Y ha venido ya ese buen hombre?

—No, señor; como anda siempre allá por las Américas y las Inglaterras, parece que tardará en venir. Pero Pablo se ríe de esto, y dice que no le dará ese hombre lo que la Virgen Santísima le negó desde el nacer.

—Quizá tenga razón... Pero dime: ¿estamos ya cerca?..., porque veo chimeneas que arrojan un humo más negro que el del infierno, y veo también una claridad que parece de fragua.[71]

—Sí, señor, ya llegamos. Aquéllos son los hornos de la calcinación, que arden día y noche. Aquí enfrente están las máquinas de lavado, que no trabajan sino de día; a mano derecha está el taller de composturas, y allá abajo, a lo último de todo, las oficinas.

En efecto: el lugar aparecía a los ojos de Golfín como lo describía Marianela. Esparciéndose el humo por falta de aire, envolvía en una como gasa oscura y sucia todos los edificios, cuyas masas negras señalábanse confusa y fantásticamente sobre el cielo iluminado por la luna.

—Más hermoso es esto para verlo una vez que para vivir aquí —indicó Golfín apresurando el paso—. La nube

[71] *fragua*: fogón en el que se caldean los metales para forjarlos.

de humo lo envuelve todo, y las luces forman un disco borroso, como el de la luna en noches de bochorno. ¿En dónde están las oficinas?

—Allí; ya pronto llegamos.

Después de pasar por delante de los hornos, cuyo calor obligole a apretar el paso, el doctor vio un edificio tan negro y ahumado como todos los demás. Verlo y sentir los gratos sonidos de un piano tecleado con verdadero frenesí fue todo uno.

—Música tenemos; conozco las manos de mi cuñada.

—Es la señorita Sofía, que toca —afirmó María.

Claridad de alegres habitaciones lucía en los huecos, y abierto estaba el balcón principal. Veíase en él un ascua diminuta: era la lumbre de un cigarro. Antes que el doctor llegase, el ascua cayó, describiendo una perpendicular y dividiéndose en menudas y saltonas chispas: era que el fumador había arrojado la colilla.

—Allí está el fumador sempiterno[72] —gritó el doctor con acento del más vivo cariño—. ¡Carlos, Carlos!

—¡Teodoro! —contestó una voz en el balcón.

Calló el piano, como un ave cantora que se asusta del ruido. Sonaron pasos en la casa. El doctor dio una moneda de plata a su guía y corrió hacia la puerta.

---

[72] *sempiterno*: que durará siempre, eterno; aquí califica al fumador empedernido, incorregible.

IV

LA FAMILIA DE PIEDRA

Menudeando el paso y saltando sobre los obstáculos que hallaba en su camino, la Nela se dirigió a la casa que está detrás de los talleres de maquinaria y junto a las cuadras donde comían el pienso pausada y gravemente las sesenta mulas del establecimiento. Era la morada del señor Centeno de moderna construcción, si bien nada elegante ni aun cómoda. Baja de techo, pequeña para albergar sus tres piezas a los esposos Centeno, a los cuatro hijos de los esposos Centeno, al gato de los esposos Centeno y, por añadidura, a la Nela, la casa figuraba en los planos de vitela[73] de aquel gran establecimiento ostentando orgullosa, como otras muchas, este letrero: *Vivienda de capataces.*

En su interior, el edificio servía para probar prácticamente un aforismo[74] que ya conocemos por haberlo visto enunciado por la misma Marianela; es, a saber: que ella, Marianela, no servía más que de estorbo. En efecto, allí había sitio para todo: para los esposos Centeno, para las herramientas de sus hijos, para mil cachivaches de cuya utili-

---

[73] *vitela*: piel de vaca curtida que se usaba para escribir o para pintar sobre ella.

[74] *aforismo*: sentencia breve.

dad no hay pruebas inconcusas,[75] para el gato, para el plato en que comía el gato, para la guitarra de Tanasio, para los materiales que el mismo empleaba en componer *garrotes* (cestas), para media docena de colleras[76] viejas de mulas, para la jaula del mirlo, para dos peroles inútiles, para un altar en que la Centeno ponía ofrenda de flores de trapo a la divinidad y unas velas seculares,[77] colonizadas por las moscas, para todo absolutamente menos para la hija de la Canela. A menudo se oía:

«¡Que no he de dar un paso sin tropezar con esta condenada Nela!...»

También se oía esto:

«Vete a tu rincón... ¡Qué criatura! Ni hace ni deja hacer a los demás.»

La casa constaba de tres piezas y un desván. Era la primera, además de corredor y sala, alcoba de los Centenos mayores. En la segunda dormían las dos señoritas, que eran ya mujeres y se llamaban la Mariuca y la Pepina. Tanasio, el primogénito, se agasajaba en el desván, y Celipín, que era el más pequeño de la familia y frisaba[78] en los doce años, tenía su dormitorio en la cocina, la pieza más interna, más remota, más crepuscular, más ahumada y más inhabitable de las tres que componían la morada Centenil.

La Nela, durante los largos años de su residencia allí, había ocupado distintos rincones, pasando de uno a otro conforme lo exigía la instalación de mil objetos que no servían sino para robar a los seres vivos el último pedazo de suelo habitable. En cierta ocasión (no consta la fecha con exacti-

<hr />

[75] *inconcusas*: indudables, fehaciente.

[76] *colleras*: collares de cuero que se ponen al cuello las caballerizas.

[77] *seculares*: muy antiguas, de hace siglos.

[78] *frisaba*: bordeaba, se acercaba.

tud), Tanasio, que era tan imposibilitado de piernas como de ingenio y se había dedicado a la construcción de cestas de avellano, puso en la cocina, formando pila, hasta media docena de aquellos ventrudos ejemplares de su industria. Entonces, la hija de la Canela volvió tristemente sus ojos en derredor sin hallar sitio donde albergarse; pero la misma contrariedad sugiriole repentina y felicísima idea, que al instante puso en ejecución. Metiose bonitamente en una cesta, y así pasó la noche en fácil y tranquilo sueño. Indudablemente aquello era bueno y cómodo: cuando tenía frío tapábase con otra cesta. Desde entonces, siempre que había *garrotes* grandes no careció de estuche en que encerrarse. Por eso decían en la casa: «Duerme como una alhaja».

Durante la comida, y entre la algazara[79] de una conversación animada sobre el trabajo de la mañana, oíase una voz que bruscamente decía: «Toma». La Nela recogía una escudilla[80] de manos de cualquier Centeno grande o chico y se sentaba contra el arca a comer sosegadamente. También solía oírse al fin de la comida la voz áspera y becerril del señor Centeno diciendo a su esposa en tono de reconvención: «Mujer, que no has dado nada a la pobre Nela». A veces acontecía que la Señana (nombre formado de señora Ana) moviera la cabeza para buscar con los ojos, por entre los cuerpos de sus hijos, algún objeto pequeño y lejano y que al mismo tiempo dijera: «Pues qué, ¿estaba ahí? Yo pensé que también hoy se había quedado en Aldeacorba».

Por las noches, después de cenar, rezaban el rosario. Tambaleándose como sacerdotisas de Baco[81] y revolvien-

[79] *algazara*: griterío, alboroto.

[80] *escudilla*: cuenco o tazón en el que se sirve la sopa.

[81] *Baco*: en la mitología romana, dios del vino. Sus sacerdotisas se tambaleaban a causa de las borracheras.

do sus apretados puños en el hueco de los ojos, la Mariuca y la Pepina se iban a sus lechos, que eran cómodos y confortantes, paramentados[82] con abigarradas colchas.

Poco después oíase un roncante dúo de contraltos[83] aletargados que duraba sin interrupción hasta el amanecer.

Tanasio subía al alto aposento y Celipín se acurrucaba sobre haraposas[84] mantas, no lejos de las cestas donde desaparecía la Nela.

Acomodados así los hijos, los padres permanecían un rato en la pieza principal, y mientras Centeno, sentándose junto a la mesilla y tomando un periódico, hacía mil muecas y visajes[85] que indicaban el atrevido intento de leerlo, la Señana sacaba del arca una media repleta de dinero y después de contado y de añadir o quitar algunas piezas lo reponía cuidadosamente en su sitio. Sacaba después diferentes líos de papel que contenían monedas de oro y trasegaba[86] algunas piezas de uno en otro apartadijo. Entonces solían oírse frases sueltas como éstas:

«He tomado treinta y dos reales para el refajo de la Mariuca... A Tanasio le he puesto los seis reales que se le quitaron... Sólo nos faltan once duros para los quinientos...»

O como éstas:

«Señores diputados que dijeron sí...», «Ayer celebró una conferencia», etc.

Los dedos de Señana sumaban, y el de Sinforoso Centeno seguía tembloroso y vacilante los renglones para poder guiar su espíritu por aquel laberinto de letras.

---

[82] *paramentados*: equipados, preparados.

[83] *contraltos*: voz media entre la de tiple y la de tenor.

[84] *haraposas*: viejas, andrajosas y rotas.

[85] *visajes*: gestos exagerados del rostro.

[86] *trasegaba*: trasladaba, movía de un lugar a otro.

Las frases iban poco a poco resolviéndose en palabras sueltas, después en monosílabos; oíase un bostezo, otro, y al fin todo quedaba en plácido silencio, después de extinguida la luz a cuyo resplandor había enriquecido sus conocimientos el capataz de mulas.

Una noche, después que todo calló, dejose oír ruido de cestas en la cocina. Como allí había alguna claridad, porque jamás se cerraba la madera del ventanillo, Celipín Centeno, que no dormía aún, vio que las dos cestas más altas, colocadas una contra otra, se separaban, abriéndose como las conchas de un bivalvo.[87] Por el hueco aparecieron la naricilla y los negros ojos de Nela.

—Celipín, Celipinillo —dijo ésta, sacando también su mano—. ¿Estás dormido?

—No, despierto estoy. Nela, pareces una almeja. ¿Qué quieres?

—Toma, toma esta peseta que me dio esta noche un caballero, hermano de don Carlos... ¿Cuánto has juntado ya?... Éste sí que es regalo. Nunca te había dado más que cuartos.[88]

—Dame acá; muchas gracias, Nela —dijo el muchacho, incorporándose para tomar la moneda—. Cuarto a cuarto, ya me has dado al pie[89] de treinta y dos reales... Aquí lo tengo en el seno, muy bien guardadito en el saco que me diste. ¡Eres una real moza!

—Yo no quiero para nada el dinero. Guárdalo bien, porque si la Señana te lo descubre, creerá que es para vicios y te pegará una paliza.

—No, no es para vicios, no es para vicios —afirmó el chicuelo con energía, oprimiéndose el seno con una mano

---

[87] *bivalvo*: molusco con dos conchas, como el mejillón o la almeja.
[88] *cuartos*: antigua moneda de cobre de muy poco valor.
[89] *al pie*: cerca de.

mientras sostenía su cabeza en la otra—: es para hacerme hombre de provecho, Nela, para hacerme hombre de pesquis,[90] como muchos que conozco. El domingo, si me dejan ir a Villamojada, he de comprar una cartilla para aprender a leer, ya que aquí no quieren enseñarme. ¡Córcholis! Aprenderé solo. ¡Ah!, Nela, dicen que don Carlos era hijo de uno que barría las calles en Madrid. Él solo, solito él, con la ayuda de Dios, aprendió todo lo que sabe.

—Puede que pienses tú hacer lo mismo, bobo.

—¡Córcholis! Puesto que mis padres no quieren sacarme de estas condenadas minas, yo me buscaré otro camino; sí, ya verás quién es Celipín. Yo no sirvo para esto, Nela. Deja tú que tenga reunida una buena cantidad y verás, verás cómo me planto en la villa, y allí, o tomo el tren para irme a Madrid, o un vapor que me lleve a las islas de allá lejos,[91] o me meto a servir con tal que me dejen estudiar.

—¡Madre de Dios divino! ¡Qué calladas tenías esas picardías! —dijo la Nela, abriendo más las conchas de su estuche y echando fuera toda la cabeza.

—¿Pero tú me tienes por bobo?... ¡Ah!, Nelilla, estoy rabiando. Yo no puedo vivir así, yo me muero en las minas. ¡Córcholis! Paso las noches llorando, y me muerdo las manos, y... no te asustes, Nela, ni me creas malo por lo que voy a decirte: a ti sola te lo digo.

—¿Qué?

—Que no quiero a mi madre ni a mi padre como los debiera querer.

—Ea, pues si haces eso, no te vuelvo a dar un real. ¡Celipín, por amor de Dios, piensa bien lo que dices!

---

[90] *pesquis*: ingenio.

[91] *islas de allá lejos*: referencia a Cuba y Puerto Rico, que fueron posesiones españolas hasta la guerra de 1898.

—No lo puedo remediar. Ya ves cómo nos tienen aquí. ¡Córcholis! No somos gente, sino animales. A veces se me pone en la cabeza que somos menos que las mulas, y yo me pregunto si me diferencio en algo de un borrico... Coger una cesta llena de mineral y echarla en un vagón; empujar el vagón hasta los hornos; revolver con un palo el mineral que se está lavando. ¡Ay!... —Al decir esto, los sollozos cortaban la voz del infeliz muchacho—. ¡Cor... córcholis!, el que pase muchos años en este trabajo al fin se ha de volver malo, y sus sesos serán de calamina... No, Celipín no sirve para esto... Les digo a mis padres que me saquen de aquí y me pongan a estudiar y responden que son pobres y que yo tengo mucha *fantesía*. Nada, nada, no somos más que bestias que ganamos un jornal... ¿Pero tú no me dices nada?

La Nela no respondió... Quizá comparaba la triste condición de su compañero con la suya propia, hallando ésta infinitamente más aflictiva.

—¿Qué quieres tú que yo te diga? —replicó al fin—. Como yo no puedo ser nunca nada, como yo no soy persona, nada te puedo decir... Pero no pienses esas cosas malas, no pienses eso de tus padres.

—Tú lo dices por consolarme, pero bien ves que tengo razón..., y me parece que estás llorando.

—Yo no.

—Sí, tú estás llorando.

—Cada uno tiene sus cositas que llorar —repuso María con voz sofocada—. Pero es muy tarde, Celipe, y es preciso dormir.

—Todavía no..., ¡córcholis!

—Sí, hijito. Duérmete y no pienses en esas cosas malas. Buenas noches.

Cerráronse las conchas de almeja y todo quedó en silencio.

Se ha declamado mucho contra el positivismo[92] de las ciudades, plaga que entre las galas y el esplendor de la cultura corroe los cimientos morales de la sociedad, pero hay una plaga más terrible, y es el positivismo de las aldeas, que petrifica millones de seres matando en ellos toda ambición noble y encerrándoles en el círculo de una existencia mecánica, brutal y tenebrosa. Hay en nuestras sociedades enemigos muy espantosos; a saber: la especulación, el agio, la metalización del hombre culto, el negocio;[93] pero sobre éstos descuella un monstruo que a la callada destroza más que ninguno: la codicia del aldeano. Para el aldeano codicioso no hay ley moral, ni religión, ni nociones claras del bien; todo esto se revuelve en su alma con supersticiones y cálculos groseros, formando un todo inexplicable. Bajo el hipócrita candor se esconde una aritmética parda que supera en agudeza y perspicacia a cuanto idearon los matemáticos más expertos. Un aldeano que toma el gusto a los ochavos[94] y sueña con trocarlos en plata para convertir después la plata en oro es la bestia más innoble que puede imaginarse; tiene todas las malicias y sutilezas del hombre y una sequedad de sentimientos que espanta. Su alma se va condensando hasta no ser más que un graduador de cantidades. La ignorancia, la rusticidad, la miseria en el vivir completan esta abominable pieza, quitándole todos los medios de disimular su descarnado interior. Contando por los dedos, es capaz de reducir a números todo el orden moral, la conciencia y el alma toda.

[92] *positivismo*: actitud práctica y realista; aquí puede referirse también a la excesiva afición a los bienes materiales.

[93] *especulación*: obtención de grandes beneficios económicos comprando objetos a un precio y vendiéndolos a otro mucho mayor; *agio*: especulación con cambios de moneda; *metalización*: afición desmedida al dinero.

[94] *ochavos*: moneda de poco valor.

La Señana y el señor Centeno, que habían hallado al fin, después de mil angustias, su *pedazo de pan* en las minas de Socartes, reunían con el trabajo de sus cuatro hijos un jornal que les habría parecido fortuna de príncipes en los tiempos en que andaban de feria en feria vendiendo pucheros. Debe decirse, tocante a las facultades intelectuales del señor Centeno, que su cabeza, en opinión de muchos, rivalizaba en dureza con el martillo pilón[95] montado en los talleres; no así tocante a las de Señana, que parecía mujer de muchísimo caletre y trastienda[96] y gobernaba toda la casa como gobernaría el más sabio príncipe sus Estados.

Apandaba bonitamente[97] el jornal de su marido y de sus hijos, que era una hermosa suma, y cada vez que había cobranza parecíale que entraba por las puertas de su casa el mismo Jesús Sacramentado, tal era el gusto que la vista de las monedas le producía.

Daba la Señana muy pocas comodidades a sus hijos en cambio de la hacienda que con las manos de ellos iba formando, pero como no se quejaban de la degradante y atroz miseria en que vivían, como no mostraban nunca pujos de emancipación[98] ni anhelo de otra vida mejor y más digna de seres inteligentes, la Señana dejaba correr los días. Muchos pasaron antes que sus hijas durmieran en camas; muchísimos antes que cubrieran sus lozanas carnes con vestidos decentes. Dábales de comer sobria y metódicamente, haciéndose partidaria en esto de los preceptos hi-

---

[95] *martillo pilón*: martillo de acero de grandes dimensiones que se deja caer sobre el metal colocado en el yunque.

[96] *caletre*: talento, juicio, sentido común; *trastienda*: astucia.

[97] *apandaba bonitamente*: se apropiaba de algo con disimulo.

[98] *pujos de emancipación*: deseo de independizarse.

giénicos más en boga, pero la comida en su casa era triste, como un pienso dado a seres humanos.

En cuanto al pasto intelectual, la Señana creía firmemente que con la erudición de su esposo el señor Centeno, adquirida en copiosas lecturas, tenía bastante la familia para merecer el dictado de sapientísima, por lo cual no trató de alimentar el espíritu de sus hijos con las rancias enseñanzas que se dan en la escuela. Si los mayores asistieron a ella, el más pequeño viose libre de maestros, y engolfado[99] vivía durante doce horas diarias en el embrutecedor trabajo de las minas, con lo cual toda la familia navegaba ancha y holgadamente por el inmenso piélago[100] de la estupidez.

Las dos hembras, Mariuca y Pepina, no carecían de encantos, siendo los principales su juventud y su robustez. Una de ellas leía de corrido; la otra no, y en cuanto a conocimientos del mundo, fácilmente se comprende que no carecería de algunos rudimentos quien vivía entre risueño coro de ninfas de distintas edades y procedencias, ocupadas en un trabajo mecánico y con boca libre. Mariuca y Pepina eran muy apechugadas, muy derechas, fuertes y erguidas como amazonas.[101] Vestían falda corta, mostrando media pantorrilla y el carnoso pie descalzo, y sus rudas cabezas habrían lucido bien sosteniendo un arquitrabe,[102] como las mujeres de la Caria. El polvillo de la calamina, que las teñía de pies a cabeza como a los demás trabajadores de las minas, dábales aire de colosales figuras de barro crudo.

---

[99] *engolfado*: enfrascado, entregado.

[100] *piélago*: alta mar, aquello que por su abundancia es difícil de contar.

[101] *amazonas*: en la mitología griega, mujeres guerreras que excluían de sus poblados a los hombres.

[102] *arquitrabe*: en la arquitectura griega eran las vigas exteriores principales que descansaban sobre los capiteles de las columnas.

Tanasio era un hombre apático. Su falta de carácter y de ambición rayaban en el idiotismo. Encerrado en las cuadras desde su infancia, ignorante de toda travesura, de toda contrariedad, de todo placer, de toda pena, aquel joven, que ya había nacido dispuesto a ser máquina, se convirtió poco a poco en la herramienta más grosera. El día en que semejante ser tuviera una idea propia se cambiaría el orden admirable de todas las cosas por el cual ninguna piedra puede pensar.

Las relaciones de esta prole[103] con su madre, que era la gobernadora de toda la familia, eran las de una docilidad absoluta por parte de los hijos y de un dominio soberano por parte de la Señana. El único que solía mostrar indicios de rebelión era el chiquitín. En sus cortos alcances, la Señana no comprendía aquella aspiración diabólica a dejar de ser piedra. ¿Por ventura había existencia más feliz y ejemplar que la de los peñascos? No admitía, no, que fuera cambiada, ni aun por la de canto rodado.[104] Y Señana amaba a sus hijos; ¡pero hay tantas maneras de amar! Poníales por encima de todas las cosas siempre que se avinieran a trabajar perpetuamente en las minas, a amasar en una sola artesa[105] todos sus jornales, a obedecerla ciegamente y a no tener aspiraciones locas ni afán de lucir galas, ni de casarse antes de tiempo ni de aprender diabluras, ni de meterse en sabidurías, porque los pobres —decía— siempre habían de ser pobres y como pobres portarse, sin farolear[106] como los ricos y gente de la ciudad, que estaba toda comida de vicios y podrida de pecados.

---

[103] *prole*: descendencia, hijos e hijas de una familia.
[104] *canto rodado*: piedra redondeada y pulida por el efecto continuado del agua.
[105] *artesa*: cajón de madera que se utiliza para amasar el pan.
[106] *farolear*: aquí significa presumir, alardear de lo que no se posee.

Hemos descrito el trato que tenían en casa de Centeno los hijos para que se comprenda el que tendría la Nela, criatura abandonada, sola, inútil, incapaz de ganar jornal, sin pasado, sin porvenir, sin abolengo,[107] sin esperanza, sin personalidad, sin derecho a nada más que el sustento. Señana se lo daba creyendo firmemente que su generosidad rayaba en heroísmo. Repetidas veces dijo para sí al llenar la escudilla de la Nela: «¡Qué bien me gano mi puestecico en el cielo!».

Y lo creía como el Evangelio. En su cerrada mollera no entraban ni podían entrar otras luces sobre el santo ejercicio de la caridad; no comprendía que una palabra cariñosa, un halago, un trato delicado y amante que hicieran olvidar al pequeño su pequeñez, al miserable su miseria, son heroísmos de más precio que el bodrio[108] sobrante de una mala comida. ¿Por ventura no se daba lo mismo al gato? Y éste, al menos, oía las voces más tiernas. Jamás oyó la Nela que se la llamara *michita, monita* ni que le dijeran *repreciosa* ni otros vocablos melifluos[109] y conmovedores con que era obsequiado el gato.

Jamás se le dio a entender a la Nela que había nacido de criatura humana, como los demás habitantes de la casa. Nunca fue castigada, pero ella entendió que este previlegio se fundaba en la desdeñosa lástima que inspiraba su menguada constitución física y de ningún modo en el aprecio de su persona.

Nunca se le dio a entender que tenía un alma pronta a dar ricos frutos si se la cultivaba con esmero ni que llevaba en sí, como los demás mortales, ese destello del eterno sa-

---

[107] *abolengo*: alcurnia, linaje nobiliario.
[108] *bodrio*: objeto feo y sin valor.
[109] *melifluos*: dulces, delicados.

ber que se nombra inteligencia humana, y que de aquel destello podían salir infinitas luces y lumbre bienhechora. Nunca se le dio a entender que en su pequeñez fenomenal llevaba en sí el germen de todos los sentimientos nobles y delicados, y que aquellos menudos brotes podían ser flores hermosísimas y lozanas, sin más cultivo que una simple mirada de vez en cuando. Nunca se le dio a entender que tenía derecho, por el mismo rigor de naturaleza al criarla, a ciertas atenciones de que pueden estar exentos los robustos, los sanos, los que tienen padres y casa propia, pero que corresponden por jurisprudencia[110] cristiana al inválido, al pobre, al huérfano y al desheredado.

Por el contrario, todo le demostraba su semejanza con un canto rodado, el cual ni siquiera tiene forma propia, sino aquella que le dan las aguas que lo arrastran y el puntapié del hombre que lo desprecia. Todo le demostraba que su jerarquía dentro de la casa era inferior a la del gato, cuyo lomo recibía blandas caricias, y a la del mirlo, que saltaba gozoso en su jaula.

Al menos de éstos no se dijo nunca con cruel compasión: «Pobrecita, mejor cuenta le hubiera tenido morirse».

[110] *jurisprudencia*: legislación, derecho.

V

Trabajo – Paisaje – Figura

El humo de los hornos, que durante toda la noche velaban respirando con bronco resoplido, se plateó vagamente en sus espirales más remotas; apareció risueña claridad por los lejanos términos y detrás de los montes, y poco a poco fueron saliendo sucesivamente de la sombra los cerros que rodean a Socartes, los inmensos taludes de tierra rojiza, los negros edificios. La campana del establecimiento gritó con aguda voz: «Al trabajo», y cien y cien hombres soñolientos salieron de las casas, cabañas, chozas y agujeros. Rechinaban los goznes[111] de las puertas; de las cuadras salían pausadamente las mulas, dirigiéndose solas al abrevadero, y el establecimiento, que poco antes semejaba una mansión fúnebre alumbrada por la claridad infernal de los hornos, se animaba moviendo sus miles de brazos.

El vapor principió a zumbar en las calderas del gran automóvil, que hacía funcionar a un tiempo los aparatos de los talleres y el aparato de lavado. El agua, que tan principal papel desempeñaba en esta operación, comenzó a correr por las altas cañerías, de donde debía saltar sobre los cilindros. Risotadas de mujeres y ladridos de hombres que

---

[111] *goznes*: bisagras.

venían de tomar la mañana[112] precedieron a la faena; y al fin empezaron a girar las cribas[113] cilíndricas con infernal chillido; el agua corría de una en otra, pulverizándose, y la tierra sucia se atormentaba con vertiginoso voltear, rodando y cayendo de rueda en rueda hasta convertirse en fino polvo achocolatado. Sonaba aquello como mil mandíbulas de dientes flojos que mascaran arena; parecía molino por el movimiento mareante, calidoscopio[114] por los juegos de la luz, del agua y de la tierra, enorme sonajero, de innúmeros cachivaches compuesto, por el ruido. No se podía fijar la atención sin sentir vértigo en aquel voltear incesante de una infinita madeja de hilos de agua, ora claros y transparentes, ora teñidos de rojo por la arcilla ferruginosa. Ni cabeza humana que no estuviera hecha a tal espectáculo podría presenciar el feroz combate de mil ruedas dentadas que sin cesar se mordían unas a otras, de ganchos que se cruzaban royéndose y de tornillos que, al girar, clamaban con lastimero quejido pidiendo aceite.

El lavado estaba al aire libre. Las correas de transmisión venían zumbando desde el departamento de la máquina. Otras correas se pusieron en movimiento, y entonces oyose un estampido rítmico, un horrísono[115] compás, a la manera de gigantescos pasos o de un violento latido interior de la madre tierra. Era el gran martillo pilón del taller, que había empezado a funcionar. Su formidable golpe machacaba el hierro como blanda pasta, y esas formas de rue-

---

[112] *tomar la mañana*: beber aguardiente en ayunas.

[113] *cribas*: utensilios para filtrar y separar en la mina los minerales de la arena.

[114] *calidoscopio*: aparato en forma de tubo con tres espejos dispuestos en triángulos; cuando se mira a través de él se proyectan curiosas y cambiantes figuras cromáticas.

[115] *horrísono*: sonido que causa espanto.

das, ejes y carriles que nos parecen eternas por lo duras, empezaban a desfigurarse, torciéndose y haciendo muecas, como rostros afligidos. El martillo, dando porrazos uniformes, creaba formas nuevas tan duras como las geológicas, que son obra laboriosa de los siglos. Se parecen mucho, sí, las obras de la fuerza a las de la paciencia.

Hombres negros, que parecían el carbón humanado, se reunían en torno a los objetos de fuego que salían de las fraguas, y cogiéndolos con aquella prolongación incandescente de los dedos a quien llaman tenazas, los trabajaban. ¡Extraña escultura la que tiene por genio el fuego y por cincel el martillo! Las ruedas y ejes de los millares de vagonetas, las piezas estropeadas del aparato de lavado recibían allí compostura, y eran construidos los picos, azadas y carretillas. En el fondo del taller las sierras hacían chillar la madera, y aquel mismo hierro, educado en el trabajo por el fuego, destrozaba las generosas fibras del árbol arrancado a la tierra.

También afuera las mulas habían sido enganchadas a los largos trenes de vagonetas. Veíaselas pasar arrastrando tierra inútil para verterla en los taludes o mineral para conducirlo al lavadero. Cruzábanse unos con otros aquellos largos reptiles sin chocar nunca. Entraban por la boca de las galerías, siendo entonces perfecta su semejanza con los resbaladizos habitantes de las húmedas grietas, y cuando en la oscuridad del túnel relinchaba la indócil mula, creeríase que los saurios disputaban chillando. Allá en las más remotas cañadas[116] centenares de hombres golpeaban con picos la tierra para arrancarle, pedazo a pedazo, su tesoro. Eran los escultores de aquellas caprichosas e ingentes figuras que permanecían en pie, atentas, con gravedad silencio-

---

[116] *cañada*: espacio entre dos alturas poco distantes entre sí.

sa, a la invasión del hombre en las misteriosas esferas geológicas. Los mineros derrumbaban aquí, horadaban[117] allá, cavaban más lejos, rasguñaban en otra parte, rompían la roca cretácea, desbarataban las graciosas láminas de pizarra samnita y esquistosa, despreciaban la caliza arcillosa, apartaban la limonita y el oligisto, destrozaban la preciosa dolomía,[118] revolviendo incesantemente hasta dar con el silicato de cinc, esa plata de Europa que no por ser la materia de que se hacen las cacerolas deja de ser grandiosa fuente de bienestar y civilización. Sobre ella ha alzado Bélgica el estandarte de su grandeza moral y política. ¡Oh! La hoja de lata tiene también su epopeya.[119]

El cielo estaba despejado, el sol derramaba libremente sus rayos y la vasta pertenencia de Socartes resplandecía con súbito tono rojo. Rojas eran las peñas esculturales, rojo el precioso mineral, roja la tierra inútil acumulada en los largos taludes, semejantes a babilónicas[120] murallas, rojo el suelo, rojos los carriles y los vagones, roja toda la maquinaria, roja el agua, rojos los hombres y mujeres que trabajaban en toda la extensión de Socartes. El color subido de ladrillo era uniforme, con ligeros cambiantes, y general en todo: en la tierra y las casas, en el hierro y en los vestidos. Las mujeres ocupadas en lavar parecían una pléyade de equívocas ninfas de barro ferruginoso crudo. Por la cañada abajo, en dirección al río, corría un arroyo de agua encarnada. Creeríase que era el

---

[117] *horadaban*: agujereaban.

[118] *pizarra samnita y esquistosa*: pizarra que contiene arenisca y se parte con facilidad en láminas; *limonita*: mineral formado por óxido de hierro hidratado; *oligisto*: óxido de hierro de color rojizo o negruzco; *dolomía*: roca semejante a la caliza.

[119] *epopeya*: historia heroica.

[120] *babilónicas*: enormes, impresionantes.

sudor de aquel gran trabajo de hombres y máquinas, del hierro y de los músculos.

La Nela salió de su casa. También ella, sin trabajar en las minas, estaba teñida ligeramente de rojo, porque el polvo de la tierra calaminífera no perdona a nadie. Llevaba en la mano un mendrugo de pan que le había dado la Señana para desayunarse, y, comiéndoselo, marchaba aprisa, sin distraerse con nada, formal y meditabunda. No tardó en pasar más allá de los edificios, y después de subir el plano inclinado subió la escalera labrada en la tierra hasta llegar a las casas de la barriada de Aldeacorba. La primera que se encontraba era una primorosa vivienda infanzona,[121] grande, sólida, alegre, restaurada y pintada recientemente, con cortafuegos de piedra, aleros labrados y ancho escudo circundado de follaje granítico. Antes faltara en ella el escudo que la parra, cuyos sarmientos, cargados de hoja, parecían un bigote que aquélla tenía en el lugar correspondiente de su cara, siendo las dos ventanas los ojos, el escudo la nariz y el largo balcón la boca, siempre riendo. Para que la personificación fuera completa, salía del balcón una viga destinada a sujetar la cuerda de tender ropa, y con tal accesorio, la casa con rostro estaba fumándose un cigarro puro. Su tejado era en figura de gorra de cuartel, y tenía una ventana de buhardilla que parecía una borla. La chimenea no podía ser más que una oreja. No era preciso ser fisonomista[122] para comprender que aquella cara respiraba paz, bienestar y una conciencia tranquila.

Dábale acceso un corralillo circundado de tapias, y al costado derecho tenía una hermosa huerta. Cuando la

---

[121] *infanzona*: hidalga.

[122] *fisonomista*: que se dedica al estudio de la fisonomía o rasgos de la cara.

Nela entró, salían las vacas, que iban a la pradera. Después de cambiar algunas palabras con el gañán,[123] que era un mocetón formidable..., así como de tres cuartas de alto y de diez años de edad..., dirigiose a un señor obeso, bigotudo, entrecano, encarnado, de simpático rostro y afable mirar, de aspecto entre soldadesco y campesino, el cual apareció en mangas de camisa, con tirantes y mostrando hasta el codo los velludos brazos. Antes que la muchacha hablara, el señor de los tirantes volviose adentro y dijo:

—Hijo mío, aquí tienes a la Nela.

Salió de la casa un joven, estatua del más excelso barro humano, grave, derecho, con la cabeza inmóvil, los ojos clavados y fijos en sus órbitas, como lentes expuestos en un muestrario. Su cara parecía de marfil, contorneada con exquisita finura, mas teniendo su tez la suavidad de la de una doncella, era varonil en gran manera, y no había en sus facciones parte alguna ni rasgo que no tuviese aquella perfección soberana con que fue expresado hace miles de años el pensamiento helénico.[124] Aun sus ojos puramente escultóricos, porque carecían de vista, eran hermosísimos, grandes y rasgados. Desvirtuábalos su fijeza y la idea de que tras aquella fijeza estaba la noche. Falto del don que constituye el núcleo de la expresión humana, aquel rostro de Antinoo[125] ciego poseía la fría serenidad del mármol, convertido por el genio y el cincel en estatua y por la fuerza vital en persona. Un soplo, un rayo de luz, una sensación, bastarían para animar la hermosa piedra, que teniendo ya todas las galas de la forma carecía tan sólo de la conciencia

[123] *gañán*: mozo de labranza.

[124] *helénico*: griego.

[125] *Antinoo*: joven griego de extraordinaria belleza que vivió en el siglo II y fue el predilecto del emperador Adriano.

de su propia belleza, la cual emana de la facultad de conocer la belleza exterior.

Su edad no pasaba de los veinte años; su cuerpo, sólido y airoso, con admirables proporciones construido, era digno en todo de la sin igual cabeza que sustentaba. Jamás se vio incorrección más lastimosa de la naturaleza que la que el tal representaba, recibiendo por una parte admirables dones, privado por otra de la facultad que más comunica al hombre con sus semejantes y con el maravilloso conjunto de lo creado. Era tal la incorrección que aquellos prodigiosos dones quedaban como inútiles, del mismo modo que si al ser creadas todas las cosas hubiéralas dejado el Hacedor[126] a oscuras para que no pudieran recrearse en sus propios encantos. Para mayor desdicha, había recibido el joven portentosa luz interior, un entendimiento de primer orden. Esto y carecer de la facultad de percibir la idea visible, la forma, siendo al mismo tiempo divino como un ángel, hermoso como un hombre y ciego como un vegetal, era fuerte cosa ciertamente. No comprendemos, ¡ay!, el secreto de estas horrendas imperfecciones. Si lo comprendiéramos se abrirían para nosotros las puertas que ocultan primordiales misterios del orden moral y del orden físico; comprenderíamos el inmenso misterio de la desgracia, del mal, de la muerte, y podríamos medir la perpetua sombra que sin cesar sigue al bien y a la vida.

Don Francisco Penáguilas, padre del joven, era un hombre más que bueno: era inmejorable, superiormente discreto, bondadoso, afable, honrado y magnánimo, no falto de instrucción. Nadie le aborreció jamás; era el más respetado de todos los propietarios ricos del país, y más de una cuestión se arregló por la mediación, siempre inteli-

---

[126] *Hacedor*: Dios, el Creador.

gente, del *señor de Aldeacorba de Suso*. La casa en que le hemos visto fue su cuna. Había estado de joven en América, y al regresar a España sin fortuna entró a servir en la Guardia Civil. Retirado a su pueblo natal, donde se dedicaba a la labranza y a la ganadería, heredó regular hacienda, y en la época de nuestra historia acababa de heredar otra mayor.

Su esposa, andaluza, había muerto en edad muy temprana dejándole un solo hijo, que a poco de nacer demostró hallarse privado en absoluto del más precioso de los sentidos. Esto fue la pena más aguda que amargó los días del buen padre. ¿Qué le importaba allegar riqueza y ver que la fortuna favorecía sus intereses y sonreía en su casa? ¿Para quién era esto? Para quien no podía ver ni las gordas vacas, ni las praderas risueñas, ni la huerta cargada de frutas. Don Francisco hubiera dado sus ojos a su hijo, quedándose él ciego el resto de sus días, si esta especie de generosidades fuesen practicables en el mundo que conocemos, pero como no lo son, no podía don Francisco dar realidad al noble sentimiento de su corazón sino proporcionando al desgraciado joven todo cuanto pudiera hacerle menos ingrata la oscuridad en que vivía. Para él eran todos los cuidados y los infinitos mimos y delicadezas cuyo secreto pertenece a las madres, y algunas veces a los padres cuando faltan aquéllas. Jamás contrariaba a su hijo en nada que fuera para su consuelo y distracción en los límites de lo honesto y moral. Divertíale con cuentos y lecturas; tratábale con solícito esmero, atendiendo a su salud, a sus goces legítimos, a su instrucción y a su educación cristiana; porque el señor de Penáguilas, que era un sí es no es severo de principios, decía: «No quiero que mi hijo sea ciego dos veces».

Viéndole salir, y que la Nela le acompañaba fuera, díjoles cariñosamente:

—No os alejéis hoy mucho. No corráis... Adiós.

Miroles desde la portalada hasta que dieron vuelta a la tapia de la huerta. Después entró, porque tenía que hacer varias cosas: escribir una esquela[127] a su hermano Manuel, ordeñar una vaca, podar un árbol y ver si había puesto la gallina pintada.

[127] *esquela*: nota breve.

VI

Tonterías

Pablo y Marianela salieron al campo, precedidos de *Choto*, que iba y volvía gozoso y saltón, moviendo la cola y repartiendo por igual sus caricias entre su amo y el lazarillo de su amo.

—Nela —dijo Pablo—, hoy está el día muy hermoso. El aire que corre es suave y fresco, y el sol calienta sin quemar. ¿Adónde vamos?

—Echaremos por estos prados adelante —replicó la Nela, metiendo su mano en una de las faltriqueras[128] de la americana del mancebo—. ¿A ver qué me has traído hoy?

—Busca bien y encontrarás algo —dijo Pablo riendo.

—¡Ah, Madre de Dios! Chocolate crudo... ¡Y poco que me gusta el chocolate crudo!... Nueces..., una cosa envuelta en un papel...

—¿Adónde vamos hoy? —repitió el ciego.

—Adonde quieras, niño de mi corazón —repuso la Nela, comiéndose el dulce y arrojando el papel que lo envolvía—. Pide por esa boca, rey del mundo.

Los negros ojuelos de la Nela brillaban de contento, y su cara de avecilla graciosa y vivaracha multiplicaba sus medios de expresión, moviéndose sin cesar. Mirándola, se creía ver

---

[128] *faltriquera*: bolsillo.

un relampagueo de reflejos temblorosos, como los que produce la luz sobre la superficie del agua agitada. Aquella débil criatura, en la cual parecía que el alma estaba como prensada y constreñida dentro de un cuerpo miserable, se ensanchaba, se crecía maravillosamente al hallarse sola con su amo y amigo. Junto a él tenía espontaneidad, agudeza, sensibilidad, gracia, donosura, fantasía. Al separarse, creeríase que se cerraban sobre ella las negras puertas de una prisión.

—Pues yo digo que iremos adonde tú quieras —observó el ciego—. Me gusta obedecerte. Si te parece bien, iremos al bosque que está más allá de Saldeoro. Esto si te parece bien.

—Bueno, bueno, iremos al bosque —exclamó la Nela batiendo palmas—. Pero como no hay prisa, nos sentaremos cuando estemos cansados.

—Y que no es poco agradable aquel sitio donde está la fuente, ¿sabes, Nela?, y donde hay unos troncos muy grandes, que parecen puestos allí para que nos sentemos nosotros, y donde se oyen cantar tantos, tantísimos pájaros, que es aquello la gloria.

—Pasaremos por donde está el molino, de quien tú dices que habla mascullando[129] las palabras como un borracho. ¡Ay, qué hermoso día y qué contenta estoy!

—¿Brilla mucho el sol, Nela? Aunque me digas que sí, no lo entenderé, porque no sé lo que es brillar.

—Brilla mucho, sí, señorito mío. ¿Y a ti qué te importa eso? El sol es muy feo. No se le puede mirar a la cara.

—¿Por qué?

—Porque duele.

—¿Qué duele?

—La vista. ¿Qué sientes tú cuando estás alegre?

---

[129] *mascullando*: hablando entre dientes.

—¿Cuando estoy libre, contigo, solos los dos en el campo?

—Sí.

—Pues siento que me nace dentro del pecho una frescura, una suavidad dulce...

—¡Ahí te quiero ver! ¡Madre de Dios! Pues ya sabes cómo brilla el sol.

—¿Con frescura?

—No, tonto.

—Pues ¿con qué?

—Con eso.

—Con eso... ¿Y qué es eso?

—Eso —afirmó nuevamente la Nela con acento de firme convicción.

—Ya veo que esas cosas no se pueden explicar. Antes me formaba yo idea del día y de la noche. ¿Cómo? Verás: era de día cuando hablaba la gente; era de noche cuando la gente callaba y cantaban los gallos. Ahora no hago las mismas comparaciones. Es de día cuando estamos juntos tú y yo; es de noche cuando nos separamos.

—¡Ay, divina Madre de Dios! —exclamó la Nela, echándose atrás las guedejas[130] que le caían sobre la frente—. A mí, que tengo ojos, me parece lo mismo.

—Voy a pedirle a mi padre que te deje vivir en mi casa para que no te separes de mí.

—Bien, bien —dijo María batiendo palmas otra vez.

Y diciéndolo se adelantó saltando algunos pasos, y recogiendo con extrema gracia sus faldas, empezó a bailar.

—¿Qué haces, Nela?

—¡Ah, niño mío, estoy bailando! Mi contento es tan grande que me han entrado ganas de bailar.

---

[130] *guedejas*: mechones de pelo.

Pero fue preciso saltar una pequeña cerca, y la Nela ofreció su mano al ciego. Después de pasar aquel obstáculo, siguieron por una calleja tapizada en sus dos rústicas paredes de lozanas hiedras y espinos. La Nela apartaba las ramas para que no picaran el rostro de su amigo, y al fin, después de bajar gran trecho, subieron una cuesta por entre frondosos castaños y nogales. Al llegar arriba, Pablo dijo a su compañera:

—Si no te parece mal, sentémonos aquí. Siento pasos de gente.

—Son los aldeanos que vuelven del mercado de Homedes. Hoy es miércoles. El camino real está delante de nosotros. Sentémonos aquí antes de entrar en el camino real.

—Es lo mejor que podemos hacer. *Choto*, ven acá.

Los tres se sentaron.

—¡Si está esto lleno de flores! —exclamó la Nela—. ¡Madre, qué guapas!

—Cógeme un ramo. Aunque no las veo, me gusta tenerlas en mi mano. Se me figura que las oigo.

—Eso sí que es gracioso.

—Paréceme que teniéndolas en mi mano me dan a entender..., no puedo decirte cómo..., que son bonitas. Dentro de mí hay una cosa, no puedo decirte qué..., una cosa que responde a ellas. ¡Ay, Nela, se me figura que por dentro yo veo algo!

—¡Oh!, sí, lo entiendo...; como que todos lo tenemos dentro. El sol, las hierbas, la luna y el cielo grande y azul, lleno siempre de estrellas..., todo, todo lo tenemos dentro; quiero decir que, además de las cosas divinas que hay fuera, nosotros llevamos otras dentro. Y nada más... Aquí tienes una flor, otra, otra, seis; todas son distintas. ¿A que no sabes tú lo que son las flores?

—Pues las flores —dijo el ciego algo confuso, acercándolas a su rostro— son... unas como sonrisillas que echa la tierra... La verdad, no sé mucho del reino vegetal.

—¡Madre divinísima, qué poca ciencia! —exclamó María, acariciando las manos de su amigo—. Las flores son las estrellas de la tierra.

—Vaya un disparate. Y las estrellas, ¿qué son?

—Las estrellas son las miradas de los que se han ido al cielo.

—Entonces, las flores...

—Son las miradas de los que se han muerto y no han ido todavía al cielo —afirmó la Nela con entera convicción—. Los muertos son enterrados en la tierra. Como allá abajo no pueden estar sin echar una miradilla a la tierra, echan de sí una cosa que sube en forma y manera de flor. Cuando en un prado hay muchas flores es porque allá..., en tiempos atrás, enterraron en él muchos difuntos.

—No, no —replicó Pablo con seriedad—. No creas desatinos. Nuestra religión nos enseña que el espíritu se separa de la carne y que la vida mortal se acaba. Lo que se entierra, Nela, no es más que un despojo, un barro inservible que no puede pensar, ni sentir, ni tampoco ver.

—Eso lo dirán los libros, que, según dice la Señana, están llenos de mentiras.

—Eso lo dicen la fe y la razón, querida Nela. Tu imaginación te hace creer mil errores. Poco a poco yo los iré destruyendo, y tendrás ideas buenas sobre todas las cosas de este mundo y del otro.

—¡Ay, ay, con el doctorcillo de tres por un cuarto!... Ya..., ¿pues no has querido hacerme creer que el sol está quieto y que la tierra da vueltas a la redonda?... ¡Cómo se conoce que no los ves! ¡Madre del Señor! Que me muera en este momento si la tierra no se está más quieta que un peñón y el sol va corre que corre. Señorito mío, no se la eche de tan sabio, que yo he pasado muchas horas de noche y de día mirando al cielo y sé cómo está gobernada toda esa máquina... La tierra está abajo, toda llena de islitas grandes y chicas. El sol sale por allá y se esconde por allí. Es el palacio de Dios.

—¡Qué tonta!

—¿Y por qué no ha de ser así? ¡Ay! Tú no has visto el cielo en un día claro, hijito. Parece que llueven bendiciones... Yo no creo que pueda haber malos; no, no los puede haber si vuelven la cara hacia arriba y ven aquel ojazo que nos está mirando.

—Tu religiosidad, Nelilla, está llena de supersticiones. Yo te enseñaré ideas mejores.

—No me han enseñado nada —dijo María con inocencia—, pero yo, cavila que cavilarás, he ido sacando de mi cabeza muchas cosas que me consuelan, y así, cuando me ocurre una buena idea, digo: «Esto debe de ser así y no de otra manera». Por las noches, cuando me voy sola a mi casa, voy pensando en lo que será de nosotros cuando nos muramos y en lo mucho que nos quiere a todos la Virgen Santísima.

—Nuestra Madre amorosa.

—¡Nuestra Madre querida! Yo miro al cielo y la siento encima de mí como cuando nos acercamos a una persona y sentimos el calorcillo de su respiración. Ella nos mira de noche y de día por medio de..., no te rías..., por medio de todas las cosas hermosas que hay en el mundo.

—¿Y esas cosas hermosas?...

—Son sus ojos, tonto. Bien lo comprenderías si tuvieras los tuyos. Quien no ha visto una nube blanca, un árbol, una flor, el agua corriendo, un niño, el rocío, un corderito, la luna paseándose tan maja por los cielos, y las estrellas, que son las miradas de los buenos que se han muerto...

—Mal podrán ir allá arriba si se quedan debajo de tierra echando flores.

—¡Miren el sabiondo! Abajo se están mientras se van limpiando de pecados, que después suben volando arriba. La Virgen les espera. Sí, créelo, tonto. Las estrellas, ¿qué pueden ser sino las almas de los que ya están salvos? ¿Y no sabes tú que las estrellas bajan? Pues yo, yo misma las he visto caer así, así, haciendo una raya. Sí, señor; las estrellas bajan cuando tienen que decirnos alguna cosa.

—¡Ay, Nela! —exclamó Pablo vivamente—. Tus disparates, con serlo tan grandes, me cautivan, porque revelan el candor de tu alma y la fuerza de tu fantasía. Todos esos errores responden a una disposición muy grande para conocer la verdad, a una poderosa facultad tuya que sería primorosa si estuviera auxiliada por la razón y la educación... Es preciso que tú adquieras un don precioso de que yo estoy privado; es preciso que aprendas a leer.

—¡A leer!... ¿Y quién me ha de enseñar?

—Mi padre. Yo le rogaré a mi padre que te enseñe. Ya sabes que él no me niega nada. ¡Qué lástima tan grande que vivas así! Tu alma está llena de preciosos tesoros. Tienes bondad sin igual y fantasía seductora. De todo lo que Dios tiene en su esencia absoluta te dio a ti parte muy grande. Bien lo conozco; no veo lo de fuera, pero veo lo de dentro, y todas las maravillas de tu alma se me han revelado desde que eres mi lazarillo... ¡Hace año y medio! Parece que fue ayer cuando empezaron nuestros paseos... No, hace miles de años que te conozco. ¡Porque hay una relación tan grande entre lo que tú sientes y lo que yo siento!... Has dicho ahora mil disparates, y yo, que conozco algo de la verdad acerca del mundo y de la religión, me he sentido conmovido y entusiasmado al oírte. Se me antoja que hablas dentro de mí.

—¡Madre de Dios! —exclamó la Nela, cruzando las manos—. ¿Tendrá eso algo que ver con lo que yo siento?

—¿Qué?

—Que estoy en el mundo para ser tu lazarillo, y que mis ojos no servirían para nada si no sirvieran para guiarte y decirte cómo son todas las hermosuras de la tierra.

El ciego irguió su cuello repentina y vivísimamente, y extendiendo sus manos hasta tocar el cuerpecillo de su amiga, exclamó con afán:

—Dime, Nela, ¿y cómo eres tú?

La Nela no dijo nada. Había recibido una puñalada.

VII

Más tonterías

Habían descansado. Siguieron adelante hasta llegar a la entrada del bosque que hay más allá de Saldeoro. Detuviéronse entre un grupo de nogales viejos cuyos troncos y raíces formaban en el suelo una serie de escalones, con musgosos huecos y recortes tan apropiados para sentarse que el arte no los hiciera mejor. Desde lo alto del bosque corría un hilo de agua, saltando de piedra en piedra, hasta dar con su fatigado cuerpo en un estanquillo que servía de depósito para alimentar el chorro de que se abastecían los vecinos. Enfrente, el suelo se deprimía poco a poco, ofreciendo grandioso panorama de verdes colinas pobladas de bosques y caseríos, de praderas llanas donde pastaban con tranquilidad vagabunda centenares de reses. En el último término dos lejanos y orgullosos cerros, que eran límite de la tierra, dejaban ver en un largo segmento el azul purísimo del mar. Era un paisaje cuya contemplación revelaba al alma sus excelsas relaciones con lo infinito.

Sentose Pablo en el tronco de un nogal, apoyando su brazo izquierdo en el borde del estanque. Alzaba la derecha mano para coger las ramas que descendían hasta tocar su frente, con lo cual pasaba a ratos, con el mover de las hojas, un rayo de sol.

—¿Qué haces, Nela? —dijo el muchacho después de

una pausa, no sintiendo ni los pasos, ni la voz, ni la respiración de su compañera—. ¿Qué haces? ¿Dónde estás?

—Aquí —replicó la Nela tocándole el hombro—. Estaba mirando el mar.

—¡Ah! ¿Está muy lejos?

—Allá se ve por los cerros de Ficóbriga.

—Grande, grandísimo, tan grande que estaremos mirando todo un día sin acabarlo de ver, ¿no es eso?

—No se ve sino un pedazo como el que coges dentro de la boca cuando le pegas una mordida a un pan.

—Ya, ya comprendo. Todos dicen que ninguna hermosura iguala a la del mar por causa de la sencillez que hay en él... Oye, Nela, lo que voy a decirte... ¿Pero qué haces?

La Nela, agarrando con ambas manos la rama del nogal, se suspendía y balanceaba graciosamente.

—Aquí estoy, señorito mío. Estaba pensando que por qué no nos daría Dios a nosotras las personas alas para volar como los pájaros. ¡Qué cosa más bonita que hacer... zas, y remontarnos y ponernos de un vuelo en aquel pico que está allá entre Ficóbriga y el mar!...

—Si Dios no nos ha dado alas, en cambio nos ha dado el pensamiento, que vuela más que todos los pájaros porque llega hasta el mismo Dios... Dime tú: ¿para qué querría yo alas de pájaro si Dios me hubiera negado el pensamiento?

—Pues a mí me gustaría tener las dos cosas. Y si tuviera alas, te cogería en mi piquito para llevarte por esos mundos y subirte a lo más alto de las nubes.

El ciego alargó su mano hasta tocar la cabeza de la Nela.

—Siéntate junto a mí. ¿No estás cansada?

—Un poquitín —replicó ella, sentándose y apoyando su cabeza con infantil confianza en el hombro de su amo.

—Respiras fuerte, Nelilla; tú estás muy cansada. Es de

tanto volar... Pues lo que te iba a decir es esto: hablando del mar me hiciste recordar una cosa que mi padre me leyó anoche. Ya sabes que desde la edad en que tuve uso de razón acostumbra mi padre leerme todas las noches distintos libros de ciencias y de historia, de artes y de entretenimiento. Esas lecturas y estos paseos se puede decir que son mi vida toda. Diome el Señor, para compensarme de la ceguera, una memoria feliz, y gracias a ella he sacado algún provecho de las lecturas, pues aunque éstas han sido sin método, yo, al fin y al cabo, he logrado poner algún orden en las ideas que iban entrando en mi entendimiento. ¡Qué delicias tan grandes las mías al entender el orden admirable del universo, el concertado rodar de los astros, el giro de los átomos pequeñitos, y después las leyes, más admirables aún, que gobiernan nuestra alma! También me ha recreado mucho la historia, que es un cuento verdadero de todo lo que los hombres han hecho antes de ahora, resultando, hija mía, que siempre han hecho las mismas maldades y las mismas tonterías, aunque no han cesado de mejorarse, acercándose todo lo posible, mas sin llegar nunca, a las perfecciones, que sólo posee Dios. Por último, me ha leído mi padre cosas sutiles y un poco hondas para ser penetradas de pronto, pero que suspenden y enamoran cuando se medita en ellas. Es lectura que a él no le agrada, por no comprenderla, y que a mí me ha cansado también unas veces, deleitándome otras. Pero no hay duda que cuando se da con un autor que sepa hablar con claridad, esas materias son preciosas. Contienen ideas sobre las causas y los efectos, sobre el porqué de lo que pensamos y el modo como lo pensamos, y enseñan la esencia de todas las cosas.[131]

---

[131] Tras las palabras de Pablo sobre la historia y la filosofía laten los conceptos del propio Galdós a propósito de dichas disciplinas.

La Nela parecía no entender ni una palabra de lo que su amigo decía, pero atendía con toda su alma, abriendo la boca. Para apoderarse de aquellas esencias y causas de que su amo le hablaba abría el pico como el pájaro que acecha el vuelo de la mosca que quiere cazar.

—Pues bien —añadió él—: anoche leyó mi padre unas páginas sobre la belleza. Hablaba el autor de la belleza, y decía que era el resplandor de la bondad y de la verdad, con otros muchos conceptos ingeniosos y tan bien traídos y pensados que daba gusto oírlos.[132]

—Ese libro —dijo la Nela queriendo demostrar suficiencia— no será como uno que tiene padre Centeno, que llaman... *Las mil y no sé cuántas noches*.[133]

—No es eso, tontuela; habla de la belleza en absoluto...; ¿no entenderás esto de la belleza ideal?...; tampoco lo entiendes..., porque has de saber que hay una belleza que no se ve ni se toca ni se percibe con ningún sentido.

—Como, por ejemplo, la Virgen María —interrumpió la Nela—, a quien no vemos ni tocamos, porque las imágenes no son ella misma, sino su retrato.

—Estás en lo cierto: así es. Pensando en esto, mi padre cerró el libro, y él decía una cosa y yo otra. Hablamos de la

[132] La identificación entre los conceptos de belleza, bondad y verdad es característica del pensamiento platónico. Según M. Wellington, el pensador al que se refiere aquí Pablo es Francis Hutcheson (1694-1746), autor de *An Inquiry into the Original of Our Ideas of Beauty and Virtue* (1720), que Galdós habría conocido a través de la lectura de Diderot. Cf. «*Marianela* de Galdós y Diderot», *Cuadernos Hispanoamericanos*, n.º 324 (1977), pp. 558-569.

[133] *Las mil y no sé cuántas noches*: evidentemente, esta colección de cuentos orientales nada tiene que ver con las ideas filosóficas que atraen a Pablo. Según Caudet, se trata de una nota de humor, muy frecuente en Galdós. Cf. Galdós, *Marianela*, Francisco Caudet, ed., Madrid, Cátedra, 2003.

forma, y mi padre me dijo: «Desgraciadamente, tú no puedes comprenderla». Yo sostuve que sí; dije que no había más que una sola belleza, y que ésa había de servir para todo.

La Nela, poco atenta a cosas tan sutiles, había cogido de las manos de su amigo las flores y combinaba sus colores risueños.

—Yo tenía una idea sobre esto —añadió el ciego con mucha energía—, una idea con la cual estoy encariñado desde hace algunos meses. Sí, lo sostengo, lo sostengo... No, no me hacen falta los ojos para esto. Yo le dije a mi padre: «Concibo un tipo de belleza encantadora, un tipo que contiene todas las bellezas posibles; ese tipo es la Nela». Mi padre se echó a reír y me dijo que sí.

La Nela se puso como amapola, y no supo responder nada. Durante un breve instante de terror y ansiedad creyó que el ciego la estaba *mirando*.

—Sí, tú eres la belleza más acabada que puede imaginarse —añadió Pablo con calor—. ¿Cómo podría suceder que tu bondad, tu inocencia, tu candor, tu gracia, tu imaginación, tu alma celestial y cariñosa, que ha sido capaz de alegrar mis tristes días; cómo podría suceder, cómo, que no estuviese representada en la misma hermosura?... Nela, Nela —añadió balbuciente y con afán—, ¿no es verdad que eres muy bonita?

La Nela calló. Instintivamente se había llevado las manos a la cabeza, enredando entre sus cabellos las florecitas medio ajadas que había cogido antes en la pradera.

—¿No respondes?... Es verdad que eres modesta. Si no lo fueras no serías tan repreciosa como eres. Faltaría la lógica de las bellezas, y eso no puede ser. ¿No respondes?...

—Yo... —murmuró la Nela con timidez, sin dejar de la mano su tocado—, no sé...; dicen que cuando niña era muy bonita... Ahora...

—Y ahora también.

María, en su extraordinaria confusión, pudo hablar así:

—Ahora..., ya sabes tú que las personas dicen muchas tonterías..., se equivocan también...; a veces el que tiene más ojos ve menos.[134]

—¡Oh! ¡Qué bien dicho! Ven acá, dame un abrazo.

La Nela no pudo acudir pronto, porque habiendo conseguido sostener entre sus cabellos una como guirnalda de florecillas, sintió vivos deseos de observar el efecto de aquel atavío[135] en el claro cristal del agua. Por primera vez desde que vivía se sintió presumida. Apoyándose en sus manos, asomose al estanque.

—¿Qué haces, Mariquilla?

—Me estoy mirando en el agua, que es como un espejo —replicó con la mayor inocencia, delatando su presunción.

—Tú no necesitas mirarte. Eres hermosa como los ángeles que rodean el trono de Dios.

El alma del ciego llenábase de entusiasmo y fervor.

—El agua se ha puesto a temblar —dijo la Nela—, y yo no me veo bien, señorito. Ella tiembla como yo. Ya está más tranquila, ya no se mueve... Me estoy mirando... ahora.

—¡Qué linda eres! Ven acá, niña mía —añadió el ciego, extendiendo sus brazos.

—¡Linda yo! —dijo ella llena de confusión y ansiedad—. Pues esa que veo en el estanque no es tan fea como dicen. Es que hay también muchos que no saben ver.

—Sí, muchos.

---

[134] La sensibilidad de Nela es muy superior a la ilustrada y pedante de Pablo. Sus palabras, en las que parece latir el eco del verso del salmo bíblico «Tienen ojos, pero no ven» (Salmos, CXXXIV, 16), así lo prueban.

[135] *atavío*: adorno.

—¡Si yo me vistiese como se visten otras!... —exclamó la chiquilla con orgullo.

—Te vestirás.

—¿Y ese libro dice que yo soy bonita? —preguntó ella apelando a todos los recursos de convicción.

—Lo digo yo, que poseo una verdad inmutable —exclamó el ciego, llevado de su ardiente fantasía.

—Puede ser —observó la Nela, apartándose de su espejo pensativa y no muy satisfecha— que los hombres sean muy brutos y no comprendan las cosas como son.

—La humanidad está sujeta a mil errores.

—Así lo creo —dijo Mariquilla, recibiendo gran consuelo con las palabras de su amigo—. ¿Por qué han de reírse de mí?

—¡Oh, miserable condición de los hombres! —exclamó el ciego, arrastrado al absurdo por su delirante entendimiento—. El don de la vista puede causar grandes extravíos..., aparta a los hombres de la posesión de la verdad absoluta..., y la verdad absoluta dice que tú eres hermosa, hermosa sin tacha ni sombra alguna de fealdad. Que me digan lo contrario y les desmentiré... Váyanse ellos a paseo con sus formas. No..., la forma no puede ser la máscara de Satanás puesta ante la faz de Dios. ¡Ah!, ¡menguados! ¡A cuántos desvaríos os conducen vuestros ojos! Nela, Nela, ven acá, quiero tenerte junto a mí y abrazar tu preciosa cabeza.

María se arrojó en los brazos de su amigo.

—Chiquilla bonita —exclamó éste, estrechándola de un modo delirante contra su pecho—, ¡te quiero con toda mi alma!

La Nela no dijo nada. En su corazón, lleno de casta ternura, se desbordaban los sentimientos más hermosos. El joven, palpitante y conturbado, la abrazó más fuerte, diciéndole al oído:

—Te quiero más que a mi vida. Ángel de Dios, quiéreme o me muero.

María se soltó de los brazos de Pablo, y éste cayó en profunda meditación. Una fuerza poderosa, irresistible, la impulsaba a mirarse en el espejo del agua. Deslizándose suavemente llegó al borde, y vio allá sobre el fondo verdoso su imagen mezquina, con los ojuelos negros, la tez pecosa, la naricilla picuda aunque no sin gracia, el cabello escaso y la movible fisonomía de pájaro. Alargó su cuerpo para verse el busto y lo halló deplorablemente desairado. Las flores que tenía en la cabeza se cayeron al agua haciendo temblar la superficie, y con la superficie, la imagen. La hija de la Canela sintió como si arrancaran su corazón de raíz y cayó hacia atrás murmurando:

—¡Madre de Dios, qué feísima soy!

—¿Qué dices, Nela? Me parece que he oído tu voz.

—No decía nada, niño mío... Estaba pensando..., sí, pensaba que ya es hora de volver a tu casa. Pronto será hora de comer.

—Sí, vamos; comerás conmigo y esta tarde saldremos otra vez. Dame la mano: no quiero que te separes de mí.

Cuando llegaron a la casa don Francisco Penáguilas estaba en el patio, acompañado de dos caballeros. Marianela reconoció al ingeniero de las minas y al individuo que se había extraviado en la Terrible la noche anterior.

—Aquí están —dijo— el señor ingeniero y su hermano, el caballero de anoche.

Miraban los tres hombres con visible interés al ciego, que se acercaba.

—Hace un rato que te estamos esperando, hijo mío —indicó don Francisco, tomando al ciego de la mano y presentándole al doctor.

—Entremos —dijo el ingeniero.

—¡Benditos sean los hombres sabios y caritativos! —exclamó el padre mirando a Teodoro—. Pasen ustedes, señores. Que sea bendito el instante en que entran en mi casa.

—Veamos este caso —murmuró Golfín.

Cuando Pablo y los dos hermanos entraron, don Francisco se volvió hacia Mariquilla, que se había quedado en medio del patio, inmóvil y asombrada, y le dijo con bondad:

—Mira, Nela, más vale que te vayas. Mi hijo no puede salir esta tarde.

Y luego, como viese que no se marchaba, añadió:

—Puedes pasar a la cocina. Dorotea te dará alguna chuchería.

VIII

PROSIGUEN LAS TONTERÍAS

Al día siguiente Pablo y su guía salieron de la casa a la misma hora del anterior, mas como estaba encapotado el cielo y soplaba un airecillo molesto que amenazaba convertirse en vendaval, decidieron que su paseo no fuera largo. Atravesando el prado comunal de Aldeacorba, siguieron el gran talud de las minas por poniente con intención de bajar a las excavaciones.

—Nela, tengo que hablarte de una cosa que te hará saltar de alegría —dijo el ciego cuando estuvieron lejos de la casa—. ¡Nela, yo siento en mi corazón un alborozo!... Me parece que el universo, las ciencias, la historia, la filosofía, la naturaleza, todo eso que he aprendido, se me ha metido dentro y se está paseando por mí..., es como una procesión. Ya viste aquellos caballeros que me esperaban ayer...

—Don Carlos y su hermano, el que encontramos anoche.

—El cual es un famoso sabio que ha corrido por toda la América haciendo maravillosas curas... Ha venido a visitar a su hermano... Como don Carlos es tan buen amigo de mi padre le ha rogado que me examine... ¡Qué cariñoso y qué bueno es! Primero estuvo hablando conmigo: preguntome varias cosas y me contó otras muy chuscas y divertidas. Después díjome que me estuviese quieto: sentí sus dedos en mis párpados...; al cabo de un gran rato dijo unas palabras que no entendí: eran términos de medicina. Mi padre no me ha leído nunca nada de medicina. Acercáronme después a una ventana. Mientras me observaba con no sé qué instrumento, ¡había en la sala un silencio!... El doctor dijo después a mi padre: «Se intentará». Decían otras cosas en voz muy baja para que no pudiera yo entenderlas, y creo que también hablaban por señas. Cuando se retiraron mi padre me dijo: «Niño de mi alma, no puedo ocultarte la alegría que hay dentro de mí. Ese hombre, ese ángel de Dios, me ha dado esperanza, muy poca, pero la esperanza parece que se agarra más cuando más chica es. Quiero echarla de mí diciéndome que es imposible, no, no, casi imposible, y ella..., pegada como una lapa». Así me habló mi padre. Por su voz conocí que lloraba... ¿Qué haces, Nela, estás bailando?

—No, estoy aquí a tu lado.

—Como otras veces te pones a bailar desde que te digo una cosa alegre... ¿Pero hacia dónde vamos hoy?

—El día está feo. Vámonos hacia la Trascava, que es sitio abrigado, y después bajaremos al Barco y a la Terrible.

—Bien, como tú quieras... ¡Ay, Nela, compañera mía, si fuese verdad, si Dios quisiera tener piedad de mí y me concediera el placer de verte!... Aunque sólo durara un día mi vista, aunque volviera a cegar al siguiente, ¡cuánto se lo agradecería!

La Nela no dijo nada. Después de mostrar exaltada alegría, meditaba con los ojos fijos en el suelo.

—Se ven en el mundo cosas muy extrañas —añadió Pablo—, y la misericordia de Dios tiene así... ciertos exabruptos,[136] lo mismo que su cólera. Vienen de improviso, después de largos tormentos y castigos, lo mismo que apa-

[136] *exabrupto*: salida de tono.

rece la ira después de felicidades que se creían seguras y eternas, ¿no te parece?

—Sí, lo que tú esperas será —dijo la Nela con aplomo.

—¿Por qué lo sabes?

—Me lo dice mi corazón.

—¡Te lo dice tu corazón! ¿Y por qué no han de ser ciertos estos avisos? —manifestó Pablo con ardor—. Sí, las almas escogidas pueden en casos dados presentir un suceso. Yo lo he observado en mí, pues como el ver no me distrae del examen de mí mismo he notado que mi espíritu me susurraba cosas incomprensibles. Después ha venido un acontecimiento cualquiera y he dicho con asombro: «Yo sabía algo de esto».

—A mí me sucede lo mismo —repuso la Nela—. Ayer me dijiste tú que me querías mucho. Cuando fui a mi casa iba diciendo para mí: «Es cosa rara, pero yo sabía algo de esto».

—Es maravilloso, chiquilla mía, cómo están acordadas nuestras almas. Unidas por la voluntad, no les falta más que un lazo. Ese lazo lo tendrán si yo adquiero el precioso sentido que me falta. La idea de ver no se determina en mi pensamiento si antes no acaricio en él la idea de quererte más. La adquisición de este sentido no significa para mí otra cosa que el don de admirar de un modo nuevo lo que ya me causa tanta admiración como amor... Pero se me figura que estás triste hoy.

—Sí que lo estoy..., y si he de decirte la verdad, no sé por qué... Estoy muy alegre y muy triste, las dos cosas a un tiempo. ¡Hoy está tan feo el día!... Valiera más que no hubiese día, y que fuera noche siempre.

—No, no; déjalo como está. Noche y día: si Dios dispone que yo sepa al fin diferenciaros, ¡cuán feliz seré!... ¿Por qué nos detenemos?

—Estamos en un lugar peligroso. Apartémonos a un lado para tomar la vereda.

—¡Ah!, la Trascava. Este césped resbaladizo va bajando hasta perderse en la gruta. El que cae en ella no puede volver a salir. Vámonos, Nela, no me gusta este sitio.

—Tonto, de aquí a la entrada de la cueva hay mucho que andar. ¡Y qué bonita está hoy!

La Nela, deteniéndose y sujetando a su compañero por el brazo, observaba la boca de la sima,[137] que se abría en el terreno en forma parecida a la de un embudo. Finísimo césped cubría las vertientes de aquel pequeño cráter cóncavo y profundo. En lo más hondo una gran peña oblonga[138] se extendía sobre el césped entre malezas, hinojos, zarzas, juncos y cantidad inmensa de pintadas florecillas. Parecía una gran lengua. Junto a ella se adivinaba, más bien que se veía, un hueco, un tragadero oculto por espesas hierbas, como las que tuvo que cortar don Quijote cuando se descolgó dentro de la cueva de Montesinos.[139]

La Nela no se cansaba de mirar.

—¿Por qué dices que está bonita esa horrenda Trascava? —le preguntó su amigo.

—Porque hay en ella muchas flores. La semana pasada estaban todas secas, pero han vuelto a nacer y está aquello que da gozo verlo. ¡Madre de Dios! Hay muchos pájaros

---

[137] *sima*: cavidad honda y profunda de la tierra.

[138] *oblonga*: más larga que ancha.

[139] Aquí Galdós, gran admirador de Cervantes, está parafraseando el descenso de don Quijote a la cueva de Montesinos, «cuya boca es espaciosa y ancha, pero llena de cambroneras y cabrahígos, de zarzas y malezas, tan espesas y intrincadas, que de todo en todo la ciegan y encubren», por ello se ve obligado a desenvainar su espada para «cortar de aquellas malezas que a la boca de la cueva estaban» (*Quijote*, II-XXII).

posados allí y muchísimas mariposas que están cogiendo miel en las flores... *Choto, Choto*, ven aquí, no espantes a los pobres pajaritos.

El perro, que había bajado, volvió gozoso llamado por la Nela, y la pacífica república de pajarillos volvió a tomar posesión de sus estados.

—A mí me causa horror este sitio —dijo Pablo, tomando del brazo a la muchacha—. Y ahora, ¿vamos hacia las minas? Sí, ya conozco este camino. Estoy en mi terreno. Por aquí vamos derechos al Barco. *Choto*, anda delante, no te enredes en mis piernas.

Descendían por una vereda escalonada. Pronto llegaron a la concavidad formada por la explotación minera. Dejando la verde zona vegetal, habían entrado bruscamente en la geológica, zanja enorme cuyas paredes, labradas por el barreno[140] y el pico, mostraban una interesante estratificación cuyas diversas capas ofrecían en el corte los más variados tonos y los materiales más diversos. Era aquél el sitio que a Teodoro Golfín le había parecido el interior de un gran buque náufrago, comido de las olas, y su nombre vulgar justificaba esta semejanza. Pero de día se admiraban principalmente las superpuestas cortezas de la estratificación, con sus vetas sulfurosas y carbonatadas, sus sedimentos negros, sus lignitos, donde yace el negro azabache,[141] sus capas de tierra ferruginosa, que parece amasada con sangre, sus grandes y regulares láminas de roca, quebradas en mil puntos por el arte humano y erizadas de picos, cortaduras y desgarrones. Era aquello como

---

[140] *barreno*: agujero para meter el explosivo en las minas.

[141] *lignito... azabache*: *lignito*: carbón fósil con una consistencia similar a la madera; *azabache*: variedad de lignito, dura, compacta y de color negro.

una herida abierta en el tejido orgánico y vista con microscopio. El arroyo de aguas saturadas de óxido de hierro que corría por el centro semejaba un chorro de sangre.

—¿En dónde está nuestro asiento? —preguntó el señorito de Penáguilas—. Vamos a él. Allí no nos molestará el aire.

Desde el fondo de la gran zanja subieron un poco por escabroso sendero, abierto entre rotas piedras, tierra y matas de hinojo, y se sentaron a la sombra de enorme peña agrietada, que presentaba en su centro una larga hendidura. Más bien eran dos peñas, pegada la una a la otra, con irregulares bordes, como dos gastadas mandíbulas que se esfuerzan en morder.

—¡Qué bien se está aquí! —dijo Pablo—. A veces suele salir una corriente de aire por esa gruta, pero hoy no siento nada. Lo que siento es el gorgoteo del agua allá dentro, en las entrañas de la Trascava.

—Calladita está hoy —observó la Nela—. ¿Quieres echarte?

—Pues mira que has tenido una buena idea. Anoche no he dormido pensando en lo que mi padre me dijo, en el médico, en mis ojos... Toda la noche estuve sintiendo una mano que entraba en mis ojos y abría en ellos una puerta cerrada y mohosa.

Diciendo esto, sentose sobre la piedra, poniendo su cabeza sobre el regazo de la Nela.

—Aquella puerta —prosiguió—, que estaba allá, en lo más íntimo de mi sentido, abriose, como te he dicho, dando paso a una estancia donde se encerraba la idea que me persigue. ¡Ay, Nela de mi corazón, chiquilla idolatrada, si Dios quisiera darme ese don que me falta!... Con él me creería el más feliz de los hombres, yo, que casi lo soy sólo con tenerte por amiga y compañera de mi vida. Para que los dos seamos uno solo me falta muy poco: no me falta más que verte y recrearme en tu belleza con ese placer de la vista que no puedo comprender aún pero que concibo de una manera vaga. Tengo la curiosidad del espíritu; la de los ojos me falta. Supóngola como una nueva manera del amor que te tengo. Yo estoy lleno de tu belleza, pero hay algo en ella que no me pertenece todavía.

—¿No oyes? —dijo la Nela de improviso, demostrando interés por cosa muy distinta de lo que su amigo decía.

—¿Qué?

—Aquí dentro... ¡La Trascava!..., está hablando. Y la Trascava —observó la Nela palideciendo— es un murmullo, un sí, sí, sí... A ratos oigo la voz de mi madre, que dice clarito: «Hija mía, ¡qué bien se está aquí!».

—Es tu imaginación. También la imaginación habla; me olvidé de decirlo. La mía a veces se pone tan parlanchina que tengo que mandarla callar. Su voz es chillona, atropellada, inaguantable, así como la de la conciencia es grave, reposada, convincente, y lo que dice no tiene refutación.[142]

—Ahora parece que llora... Se va poquito a poco perdiendo la voz —dijo la Nela atenta a lo que oía.

De pronto salió por la gruta una ligera ráfaga de aire.

—¿No has notado que ha echado un gran suspiro?... Ahora se vuelve a oír la voz: habla bajo, y me dice al oído muy bajito, muy bajito...

—¿Qué te dice?

—Nada —replicó bruscamente María, después de una pausa—. Tú dices que son tonterías. Tendrás razón.

—Ya te quitaré yo de la cabeza esos pensamientos absurdos —dijo el ciego tomándole la mano—. Hemos de vivir juntos toda la vida. ¡Oh, Dios mío! Si no he de adqui-

---

[142] *no tiene refutación*: no admite discusión.

rir la facultad de que me privaste al nacer, ¿para qué me has dado esperanzas? Infeliz de mí si no nazco de nuevo en manos del doctor Golfín. Porque esto será nacer otra vez. ¡Y qué nacimiento! ¡Qué nueva vida! Chiquilla mía, juro por la idea de Dios que tengo dentro de mí, clara, patente, inmutable, que tú y yo no nos separaremos jamás por mi voluntad. Yo tendré ojos, Nela, tendré ojos para poder recrearme en tu celestial hermosura, y entonces me casaré contigo. Serás mi esposa querida..., serás la vida de mi vida, el recreo y el orgullo de mi alma. ¿No dices nada a esto?

La Nela oprimió contra sí la hermosa cabeza del joven. Quiso hablar, pero su emoción no se lo permitía.

—Y si Dios no quiere otorgarme ese don —añadió el ciego—, tampoco te separarás de mí, también serás mi mujer, a no ser que te repugne enlazarte con un ciego. No, no, chiquilla mía, no quiero imponerte un yugo tan penoso. Encontrarás hombres de mérito que te amarán y que podrán hacerte feliz. Tu extraordinaria bondad, tus nobles prendas,[143] tu belleza ha de cautivar los corazones y encender el más puro amor en cuantos te traten; asegúrate un porvenir risueño. Yo te juro que te querré mientras viva, ciego o con vista, y que estoy dispuesto a jurarte delante de Dios un amor grande, insaciable, eterno. ¿No me dices nada?

—Sí: que te quiero mucho, muchísimo —dijo la Nela acercando su rostro al de su amigo—. Pero no te afanes por verme. Quizá no sea yo tan guapa como tú crees.

Diciendo esto, la Nela, rebuscando en su faltriquera, sacó un pedazo de cristal azogado,[144] resto inútil y borroso

---

[143] *prendas*: cualidades físicas o virtudes morales.
[144] *cristal azogado*: espejo.

de un fementido[145] espejo que se rompiera en casa de la Señana la semana anterior. Mirose en él; mas por causa de la pequeñez del vidrio érale forzoso mirarse por partes, sucesiva y gradualmente, primero un ojo, después la nariz. Alejándolo, pudo abarcar la mitad del conjunto. ¡Ay! ¡Cuán triste fue el resultado de su examen! Guardó el espejillo, y gruesas lágrimas brotaron de sus ojos.

—Nela, sobre mi frente ha caído una gota. ¿Acaso llueve?

—Sí, niño mío, parece que llueve —dijo la Nela sollozando.

—No, es que lloras. Pues has de saber que me lo decía el corazón. Tú eres la misma bondad; tu alma y la mía están unidas por un lazo misterioso y divino: no se pueden separar, ¿verdad? Son dos partes de una misma cosa, ¿verdad?

—Verdad.

—Tus lágrimas me responden más claramente que cuanto pudieras decir. ¿No es verdad que me querrás mucho, lo mismo si me dan vista que si continúo privado de ella?

—Lo mismo, sí, lo mismo —afirmó la Nela, vehemente y turbada.

—¿Y me acompañarás?...

—Siempre, siempre.

—Oye tú —dijo el ciego con amoroso arranque—: si me dan a escoger entre no ver y perderte, prefiero...

—Prefieres no ver... ¡Oh! ¡Madre de Dios divino, qué alegría tengo dentro de mí!

—Prefiero no ver con los ojos tu hermosura porque la veo dentro de mí, clara como la verdad que proclamo interiormente. Aquí dentro estás, y tu persona me seduce y enamora más que todas las cosas.

[145] *fementido*: falso.

—Sí, sí, sí —afirmó la Nela con desvarío—; yo soy hermosa, soy muy hermosa.

—Oye tú: tengo un presentimiento..., sí, un presentimiento. Dentro de mí parece que está Dios hablándome y diciéndome que tendré ojos, que te veré, que seremos felices... ¿No sientes tú lo mismo?

—Yo... El corazón me dice que me verás...: pero me lo dice partiéndoseme.

—Veré tu hermosura, ¡qué felicidad! —exclamó el ciego con la expresión delirante, que era su expresión más propia en ciertos momentos—. Pero si ya la veo, si la veo dentro de mí, clara como la verdad que proclamo y que me llena el alma.

—Sí, sí, sí... —repitió la Nela con desvarío, espantados los ojos, trémulos los labios—. Yo soy hermosa, soy muy hermosa.

—Bendita seas tú...

—¡Y tú! —añadió ella, besándole en la frente—. ¿Tienes sueño?

—Sí, principio a tener sueño. No he dormido anoche. Estoy tan bien aquí...

—Duérmete.

Principió a cantar con arrullo, como se canta a los niños soñolientos. Poco después Pablo dormía. La Nela oyó de nuevo la voz de la Trascava, diciéndole: «Hija mía..., aquí, aquí».

IX

LOS GOLFINES

Teodoro Golfín no se aburría en Socartes. El primer día después de su llegada pasó largas horas en el laboratorio con su hermano, y en los siguientes recorrió de un cabo a otro las minas, examinando y admirando las distintas cosas que allí había, que ya pasmaban por la grandeza de las fuerzas naturales, ya por el poder y brío del arte de los hombres. De noche, cuando todo callaba en el industrioso Socartes, quedando sólo en actividad los bullidores hornos, el buen doctor, que era muy entusiasta músico, se deleitaba oyendo tocar el piano a su cuñada Sofía, esposa de Carlos Golfín y madre de varios chiquillos que se habían muerto.

Los dos hermanos se profesaban vivo cariño. Nacidos en la clase más humilde, habían luchado solos en edad temprana por salir de la ignorancia y de la pobreza, viéndose a punto de sucumbir diferentes veces; mas tanto pudo en ellos el impulso de una voluntad heroica que al fin llegaron jadeantes a la ansiada orilla, dejando atrás las turbias olas en que se agita en constante estado de naufragio el grosero vulgo.

Teodoro, que era el mayor, fue médico antes que Carlos ingeniero. Ayudó a éste con todas sus fuerzas mientras el joven lo necesitara, y cuando le vio en camino, tomó el que anhelaba su corazón aventurero yéndose a América. Allá trabajó, juntamente con otros afamados médicos europeos, adquiriendo bien pronto dinero y fama. Hizo un viaje a España; tornó al Nuevo Mundo; vino más tarde para regresar al poco tiempo. En cada una de estas excursiones daba la vuelta a Europa para apropiarse los progresos de la ciencia oftálmica[146] que cultivaba.

Era un hombre de facciones bastas, moreno, de fisonomía tan inteligente como sensual, labios gruesos, pelo negro y erizado, mirar centelleante, naturaleza incansable, constitución fuerte, si bien algo gastada por el clima americano. Su cara, grande y redonda, su frente huesuda, su melena rebelde aunque corta, el fuego de sus ojos, sus gruesas manos, habían sido motivo para que dijeran de él: «Es un león negro». En efecto: parecía un león, y, como el rey de los animales, no dejaba de manifestar a cada momento la estimación en que a sí mismo se tenía. Pero la vanidad de aquel hombre insigne era la más disculpable de todas las vanidades, pues consistía en sacar a relucir dos títulos de gloria, a saber: su pasión por la cirugía y la humildad de su origen. Hablaba por lo general incorrectamente, por ser incapaz de construir con gracia y elegancia las oraciones. Sus frases, rápidas y entrecortadas, se acomodaban a la emisión de su pensamiento, que era una especie de emisión eléctrica. Muchas veces Sofía, al pedirle su opinión sobre cualquier cosa, decía: «A ver lo que piensa de esto la Agencia Havas».[147]

—Nosotros —indicaba Teodoro—, aunque descendemos de las hierbas del campo, que es el más bajo linaje que se conoce, nos hemos hecho árboles corpulentos... ¡Viva el trabajo y la iniciativa del hombre!... Yo creo que los Golfines,

---

[146] *oftálmica*: referente a los ojos.

[147] *Agencia Havas*: primera agencia informativa francesa fundada en 1835 por Charles-Louis Havas. Se convirtió en un hito importante en el desarrollo del periodismo y la publicidad mundial.

aunque aparentemente venimos de maragatos,[148] tenemos sangre inglesa en nuestras venas... Hasta nuestro apellido parece que es de pura casta sajona. Yo lo descompondría de este modo: *gold*, oro..., *to find*, hallar... Es, como si dijéramos, buscador de oro... He aquí que mientras mi hermano lo busca en las entrañas de la tierra yo lo busco en el interior maravilloso de ese universo en abreviatura que se llama el ojo humano.

En la época de esta veraz historia venía de América por la vía de New York-Liverpool, y, según dijo, su expatriación había cesado definitivamente; pero no le creían, por haber expresado lo mismo en otras ocasiones y haber hecho todo lo contrario.

Su hermano Carlos era un bendito, hombre muy pacífico, estudioso, esclavo de su deber, apasionado por la mineralogía y la metalurgia hasta poner a estas dos mancebas[149] cien codos[150] más altas que su mujer. Por lo demás, ambos cónyuges vivían en conformidad completa, o, como decía Teodoro, en estado *isomórfico*, porque cristalizaban en un mismo sistema. En cuanto a él, siempre que se hablaba de matrimonio, decía riendo: «El matrimonio sería para mí una *epigénesis* o cristal *pseudomórfico*, es decir, un sistema de cristalización que no me corresponde».

Era Sofía una excelente señora de regular belleza, cada día reducida a menor expresión por una tendencia lamentable a la obesidad. Le habían dicho que la atmósfera de carbón de piedra enflaquecía, y por eso fue a vivir a las minas, con propósito de pasar en ellas todo el año. Por lo demás, aquella atmósfera, saturada de polvo de calamina y de humo, causábale no poco disgusto. No tenía hijos vivos, y

---

[148] *maragatos*: pertenecientes a la comarca leonesa de la Maragatería.
[149] *mancebas*: en sentido metafórico, amantes.
[150] *codos*: medida lineal equivalente a unos cuarenta centímetros.

su principal ocupación consistía en tocar el piano y en organizar asociaciones benéficas de señoras para socorros domiciliarios y sostenimiento de hospitales y escuelas. En Madrid, y durante buena porción de años, su actividad había hecho prodigios, ofreciendo ejemplos dignos de imitación a todas las almas aficionadas a la caridad. Ayudada de dos o tres señoras de alto linaje, igualmente amantes del prójimo, había logrado celebrar más de veinte funciones dramáticas, otros tantos bailes de máscaras, seis corridas de toros y dos de gallos, todo en beneficio de los pobres.

En el número de sus vehemencias,[151] que solían ser pasajeras, contábase una que quizá no sea tan recomendable como aquella de socorrer a los menesterosos, y consistía en rodearse de perros y gatos, poniendo en estos animales un afecto que al mismo amor se parecía. Últimamente, y cuando residía en el establecimiento de Socartes, tenía un *toy terrier* que por encargo le había traído de Inglaterra Ulises Bull, jefe del taller de maquinaria. Era un galguito fino y elegante, delicado y mimoso como un niño. Se llamaba *Lili*, y había costado en Londres doscientos duros.

Los Golfines paseaban en los días buenos; en los malos, tocaban el piano o cantaban, pues Sofía tenía cierto chillido que podía pasar por canto en Socartes. El ingeniero segundo tenía voz de bajo; Teodoro también era bajo profundo; Carlos, allá se iba; de modo que armaban una especie de coro de sacerdotes en el cual descollaba la voz de Sofía como sacerdotisa a quien van a llevar al sacrificio. Todas las piezas que se cantaban eran, o si no lo eran lo parecían, de sacerdotes sacrificadores y sacerdotisa sacrificada.

En los días de paseo solían merendar en el campo. Una tarde (a últimos de septiembre y seis días después de la lle-

---

[151] *vehemencias*: sentimientos impetuosos.

gada de Teodoro a las minas) volvían de su excursión en el orden siguiente: *Lili*, Sofía, Teodoro, Carlos. La estrechez del sendero no les permitía caminar de dos en dos. *Lili* llevaba su manta o gabancito azul con las iniciales de su ama. Sofía apoyaba en su hombro el palo de la sombrilla y Teodoro llevaba en la misma postura su bastón, con el sombrero en la punta. Gustaba mucho de pasear con la deforme cabeza al aire. Pasaban al borde de la Trascava cuando *Lili*, desviándose del sendero con la elástica ligereza de sus patillas como alambres, echó a correr césped abajo por la vertiente del embudo. Primero corría, después resbalaba. Sofía dio un grito de terror. Su primer movimiento, dictado por un afecto que parecía materno, fue correr detrás del animal, tan cercano al peligro, pero su esposo la contuvo, diciendo:

—Deja que se lleve el demonio a *Lili*, mujer, él volverá. No se puede bajar; este césped es muy resbaladizo.

—¡*Lili*, *Lili*!... —gritaba Sofía, esperando que sus amantes ayes detendrían al animal en su camino de perdición trayéndole al de la virtud.

Las voces más tiernas no hicieron efecto en el revoltoso ánimo de *Lili*, que seguía bajando. A veces miraba a su ama, y con sus expresivos ojuelos negros parecía decirle: «Señora, por el amor de Dios, no sea usted tan tonta».

Lili se detuvo en la gran peña blanquecina, agujereada, musgosa, que en la boca misma del abismo se veía, como encubriéndola. Fijáronse allí todos los ojos, y al punto observaron que se movía un objeto. Creyeron de pronto ver un animal dañino que se ocultaba detrás de la peña, pero Sofía lanzó un nuevo grito, el cual antes era de asombro que de terror.

—¡Si es la Nela!... Nela, ¿qué haces ahí?

Al oír su nombre, la muchacha se mostró toda turbada y ruborosa.

—¿Qué haces ahí, loca? —repitió la dama—. Coge a *Lili* y tráemelo... ¡Válgame Dios lo que inventa esta criatura! Miren dónde ha ido a meterse. Tú tienes la culpa de que *Lili* haya bajado... ¡Qué cosas le enseñas al animalito! Por tu causa es tan mal criado y tan antojadizo.

—Esa muchacha es de la piel de Barrabás[152] —dijo don Carlos a su hermano—. ¡Vaya dónde se ha ido a poner!

Mientras esto se decía en el borde de la Trascava, abajo la Nela había emprendido la persecución de *Lili*, el cual, más travieso y calavera[153] en aquel día que en ningún otro de su monótona existencia, huía de las manos de la chicuela. Gritábale la dama, exhortándole a ser juicioso y formal, pero él, poniendo en olvido las más vulgares nociones del deber, empezó a dar brincos y a mirar con descaro a su ama, como diciéndole: «Señora, ¿quiere usted irse a paseo y dejarme en paz?».

Al fin *Lili* dio con su elegante cuerpo en medio de las zarzas que cubrían la boca de la cueva, y allí la mansita de que iba vestido fuele de grandísimo estorbo. El animal, viéndose imposibilitado de salir de entre la maleza, empezó a ladrar pidiendo socorro.

—¡Que se me pierde! ¡Que se me mata! —exclamó gimiendo Sofía—. ¡Nela, Nela, si me lo sacas te doy un perro grande![154] ¡Sácalo..., ve con cuidado..., agárrate bien!

La Nela se deslizó intrépidamente, poniendo su pie sobre las zarzas y robustos hinojos que tapaban el abismo, y sosteniéndose con una mano en las asperezas de la peña, alargó la otra hasta pillar el rabo de *Lili*, con lo cual le sacó

---

[152] *Barrabás*: delincuente liberado por Pilatos a petición del pueblo judío en lugar de Jesucristo, que fue condenado a la cruz.

[153] *calavera*: aquí tiene el significado de poco juicio.

[154] *perro grande*: moneda de cobre de diez céntimos.

del aprieto en que estaba. Acariciando al animal, subió triunfante a los bordes del embudo.

—Tú, tú, tú tienes la culpa —díjole Sofía de mal talante, aplicándole tres suaves coscorrones—, porque si no te hubieras metido allí... Ya sabes que va detrás de ti dondequiera que te encuentre... ¡Buena pieza!...

Y luego, besando al descarriado animal y administrándole dos nalgadas, después de cerciorarse que no había padecido avería de fundamento en su estimable persona, le arregló la mantita, que se le había puesto por montera,[155] y lo entregó a Nela, diciéndole:

—Toma, llévalo en brazos, porque estará cansado, y estas largas caminatas pueden hacerle daño. Cuidado... Anda delante de nosotros... Cuidado, te repito... Mira que voy detrás observando lo que haces.

Púsose de nuevo en marcha la familia, precedida por la Nela. *Lili* miraba a su ama por encima del hombro de la chiquilla, y parecía decirle: «¡Ay, señora, pero qué boba es usted!».

Teodoro Golfín no había dicho nada durante el conmovedor peligro del hermoso *Lili*, pero cuando se pusieron en marcha por la gran pradera, donde los tres podían ir al lado uno de otro sin molestarse, el doctor dijo a la mujer de su hermano:

—Estoy pensando, querida Sofía, que ese animal te inquieta demasiado. Verdad que un perro que cuesta doscientos duros no es un perro como otro cualquiera. Yo me pregunto por qué has empleado el tiempo y el dinero en hacerle un gabán a ese señorito canino y no se te ha ocurrido comprarle unos zapatos a la Nela.

—¡Zapatos a la Nela! —exclamó Sofía riendo—. Y yo

---

[155] *montera*: gorro.

pregunto: ¿para qué los quiere?... Tardaría dos días en romperlos. Podrás reírte de mí todo lo que quieras... Bien, yo comprendo que cuidar mucho a *Lili* es una extravagancia..., pero no podrás acusarme de falta de caridad... Alto ahí..., eso sí que no te lo permito. —Al decir esto, tomaba un tono muy serio con evidente expresión de orgullo—. Y en lo de saber practicar la caridad con prudencia y tino, tampoco creo que me eche el pie adelante persona alguna... No consiste, no, la caridad en dar sin ton ni son cuando no existe la seguridad de que la limosna ha de ser bien empleada. ¡Si querrás darme lecciones!... Mira, Teodoro, que en eso sé tanto como tú en el tratado de los ojos.

—Sí; ya sabemos, querida, que has hecho maravillas. No me cuentes otra vez lo de las funciones dramáticas, bailes y corridas de toros, organizadas por tu ingenio para alivio de los pobres, ni lo de las rifas que, poniendo en juego grandes sumas, han servido en primer lugar para dar de comer a unos cuantos holgazanes, quedando sólo para los enfermos un resto de poca monta. Todo eso sólo me prueba las singulares costumbres de una sociedad que no sabe ser caritativa sino bailando, toreando y jugando a la lotería. No hablemos de eso; ya conozco estas heroicidades y las admiro: también eso tiene su mérito, y no poco. Pero tú y tus amigas rara vez os acercáis a un pobre para saber de su misma boca la causa de su miseria... ni para observar qué clase de miseria le aqueja, pues hay algunas tan extraordinarias que no se alivian con la fácil limosna del ochavo... ni tampoco con el mendrugo de pan...

—Ya tenemos a nuestro filósofo en campaña —dijo Sofía con mal humor—. ¿Qué sabes tú lo que yo he hecho ni lo que he dejado de hacer?

—No te enfades, hija —replicó Golfín—; todos mis argumentos van a parar a un punto, y es que debiste comprarle zapatos a Nela.

—Pues mira, mañana mismo los tendrá.

—No, porque esta misma noche se los compraré yo. No se meta usted en mis dominios, señora.

—¡Eh..., Nela! —gritó Sofía, viendo que la chiquilla estaba a larga distancia—. No te alejes mucho; que te vea yo para saber lo que haces.

—¡Pobre criatura! —dijo Carlos—. ¡Quién ha de decir que eso tiene dieciséis años!

—Atrasadilla está. ¡Qué desgracia! —exclamó Sofía—. Y yo me pregunto: ¿para qué permite Dios que tales criaturas vivan?... Y me pregunto también: ¿qué es lo que se puede hacer por ella? Nada, nada más que darle de comer, vestirla... hasta cierto punto... Ya se ve..., rompe todo lo que le ponen encima. Ella no puede trabajar, porque se desmaya; ella no tiene fuerzas para nada. Saltando de piedra en piedra, subiéndose a los árboles, jugando y enredando todo el día y cantando como los pájaros, cuanto se le pone encima conviértese pronto en jirones...

—Pues yo he observado en la Nela —dijo Carlos— algo de inteligencia y agudeza de ingenio bajo aquella corteza de candor y salvaje rusticidad. No, señor: la Nela no es tonta ni mucho menos. Si alguien se hubiera tomado el trabajo de enseñarle alguna cosa habría aprendido mejor quizá que la mayoría de los chicos. ¿Qué creen ustedes? La Nela tiene imaginación; por tenerla y carecer hasta de la enseñanza más rudimentaria, es sentimental y supersticiosa.

—Eso es: se halla en la situación de los pueblos primitivos —afirmó Teodoro—. Está en la época del pastoreo.

—Ayer precisamente —añadió Carlos— pasaba yo por la Trascava y la vi en el mismo sitio donde la hemos hallado hoy. La llamé, hícela salir, le pregunté qué hacía en aquel sitio y con la mayor sencillez del mundo me contestó que estaba hablando con su madre... Tú no sabes que la madre de la Nela se arrojó por esa sima.

—Es decir, que se suicidó —dijo Sofía—. Era una mujer de mala vida y peores ideas, según he oído contar. Nos han dicho que se embriagaba como un fogonero. Y yo me pregunto: ¿esos seres tan envilecidos que terminan una vida de crímenes con el mayor de todos, que es el suicidio, merecen la compasión del género humano? Hay cosas que horripilan; hay personas que no debieran haber nacido, no señor, y Teodoro podrá decir todas las sutilezas que quiera, pero yo me pregunto...

—No, no te preguntes nada, hermana querida —dijo vivamente Teodoro—. Yo te responderé que el suicida merece la más viva, la más cordial compasión. En cuanto a vituperio,[156] échesele encima todo el que haya disponible, pero al mismo tiempo... bueno será indagar qué causas le llevaron a tan horrible extremo de desesperación..., y observaría si la sociedad no le ha dejado abierta, desamparándole en absoluto, la puerta de ese abismo horrendo que le llama...

—¡Desamparado de la sociedad! Hay algunos que lo están... —dijo Sofía con impertinencia—. La sociedad no puede amparar a todos. Mira la estadística, Teodoro, mírala y verás la cifra de pobres... Pero si la sociedad desampara a alguien, ¿para qué sirve la religión?

—Refiérome al miserable desesperado que reúne a todas las miserias la miseria mayor, que es la ignorancia... El ignorante envilecido y supersticioso sólo posee nociones vagas y absurdas de la divinidad... Lo desconocido, lejos de detenerle, le impulsa más a cometer su crimen... Rara vez hará beneficios la idea religiosa al que vegeta en estúpida ignorancia. A

---

[156] *vituperio*: condena, afrenta, deshonra.

él no se acerca amigo inteligente, ni maestro, ni sacerdote. No se le acerca sino el juez que ha de mandarle a presidio... Es singular el rigor con que condenáis vuestra propia obra —añadió con vehemencia enarbolando el palo, en cuya punta tenía su sombrero—. Estáis viendo delante de vosotros, al pie mismo de vuestras cómodas casas, a una multitud de seres abandonados, faltos de todo lo que es necesario a la niñez, desde los padres hasta los juguetes...; les estáis viendo, sí..., nunca se os ocurre infundirles un poco de dignidad haciéndoles saber que son seres humanos, dándoles las ideas de que carecen; no se os ocurre ennoblecerles, haciéndoles pasar del bestial trabajo mecánico al trabajo de la inteligencia; les veis viviendo en habitaciones inmundas, mal alimentados, perfeccionándose cada día en su salvaje rusticidad y no se os ocurre extender un poco hasta ellos las comodidades de que estáis rodeados... ¡Toda la energía la guardáis luego para declamar contra los homicidios, los robos y el suicidio sin reparar que sostenéis escuela permanente de estos tres crímenes!

—No sé para qué están ahí los asilos de beneficencia —dijo agriamente Sofía—. Lee la estadística, Teodoro, léela, y verás el número de desdichados... Lee la estadística...

—Yo no leo la estadística, querida hermana, ni me hace falta para nada tu estadística. Buenos son los asilos, pero no, no bastan para resolver el gran problema que ofrece la orfandad. El miserable huérfano, perdido en las calles y en los campos, desamparado de todo cariño personal y acogido sólo por las corporaciones, rara vez llena el vacío que forma en su alma la carencia de familia...; ¡oh!, vacío donde debían estar, y rara vez están, la nobleza, la dignidad y la estimación de sí mismo. Sobre este tema tengo una idea; es una idea mía, quizá os parezca un disparate.

—Dínosla.

—El problema de la orfandad y de la miseria infantil no

se resolverá nunca en absoluto, como no se resolverán tampoco sus compañeros los demás problemas sociales, pero habrá un alivio a mal tan grande cuando las costumbres, apoyadas por las leyes..., por las leyes, ya veis que esto no es cosa de juego, establezcan que todo huérfano, cualquiera que sea su origen..., no reírse..., tenga derecho a entrar en calidad de hijo adoptivo en la casa de un matrimonio acomodado que carezca de hijos. Ya se arreglarían las cosas de modo que no hubiera padres sin hijos ni hijos sin padres.

—Con tu sistema —dijo Sofía— ya se arreglarían las cosas de modo que nosotros fuésemos papás de la Nela.

—¿Por qué no? —repuso Teodoro—. Entonces no gastaríamos doscientos duros en comprar un perro ni estaríamos todo el santo día haciendo mimos al señorito *Lili*.

—¿Y por qué han de estar exentos de esa graciosa ley los solteros ricos? ¿Por qué no han de cargar ellos también con su huérfano como cada hijo de vecino?

—No me opongo —dijo el doctor mirando al suelo—. ¿Pero qué es esto?... ¡Sangre!...

Todos miraron al suelo, donde se veían de trecho en trecho manchitas de sangre.

—¡Jesús! —exclamó Sofía, apretando los ojos—. Si es la Nela. Mira cómo se ha puesto los pies.

—Ya se ve... Como tuvo que meterse entre las zarzas para coger a tu dichoso *Lili*. Nela, ven acá.

La Nela, cuyo pie derecho estaba ensangrentado, se acercó cojeando.

—Dame al pobre *Lili* —dijo Sofía, tomando el canino de manos de la vagabunda—. No vayas a hacerle daño. ¿Te duele mucho? ¡Pobrecita! Eso no es nada. ¡Oh, cuánta sangre!... No puedo ver eso.

Sensible y nerviosa, Sofía se volvió de espaldas, acariciando a *Lili*.

—A ver, a ver qué es eso —dijo Teodoro, tomando a la Nela en sus brazos y sentándola en una piedra de la cerca inmediata.

Poniéndose sus lentes, le examinó el pie.

—Es poca cosa: dos o tres rasguños... Me parece que tienes una espina dentro... ¿Te duele? Sí, aquí está la pícara... Aguarda un momento. Sofía, echa a correr si te molesta ver una operación quirúrgica.

Mientras Sofía daba algunos pasos para poner su precioso sistema nervioso a cubierto de toda alteración, Teodoro Golfín sacó su estuche, del estuche unas pinzas, y en un santiamén extrajo la espina.

—¡Bien por la mujer valiente! —dijo, observando la serenidad de la Nela—. Ahora vendemos el pie.

Con su pañuelo vendó el pie herido. Marianela trató de andar. Carlos le dio la mano.

—No, no, ven acá —dijo Teodoro, cogiendo a Marianela por los brazos.

Con rápido movimiento levantola en el aire y la sentó sobre su hombro derecho.

—Si no estás segura, agárrate a mis cabellos; son fuertes. Ahora lleva tú el palo con el sombrero.

—¡Qué facha! —exclamó Sofía, muerta de risa al verlos venir—. Teodoro con la Nela al hombro, y luego el palo con el sombrero de Gessler.[157]

---

[157] *Gessler*: se refiere a la leyenda suiza de Guillermo Tell. El tirano suizo Hermann Gessler llegó a tal extremo de despotismo que cuando estaba ausente obligaba al pueblo a saludar a su sombrero colocado en lo alto de un palo. Guillermo Tell se negó a obedecer dicha orden y fue castigado a lanzar una flecha contra una manzana colocada en la cabeza de su hijo. Tell con esta acción inició la lucha por la independencia de Suiza.

X

Historia de dos hijos del pueblo

—Aquí tienes, querida Sofía —dijo Teodoro—, un hombre que sirve para todo. Éste es el resultado de nuestra educación, ¿verdad, Carlos? Bien sabes que no hemos sido criados con mimo; que desde nuestra más tierna infancia nos acostumbramos a la idea de que no había nadie inferior a nosotros... Los hombres que se forman solos, como nosotros nos formamos, los que sin ayuda de nadie ni más amparo que su voluntad y noble ambición han logrado salir triunfantes en la *lucha por la existencia*...,[158] sí, ¡demonio!, éstos son los únicos que saben cómo se ha de tratar a un menesteroso. No te cuento diversos hechos de mi vida, atañederos a esto del prójimo como a ti mismo,[159] por no caer en el feo pecado de la propia alabanza y por temor a causar envidia a tus rifas y a tus baileteos filantrópicos.[160] Quédese esto aquí.

[158] *lucha por la existencia*: o lucha por la vida, es un concepto de la teoría de la evolución formulada por Darwin en *The Origin of Species* (1859), en donde argumentaba que sólo los seres más fuertes y mejor dotados son capaces de adaptarse al medio y sobrevivir. Dichas doctrinas científicas tuvieron una amplia difusión e influencia en la literatura del último tercio del siglo XIX, singularmente a través del Naturalismo.

[159] Resuena la máxima cristiana de «Amarás al prójimo como a ti mismo» (Mateo, XXII, 39; Marcos, XII, 31).

[160] *filantrópicos*: caritativos, generosos.

—Cuéntalos, cuéntalos otra vez, Teodoro.

—No, no..., todo eso debe callarse; así lo manda la modestia. Confieso que no poseo en alto grado esta virtud preciosa; yo no carezco de vanidades, y entre ellas tengo la de haber sido mendigo, de haber pedido limosna de puerta en puerta, de haber andado descalzo con mi hermanito Carlos y dormir con él en los huecos de las puertas, sin amparo, sin abrigo, sin familia. Yo no sé qué extraordinario rayo de energía y de voluntad vibró dentro de mí. Tuve una inspiración. Comprendí que delante de nuestros pasos se abrían dos sendas: la del presidio, la de la gloria. Cargué en mis hombros a mi pobre hermanito, lo mismo que hoy cargo a la Nela, y dije: «Padre nuestro que estás en los cielos, sálvanos...».[161] Ello es que nos salvamos. Yo aprendí a leer y enseñé a leer a mi hermano. Yo serví a diversos amos, que me daban de comer y me permitían ir a la escuela. Yo guardaba mis propinas, yo compré una hucha... Yo reuní para comprar libros... Yo no sé cómo entré en los Escolapios,[162] pero ello es que entré, mientras mi hermano se ganaba su pan haciendo recados en una tienda de ultramarinos...

—¡Qué cosas tienes! —exclamó Sofía muy desazonada, porque no gustaba de oír aquel tema—. Y yo me pregunto: ¿a qué viene el recordar tales niñerías? Además, tú las exageras mucho.

—No exagero nada —dijo Teodoro con brío—. Señora, oiga usted y calle... Voy a poner cátedra de esto... Óiganme todos los pobres, todos los desamparados, todos los niños perdidos... Yo entré en los Escolapios como Dios

---

[161] *Padre nuestro... sálvanos*: referencia a la oración que, según el Evangelio de san Mateo (VI, 9-13), Jesús enseñó a sus discípulos.

[162] *Escolapios*: orden religiosa fundada en 1597 por San José de Calassanz para dedicarse a la educación de los niños pobres.

quiso; yo aprendí como Dios quiso... Un bendito padre diome buenos consejos y me ayudó con sus limosnas... Sentí afición a la medicina... ¿Cómo estudiarla sin dejar de trabajar para comer? ¡Problema terrible!... Querido Carlos, ¿te acuerdas de cuando entramos los dos a pedir trabajo en una barbería de la antigua calle de Cofreros?... Nunca habíamos cogido una navaja en la mano, pero era preciso ganarse el pan afeitando... Al principio ayudábamos..., ¿te acuerdas, Carlos?... Después empuñamos aquellos nobles instrumentos... La flebotomía[163] fue nuestra salvación. Yo empecé los estudios anatómicos. ¡Ciencia admirable, divina! Tanto era el trabajo escolástico[164] que tuve que abandonar la barbería de aquel famoso maestro Cayetano... El día en que me despedí, él lloraba... Diome dos duros, y su mujer me obsequió con unos pantalones viejos de su esposo... Entré a servir de ayuda de cámara.[165] Dios me protegía, dándome siempre buenos amos. Mi afición al estudio interesó a aquellos benditos señores, que me dejaban libre todo el tiempo que podían. Yo velaba estudiando. Yo estudiaba durmiendo. Yo deliraba, y limpiando la ropa repasaba en la memoria las piezas del esqueleto humano... Me acuerdo que el cepillar la ropa de mi amo me servía para estudiar la miología...[166] Limpiando una manga, decía: «músculo deltoides, bíceps, cubital», y en los pantalones: «músculos glúteos, psoas, gemelos, tibial, etc.».[167] En aque-

---

[163] *flebotomía*: extracción de sangre abriendo una vena.

[164] *escolástico*: aquí tiene el significado de escolar.

[165] *ayuda de cámara*: criado que cuida la ropa de su amo, le afeita y peina.

[166] *miología*: estudio de los músculos del cuerpo humano.

[167] *músculo... tibial*: Teodoro menciona varios músculos: el *deltoides* se encuentra en el hombro; el *bíceps* en el brazo y el *cubital* en el antebrazo; los *glúteos* en las nalgas; los *psoas*, junto a los muslos; los *gemelos* en la pantorrilla y el *tibial* en la espinilla.

lla casa dábanme sobras de comida, que yo llevaba a mi hermano, habitante en casa de unos dignos ropavejeros.[168] ¿Te acuerdas, Carlos?

—Me acuerdo —dijo Carlos con emoción—. Y gracias que encontré quien me diera casa por un pequeño servicio de llevar cuentas. Luego tuve la dicha de tropezar con aquel coronel retirado, que me enseñó las matemáticas elementales.

—Bueno, no hay guiñapo[169] que no saquen ustedes hoy a la calle —observó Sofía.

—Mi hermano me pedía pan —añadió Teodoro—, y yo le respondía: «¿Pan has dicho?, toma matemáticas...». Un día mi amo me dio entradas para el teatro de la Cruz;[170] llevé a mi hermano y nos divertimos mucho, pero Carlos cogió una pulmonía... ¡Obstáculo terrible, inmenso! Esto era recibir un balazo al principio de la acción... Pero no, ¿quién desmaya? Adelante..., a curarle se ha dicho. Un profesor de la Facultad, que me había tomado gran cariño, se prestó a curarle.

—Fue milagro de Dios que me salvara en aquel cuchitril inmundo, almacén de trapo viejo, de hierro viejo y de cuero viejo.

—Dios estaba con nosotros..., bien claro se veía... Habíase puesto de nuestra parte... ¡Oh, bien sabía yo a quién me arrimaba! —prosiguió Teodoro, con aquella elocuencia nerviosa, rápida, ardiente, que era tan suya como las melenas negras y la cabeza de león—. Para que mi herma-

[168] *ropavejero*: vendedor de ropa y objetos usados.

[169] *guiñapo*: andrajo, trapo roto.

[170] *el teatro de la Cruz*: era un antiguo corral de comedias levantado en la calle del mismo nombre en 1579. Allí se representaron muchas obras de los dramaturgos del Siglo de Oro.

no tuviera medicinas fue preciso que yo me quedara sin ropa. No pueden andar juntas la farmacopea[171] y la indumentaria. Receta tras receta, el enfermo consumió mi capa, después mi levita..., mis calzones se convirtieron en píldoras... Pero mis amos no me abandonaban..., volví a tener ropa, y mi hermano salió a la calle. El médico me dijo: «Que vaya a convalecer al campo...». Yo medité... «¿Campo dijiste? Que vaya a la Escuela de Minas». Mi hermano era gran matemático. Yo le enseñé la química; pronto se aficionó a los pedruscos, y antes de entrar en la Escuela, ya salía al campo de San Isidro a recoger guijarros. Yo seguía adelante en mi navegación por entre olas y huracanes... Cada día era más médico; un famoso operador me tomó por ayudante; dejé de ser criado... Empecé a servir a la ciencia...; mi amo cayó enfermo; asistile como una hermana de la Caridad... Murió dejándome un legado... ¡Donosa idea! Consistía en un bastón, una máquina para hacer cigarrillos, un cuerno de caza y cuatro mil reales en dinero. ¡Una fortuna!... Mi hermano tuvo libros, yo ropa, y cuando me vestí de gente, empecé a tener enfermos. Parece que la humanidad perdía la salud sólo por darme trabajo... ¡Adelante, siempre adelante!... Pasaron años, años..., al fin vi desde lejos el puerto de refugio después de grandes tormentas... Mi hermano y yo bogábamos sin gran trabajo...,[172] ya no estábamos tristes... Dios sonreía dentro de nosotros. ¡Bien por los Golfines!... Dios les había dado la mano. Yo empecé a estudiar los ojos, y en poco tiempo dominé la catarata,[173] pero yo quería más... Gané algún di-

---

[171] *farmacopea*: arte de elaborar fármacos o medicamentos.

[172] *bogábamos sin gran trabajo*: salíamos adelante sin gran esfuerzo.

[173] *catarata*: ceguera total o parcial de un ojo que se produce al nublarse el cristalino.

nero, pero mi hermano consumía bastante... Al fin, Carlos salió de la Escuela... ¡Vivan los hombres valientes!... Después de dejarle colocado en Riotinto[174] con un buen sueldo, me marché a América. Yo había sido una especie de Colón, el Colón del trabajo, y una especie de Hernán Cortés;[175] yo había descubierto en mí un nuevo mundo, y después de descubrirlo, lo había conquistado.

—Alábate, pandero[176] —dijo Sofía riendo.

—Si hay héroes en el mundo, tú eres uno de ellos —afirmó Carlos, demostrando gran admiración por su hermano.

—Prepárese usted ahora, señor semidiós —dijo Sofía—, a coronar todas sus hazañas haciendo un milagro, que milagro será dar la vista a un ciego de nacimiento... Mira: allí sale don Francisco a recibirnos.

Avanzando por lo alto del cerro que limita las minas del lado de poniente, habían llegado a Aldeacorba, y la casa del señor de Penáguilas, que, echándose el chaquetón a toda prisa, salió al encuentro de sus amigos. Caía la tarde.

---

[174] *Riotinto*: municipio de Huelva que poseía minas de hierro, cobre y manganeso, explotadas desde tiempos de los romanos.

[175] *Colón... Hernán Cortés*: referencias al descubridor de América y a la colonización de México llevada a cabo por Hernán Cortés.

[176] *pandero*: necio.

XI

El patriarca de Aldeacorba

—Ya la están ordeñando —dijo antes de saludarles—. Supongo que todos tomarán leche. ¿Cómo va ese valor, doña Sofía?... ¿Y usted, don Teodoro?... ¡Buena carga se ha echado a cuestas! ¿Qué tiene María Canela?... ¿Una patita mala? ¿De cuándo acá gastamos esos mimos?

Entraron todos en el patio de la casa. Oíanse los graves mugidos de las vacas, que acababan de entrar en el establo, y este rumor, unido al grato aroma campesino del heno que los mozos subían al pajar, recreaba dulcemente los sentidos y el ánimo.

El médico sentó a la Nela en un banco de piedra, y ella, paralizada por el respeto, sin hacer movimiento alguno, miraba a su bienhechor con asombro.

—¿En dónde está Pablo? —preguntó el ingeniero.

—Acaba de bajar a la huerta —replicó el señor de Penáguilas, ofreciendo una rústica silla a Sofía—. Oye, Nela, ve y acompáñale.

—No, no quiero que ande todavía —objetó Teodoro, deteniéndola—. Además, tomará leche con nosotros.

—¿No quiere usted ver a mi hijo esta tarde? —preguntó el señor de Penáguilas.

—Con el examen de ayer me basta —replicó Golfín—. Puede hacerse la operación.

—¿Con éxito?

—¡Ah! ¡Con éxito!... Eso no puede decirse. Gran placer sería para mí dar la vista a quien tanto la merece. Su hijo de usted posee una inteligencia de primer orden, una fantasía superior, una bondad exquisita. Su absoluto desconocimiento del mundo visible hace resaltar más aquellas grandiosas cualidades... Se nos presentan solas, admirablemente sencillas, con todo el candor y el encanto de las creaciones de la naturaleza, donde no ha entrado el arte de los hombres. En él todo es idealismo, un idealismo grandioso, enormemente bello. Es como un yacimiento colosal, como el mármol en las canteras... No conoce la realidad...; vive la vida interior, la vida de la ilusión pura... ¡Oh! ¡Si pudiéramos darle vista!... A veces me digo: «¡Si al darle ojos le convertiremos de ángel en hombre!...». Problema, duda tenemos aquí... Pero hagámosle hombre: ése es el deber de la ciencia; traigámosle del mundo de las ilusiones a la esfera de la realidad, y entonces sus ideas serán exactas, tendrá el don precioso de apreciar en su verdadero valor todas las cosas.

Sacaron los vasos de leche blanca, espumosa, tibia, rebosando de los bordes con hirviente oleada. Ofreció Penáguilas el primero a Sofía, y los caballeros se apoderaron de los otros dos. Golfín dio el suyo a la Nela, que, abrumada de vergüenza, se negaba a tomarlo.

—Vamos, mujer —dijo Sofía—, no seas mal criada; toma lo que te dan.

—Otro vaso para el señor don Teodoro —dijo don Francisco al criado.

Oyose en seguida el rumorcillo de los chorros que salían de la estrujada ubre.

—Y tendrá la apreciación justa de todas las cosas —dijo don Francisco, repitiendo esta frase del doctor, la cual había hecho no poca impresión en su espíritu—. Ha dicho usted, señor don Teodoro, una cosa admirable. Y ya que de esto hablamos, quiero confiarle las inquietudes que hace días tengo. Sentareme también.

Acomodose don Francisco en un banco próximo. Teodoro, Carlos y Sofía se habían sentado en sillas traídas de la casa, y la Nela continuaba en el banco de piedra. La leche que acababa de tomar le había dejado un bigotillo blanco en su labio superior.

—Pues decía, señor don Teodoro, que hace días me tiene inquieto el estado de exaltación en que se halla mi hijo; yo lo atribuyo a la esperanza que le hemos dado... Pero hay más, hay más. Ya sabe usted que acostumbro leerle diversos libros. Creo que se enardece demasiado su pensamiento con mis lecturas y que se ha desarrollado en él una cantidad de ideas superior a la capacidad del cerebro de un hombre que no ve. No sé si me explico bien.

—Perfectamente.

—Sus cavilaciones no acaban nunca. Yo me asombro de oírle, y del meollo y agudeza de sus discursos. Creo que su sabiduría está llena de mil errores por la falta de método y por el desconocimiento del mundo visible.

—No puede ser de otra manera.

—Pero lo más raro es que, arrastrado por su imaginación potente, la cual es como un Hércules[177] atado con cadenas dentro de un calabozo y que forcejea por romper hierros y muros...

—Muy bien, muy bien dicho.

—Su imaginación, digo, no puede contenerse en la os-

<hr/>

[177] *Hércules*: héroe de la mitología griega, hijo de Zeus y Alcmena, dotado de una fuerza descomunal que le permitió realizar numerosas hazañas.

curidad de sus sentidos, viene a este nuestro mundo de luz y quiere suplir con sus atrevidas creaciones la falta del sentido de la vista. Pablo posee un espíritu de indagación asombroso, pero este espíritu de investigación es un valiente pájaro con las alas rotas. Hace días que está delirante, no duerme, y su afán de saber raya en locura. Quiere que a todas horas le lea libros nuevos, y a cada pausa hace las observaciones más agudas con una mezcla de candor que me hace reír. Afirma y sostiene grandes absurdos, ¡y vaya usted a contradecirle!... Temo mucho que se me vuelva maniático, que se desquicie su cerebro... ¡Si viera usted cuán triste y caviloso se pone a veces!... Y coge un estribillo,[178] y dale que le darás, no lo suelta en una semana. Hace días que no sale de un tema tan gracioso como original. Ha dado en sostener que la Nela es bonita.

Oyéronse risas, y la Nela se quedó como púrpura.

—¡Que la Nela es bonita! —exclamó Teodoro Golfín cariñosamente—. Pues sí que lo es.

—Ya lo creo, y ahora más con su bigote blanco —indicó Sofía.

—Pues sí que es guapa —repitió Teodoro, tomándole la cara—. Sofía, dame tu pañuelo... ¡Vamos, fuera ese bigote!

Teodoro devolvió a Sofía su pañuelo, después de afeitar a la Nela. Díjole a ésta don Francisco que fuese a acompañar al ciego, y, cojeando, entró en la casa.

—Y cuando le contradigo —añadió el señor de Aldeacorba—, mi hijo me contesta que el don de la vista quizá altere en mí, ¡qué disparate más gracioso!, la verdad de las cosas.

—No le contradiga usted, y suspenda por ahora absolutamente las lecturas. Durante algunos días ha de adoptar

---

[178] *estribillo*: palabra o frase que se repite con frecuencia.

un régimen de tranquilidad absoluta. Hay que tratar al cerebro con grandes miramientos antes de emprender una operación de esta clase.

—Si Dios quiere que mi hijo vea —dijo el señor de Penáguilas con fervor—, le tendré a usted por el más grande, por el más benéfico de los hombres. La oscuridad de sus ojos es la oscuridad de mi vida; esa sombra negra ha hecho tristes mis días, entenebreciéndome el bienestar material que poseo. Soy rico: ¿de qué me sirven mis riquezas? Nada de lo que él no pueda ver es agradable para mí. Hace un mes he recibido la noticia de una gran herencia... Ya sabe usted, señor don Carlos, que mi primo Faustino ha muerto en Matamoros. No tiene hijos; le heredamos mi hermano Manuel y yo... Esto es echar margaritas a puercos,[179] y no lo digo por mi hermano, que tiene una hija preciosa ya casadera, dígolo por este miserable que no puede hacer disfrutar a su hijo único las delicias honradas de una buena posición.

Siguió a estas palabras un largo silencio, sólo interrumpido por el cariñoso mugido de las vacas en el cercano establo.

—Para él —añadió el patriarca de Aldeacorba con profunda tristeza— no existe el goce del trabajo, el primero de todos los goces. No conociendo las bellezas de la naturaleza, ¿qué significan para él la amenidad del campo ni las delicias de la agricultura? Yo no sé cómo Dios ha podido privar a un ser humano de admirar una res gorda, un árbol cuajado de peras, un prado verde, y de ver apilados los frutos de la tierra, y de repartir su jornal a los trabajadores, y de leer en el cielo el tiempo que ha de venir. Para él no

[179] *echar margaritas a los puercos*: frase hecha que significa dar o decir cosas delicadas a quien no tiene sensibilidad para apreciarlas.

existe más vida que una cavilación febril. Su vida solitaria ni aun disfrutará de la familia, porque cuando yo me muera, ¿qué familia tendrá el pobre ciego? Ni él querrá casarse, ni habrá mujer de punto[180] que con él se despose, a pesar de sus riquezas, ni yo le aconsejaré tampoco que tome estado. Así es que cuando el señor don Teodoro me ha dado esperanza... he visto el cielo abierto; he visto una especie de paraíso en la tierra..., he visto un joven y alegre matrimonio, he visto ángeles, nietecillos alrededor de mí, he visto mi sepultura embellecida con las flores de la infancia, con las tiernas caricias que aun después de mi última hora subsistirán, acompañándome debajo de la tierra... Ustedes no comprenden esto; no saben que mi hermano Manuel, que es más bueno que el buen pan, luego que ha tenido noticia de mis esperanzas, ha empezado a hacer cálculos y más cálculos... Vean lo que dice... —Sacó varias cartas, que revolvió breve rato, sin dar con la que buscaba—. En resumidas cuentas, está loco de contento, y me ha dicho: «Casaré a mi Florentina con tu Pablito, y aquí tienes colocado a interés compuesto[181] el medio millón de pesos del primo Faustino...». Me parece que veo a Manolo frotándose las manos y dando zancajos,[182] como es su costumbre cuando tiene una idea feliz. Les espero a él y a su hija de un momento a otro; vienen a pasar conmigo el 4 de octubre y a ver en qué para esta tentativa de dar luz a mi hijo...

Iba avanzando mansamente la noche, y los cuatro personajes rodeábanse de una sombra apacible. La casa empezaba a humear, anunciando la grata cena de aldea. El

---

[180] *mujer de punto*: mujer distinguida.

[181] *interés compuesto*: capital al que se van sumando los réditos que produce para que se multipliquen los beneficios.

[182] *dando zancajos*: caminar apoyando los talones.

patriarca, que parecía la expresión humana de aquella tranquilidad melancólica, volvió a tomar la palabra, diciendo:

—La felicidad de mi hermano y la mía dependen de que yo tenga un hijo que ofrecer por esposo a Florentina, que es tan guapa como la Madre de Dios, como la Virgen María Inmaculada, según la pintan cuando viene el ángel a decirle: «El Señor es contigo...».[183] Mi ciego no servirá para el caso..., pero mi hijo Pablo, con vista, será la realidad de todos mis sueños y la bendición de Dios entrando en mi casa.

Callaron todos, hondamente impresionados por la relación patética y sencilla del bondadoso padre. Éste llevó a sus ojos la mano basta y ruda, endurecida por el arado, y se limpió una lágrima.

—¿Qué dices tú a eso, Teodoro? —preguntó Carlos a su hermano.

—No digo más sino que he examinado a conciencia este caso y que no encuentro motivos suficientes para decir: «No tiene cura», como han dicho los médicos famosos a quienes ha consultado nuestro amigo. Yo no aseguro la curación, pero no la creo imposible. El examen catóptrico[184] que hice ayer no me indica lesión retiniana ni alteración de los nervios de la visión. Si la retina está bien, todo se reduce a quitar de en medio un tabique importuno... El cristalino,[185] volviéndose opaco y a veces duro como pie-

---

[183] *El Señor es contigo*: «Alégrate, llena de gracia, el Señor está contigo». Palabras del ángel Gabriel al anunciarle a la Virgen que dará a luz un niño llamado Jesús (Lucas, I, 28).

[184] *examen catróptico*: examen de la retina con un aparato compuesto de espejos en los que se refleja la luz.

[185] *cristalino*: especie de lente del interior del ojo.

dra, es el que nos hace estas picardías... Si todos los órganos desempeñaran su papel como les está mandado... Pero allí, en esa república del ojo, hay muchos holgazanes que se atrofian.

—De modo que todo queda reducido a una simple catarata congénita[186] —dijo el patriarca con afán.

—¡Oh!, no, señor; si fuera eso sólo, seríamos felices. Bastaba decretar la cesantía[187] de ese funcionario que tan mal cumple su obligación... Le mandan que dé paso a la luz y en vez de hacerlo se congestiona, se altera, se endurece, se vuelve opaco como una pared. Hay algo más, señor don Francisco. El iris tiene fisura. La pupila necesita que pongamos la mano en ella. Pero de todo eso me río yo si cuando tome posesión de ese ojo, por tanto tiempo dormido, entro en él y encuentro la coroides[188] y la retina en buen estado. Si, por el contrario, después que aparte el cristalino entro con la luz en mi nuevo palacio recién conquistado y me encuentro con una amaurosis[189] total... Si fuera incompleta, habríamos ganado mucho, pero siendo general... Contra la muerte del aparato nervioso de la visión no podemos nada. Nos está prohibido meternos en las honduras de la vida... ¿Qué hemos de hacer? Paciencia. Este caso ha llamado vivamente mi atención: hay síntomas de que los aposentos interiores no están mal. Su Majestad la retina se halla quizá dispuesta a recibir los rayos lumínicos que se le quieran presentar. Su Alteza el humor vítreo[190] probable-

---

[186] *congénita*: de nacimiento.

[187] *cesantía*: situación en la que queda un funcionario al que se suspende temporal o definitivamente de su empleo.

[188] *coroides*: membrana que recubre la retina.

[189] *amaurosis*: pérdida de visión ocasionada por alguna lesión en la retina, el nervio óptico o el cerebro.

[190] *humor vítreo*: líquido gelatinoso del interior del ojo.

mente no tendrá novedad. Si la larguísima falta de ejercicio en sus funciones le ha producido algo de glaucoma...,[191] una especie de tristeza..., ya trataremos de arreglarlo. Todo estará muy bien allá en la cámara regia... Pero pienso otra cosa. La fisura y la catarata permiten comúnmente que entre un poco de claridad, y nuestro ciego no percibe claridad alguna. Esto me ha hecho cavilar... Verdad es que las capas corticales[192] están muy opacas..., los obstáculos que halla la luz son muy fuertes... Allá veremos, don Francisco. ¿Tiene usted valor?

—¿Valor? ¡Que si tengo valor!... —exclamó don Francisco con cierto énfasis.

—Se necesita no poco para afrontar el caso siguiente...

—¿Cuál?

—Que su hijo de usted sufra una operación dolorosa y después se quede tan ciego como antes... Yo dije a usted: «La imposibilidad no está demostrada. ¿Hago la operación?».

—Y yo respondí lo que ahora repito: «Hágase la operación y cúmplase la voluntad de Dios. Adelante».

—¡Adelante! Ha pronunciado usted mi palabra.

Levantose don Francisco y estrechó entre sus dos manos la de don Teodoro, tan parecida a la zarpa de un león.

—En este clima, la operación puede hacerse en los primeros días de octubre —dijo Golfín—. Mañana fijaremos el tratamiento a que debe sujetarse el paciente... Y nos vamos, que se siente fresco en esas alturas.

Penáguilas ofreció a sus amigos casa y cena, mas no quisieron éstos aceptar. Salieron todos, juntamente con la

[191] *glaucoma*: aumento de la presión en el interior del ojo que puede provocar lesiones de retina e incluso ceguera.

[192] *capas corticales*: capas superficiales del ojo.

Nela, a quien don Teodoro quiso llevar consigo, y también salió don Francisco para hacerles compañía hasta el establecimiento. Convidados del silencio y belleza de la noche, fueron departiendo sobre cosas agradables: unas relativas al rendimiento de las minas, otras, a las cosechas del país. Cuando los Golfines entraron en su casa volviose a la suya don Francisco, solo y triste, andando despacio, la vista fija en el suelo. Pensaba en los terribles días de ansiedad y de esperanza, de sobresalto y dudas que se aproximaban. Por el camino encontró a *Choto*, y ambos subieron lentamente la escalera de palo. La luna alumbraba bastante, y la sombra del patriarca subía delante de él, quebrándose en los peldaños y haciendo como unos dobleces que saltaban de escalón en escalón. El perro iba a su lado. No teniendo el patriarca de Aldeacorba otro ser a quien fiar los pensamientos que abrumaban su cerebro, dijo así:

—*Choto*, ¿qué sucederá?

XII

El doctor Celipín

El señor Centeno, después de recrear su espíritu en las borrosas columnas del *Diario*, y la Señana, después de sopesar con embriagador deleite las monedas contenidas en el calcetín, se acostaron. Habíanse ido también los hijos a reposar sobre sus respectivos colchones. Oyose en la sala una retahíla[193] que parecía oración o romance de ciego;[194] oyéronse bostezos, sobre los cuales trazaba cruces el perezoso dedo... La familia de piedra dormía.

Cuando la casa fue el mismo limbo,[195] oyose en la cocina rumorcillo como de alimañas que salen de sus agujeros para buscarse la vida. Las cestas se abrieron, y Celipín oyó estas palabras:

—Celipín, esta noche sí que te traigo un buen regalo; mira...

Celipín no podía distinguir nada, pero alargando su mano tomó de la de María dos duros como dos soles, de cuya autenticidad se cercioró por el tacto, ya que por la

---

[193] *retahíla*: discurso desordenado.

[194] *romance de ciego*: romances recitados o cantados por ciegos sobre sucesos reales.

[195] *limbo*: según la teología católica, lugar al que iban las almas de los niños que morían sin bautizar.

vista difícilmente podía hacerlo, quedándose pasmado y mudo.

—Me los dio don Teodoro —añadió la Nela— para que me comprara unos zapatos. Como yo para nada necesito zapatos, te los doy, y así pronto juntarás aquello.

—¡Córcholis!, ¡que eres más buena que María Santísima!... Ya poco me falta, Nela, y en cuanto apande[196] media docena de reales..., ya verán quién es Celipín.

—Mira, hijito: el que me ha dado ese dinero andaba por las calles pidiendo limosna cuando era niño, y después...

—¡Córcholis! ¡Quién lo había de decir!... Don Teodoro... ¡Y ahora tiene más dinero!... Dicen que lo que tiene no lo cargan seis mulas.

—Y dormía en las calles, y servía de criado, y no tenía calzones...; en fin, que era más pobre que las ratas. Su hermano don Carlos vivía en una casa de trapo viejo.

—¡Jesús! ¡Córcholis! ¡Y qué cosas se ven por esas tierras!... Yo también me buscaré una casa de trapo viejo.

—Y después tuvo que ser barbero para ganarse la vida y poder estudiar.

—*Miá* tú..., yo tengo pensado irme derecho a una barbería... Yo me pinto solo para rapar... ¡Pues soy yo poco listo en gracia de Dios! Desde que yo llegue a Madrid, por un lado rapando y por otro estudiando, he de aprender en dos meses toda la ciencia. *Miá* tú, ahora se me ha ocurrido que debo tirar para médico... Sí, médico, que echando una mano a este pulso, otra mano al otro, se llena de dinero el bolsillo.

—Don Teodoro —dijo la Nela— tenía menos que tú, porque tú vas a tener cinco duros, y con cinco duros parece que todo se ha de venir a la mano. ¡Aquí de los hombres

---

[196] *apande*: guardar algo con ánimo de quedárselo.

guapos! Don Teodoro y don Carlos eran como los pájaros que andan solos por el mundo. Ellos con su buen gobierno se volvieron sabios. Don Teodoro leía en los muertos y don Carlos leía en las piedras, y así los dos aprendieron el modo de hacerse personas cabales. Por eso es don Teodoro tan amigo de los pobres. Celipín, si me hubieras visto esta tarde cuando me llevaba al hombro... Después me dio un vaso de leche y me echaba unas miradas como las que se echan a las señoras.

—Todos los hombres listos somos de ese modo —observó Celipín con petulancia—. Verás tú qué fino y galán voy a ser yo cuando me ponga mi levita[197] y mi sombrero de una tercia de alto.[198] Y también me calzaré las manos con eso que llaman guantes, que no pienso quitarme nunca como no sea sino para tomar el pulso... Tendré un bastón con una porra dorada y me vestiré..., eso sí, en mis carnes no se pone sino paño fino... ¡Córcholis! Te vas a reír cuando me veas.

—No pienses todavía en esas cosas de remontarte mucho, que eres más pelado que un huevo —le dijo ella—. Vete poquito a poquito: hoy me aprendo esto, mañana lo otro. Yo te aconsejo que antes de meterte en eso de curar enfermos, debes aprender a escribir para que pongas una carta a tu madre pidiéndole perdón y diciéndole que te has ido de tu casa para afinarte, hacerte como don Teodoro y ser un médico muy cabal.

—Calla, mujer... ¿Pues qué, creías que la escritura no es lo primero?... Deja tú que yo coja una pluma en la mano

---

[197] *levita*: chaqueta masculina ajustada en el cintura y que llegaba a la rodilla, de uso frecuente en el siglo XIX.

[198] *tercia*: aproximadamente treinta centímetros. Es una medida de longitud equivalente a la tercera parte de una vara (Cf. p. 76).

y verás qué rasgueo de letras y qué perfiles finos para arriba y para abajo, como la firma de don Francisco Penáguilas... ¡Escribir!, a mí con ésas... A los cuatro días verás qué cartas pongo... Ya las oirás leer, y verás qué *conceitos* los míos y qué modo aquel de echar *retólicas* que os dejen bobos a todos. ¡Córcholis! Nela, tú no sabes que yo tengo mucho talento. Lo siento aquí dentro de mi cabeza, haciéndome *burumbum, burumbum*, como el agua de la caldera de vapor... Como que no me deja dormir, y pienso que es que todas las ciencias se me entran aquí y andan dentro volando a tientas como los murciélagos y diciéndome que las estudie. Todas, todas las ciencias las he de aprender, y ni una sola se me ha de quedar... Verás tú...

—Pues debe de haber muchas. Pablo, que las sabe todas, me ha dicho que son muchas, y que la vida entera de un hombre no basta para una sola.

—Ríete tú de eso... Ya me verás a mí...

—Y la más bonita de todas es la de don Carlos... Porque mira tú que eso de coger una piedra y hacer con ella latón... Otros dicen que hacen plata y también oro. Aplícate a eso, Celipillo.

—Desengáñate, no hay saber como ese de cogerle a uno la muñeca y mirarle la lengua y decir al momento en qué hueco del cuerpo tiene aposentado el maleficio... Dicen que don Teodoro le saca un ojo a un hombre y le pone otro nuevo, con el cual ve como si fuera ojo nacido... *Miá* tú que eso de ver a uno que se está muriendo, y con mandarle tomar, pongo el caso, media docena de mosquitos guisados un lunes con palos de mimbre cogidos por una doncella que se llame Juana, dejarle bueno y sano, es mucho aquél... Ya verás, ya verás cómo se porta don Celipín el de Socartes. Te digo que se ha de hablar de mí hasta en La Habana.

—Bien, bien —dijo la Nela con alegría—, pero mira que has de ser buen hijo, pues si tus padres no quieren enseñarte es porque ellos no tienen talento, y pues tú lo tienes, pídele por ellos a la Santísima Virgen, y no dejes de mandarles algo de lo mucho que vas a ganar.

—Eso sí lo haré. *Miá* tú, aunque me voy de la casa, no es que quiera mal a mis padres, y ya verás cómo dentro de poco tiempo ves venir un mozo de la estación cargado que se revienta con unos grandes paquetes. Y, ¿qué será? Pues refajos[199] para mi madre y mis hermanas y un sombrero alto para mi padre. A ti puede que te mande también un par de pendientes.

—Muy pronto regalas —dijo la Nela sofocando la risa—. ¡Pendientes para mí!...

—Pero ahora se me está ocurriendo una cosa. ¿Quieres que te la diga? Pues es que tú debías venir conmigo, y siendo dos, nos ayudaríamos a ganar y a aprender. Tú también tienes talento, que eso del pesquis a mí no se me escapa, y bien podías llegar a ser señora como yo caballero. ¡Que me había de reír si te viera tocando el piano como doña Sofía!

—¡Qué bobo eres! Yo no sirvo para nada. Si fuera contigo, sería un estorbo para ti.

—Ahora dicen que van a dar vista a don Pablo, y cuando él tenga vista, nada tienes tú que hacer en Socartes. ¿Qué te parece mi idea?... ¿No respondes?

Pasó algún tiempo sin que la Nela contestara nada. Preguntó de nuevo Celipín, sin obtener respuesta.

—Duérmete, Celipín —dijo al fin la de las cestas—. Yo tengo mucho sueño.

—Como mi talento me deje dormir, a la buena de Dios.

---

[199] *refajos*: falda de paño que usaban las mujeres en los pueblos encima de las enaguas.

Un minuto después se veía a sí mismo en figura semejante a la de don Teodoro Golfín, poniendo ojos nuevos en órbitas viejas, claveteando piernas rotas y arrancando criaturas a la muerte mediante copiosas tomas de mosquitos cogidos por una doncella y guisados un lunes con palos de mimbre. Viose cubierto de riquísimos paños, las manos aprisionadas en guantes olorosos y arrastrado en coche, del cual tiraban cisnes, que no caballos, y llamado por reyes o solicitado de reinas, por honestas damas requerido, alabado de magnates y llevado en triunfo por los pueblos todos de la tierra.

XIII

ENTRE DOS CESTAS

La Nela cerró sus conchas para estar más sola. Sigámosla; penetremos en su pensamiento. Pero antes conviene hacer algo de historia.

Habiendo carecido absolutamente de instrucción en su edad primera, habiendo carecido también de las sugestiones cariñosas que enderezan el espíritu de un modo seguro al conocimiento de ciertas verdades, habíase formado Marianela en su imaginación poderosa un orden de ideas muy singular, una teogonía[200] extravagante y un modo rarísimo de apreciar las causas y los efectos de las cosas. Exacta era la idea de Teodoro Golfín al comparar el espíritu de la Nela con los pueblos primitivos. Como en éstos, dominaba en ella el sentimiento y la fascinación de lo maravilloso; creía en poderes sobrenaturales, distintos del único y grandioso Dios, y veía en los objetos de la naturaleza personalidades vagas que no carecían de modos de comunicación con los hombres.

A pesar de esto, la Nela no ignoraba completamente el Evangelio. Jamás le fue bien enseñado, pero había oído hablar de él. Veía que la gente iba a una ceremonia que llamaban misa, tenía idea de un sacrificio sublime, mas sus

---

[200] *teogonía*: tratado sobre el origen de los dioses paganos.

nociones no pasaban de aquí. Habíase acostumbrado a respetar, en virtud de un sentimentalismo contagioso, al Dios crucificado; sabía que aquello debía besarse, sabía además algunas oraciones aprendidas de rutina, sabía que todo aquello que no se posee debe pedirse a Dios, pero nada más. El horrible abandono de su inteligencia hasta el tiempo de su amistad con el señorito de Penáguilas era causa de esto. Y la amistad con aquel ser extraordinario, que desde su oscuridad explotaba con el valiente ojo de su pensamiento infatigable los problemas de la vida, había llegado tarde. En el espíritu de la Nela hallábase ya petrificado lo que podremos llamar su filosofía, hechura de ella misma, un no sé qué de paganismo y de sentimentalismo mezclados y confundidos. Debemos añadir que María, a pesar de vivir tan fuera del elemento social en que todos vivimos, mostraba casi siempre buen sentido y sabía apreciar sesudamente las cosas de la vida, como se ha visto en los consejos que a Celipín daba. La grandísima valía de su alma explica esto.

La más notable tendencia de su espíritu era la que la impulsaba con secreta pasión a amar la hermosura física, dondequiera que se encontrase. No hay nada más natural, tratándose de un ser criado en absoluto apartamiento de la sociedad y de la ciencia y en comunicación abierta y constante, en trato familiar, digámoslo así, con la naturaleza, poblada de bellezas imponentes o graciosas, llena de luz y colores, de murmullos elocuentes y de formas diversas. Pero Marianela hubo de añadir a su admiración el culto, y siguiendo una ley, propia también del estado primitivo, había personificado todas las bellezas que adoraba en una sola, ideal y con forma humana. Esta belleza era la Virgen María, adquisición hecha por ella en los dominios del Evangelio que tan imperfectamente poseía. La Virgen no habría sido para ella el ideal más querido si a sus perfecciones morales no reuniera todas las hermosuras, guapezas y donaires[201] del orden físico, si no tuviera una cara noblemente hechicera y seductora, un semblante humano y divino al propio tiempo, que a ella le parecía resumen y cifra de toda la luz del mundo, de toda la melancolía y paz sabrosa de la noche, de la música de los arroyos, de la gracia y elegancia de las flores, de la frescura del rocío, de los suaves quejidos del viento, de la inmaculada nieve de las montañas, del cariñoso mirar de las estrellas y de la pomposa majestad de las nubes cuando gravemente discurren por la inmensidad del cielo.

La persona de Dios representábasele terrible y ceñuda, más propia para infundir respeto que cariño. Todo lo bueno venía de la Virgen María, y a la Virgen debía pedirse todo lo que han menester las criaturas. Dios reñía y ella sonreía. Dios castigaba y ella perdonaba. No es esta última idea tan rara para que llame la atención. Casi rige en absoluto a las clases menesterosas y rurales de nuestro país.

También es común en éstas, cuando se junta un gran abandono a una poderosa fantasía, la fusión que hacía la Nela entre las bellezas de la naturaleza y aquella figura encantadora que resume en sí casi todos los elementos estéticos de la idea cristiana. Si a la soledad en que vivía la Nela hubieran llegado menos nociones cristianas de las que llegaron, si su apartamiento del foco de ideas hubiera sido absoluto, su paganismo habría sido entonces completo, adorando la luna, los bosques, el fuego, los arroyos, el sol.

Tal era la Nela que se crió en Socartes, y así llegó a los quince años. Desde esta fecha, su amistad con Pablo y sus frecuentes coloquios con quien poseía tantas y tan buenas

[201] *donaires*: gracia, garbo.

nociones modificaron algo su modo de pensar, pero la base de sus ideas no sufrió alteración. Continuaba dando a la hermosura física cierta soberanía augusta, seguía llena de supersticiones y adorando a la Santísima Virgen como un compendio de todas las bellezas naturales, encarnando en esta persona la ley moral y rematando su sistema con extrañas ideas respecto a la muerte y la vida futura.

Encerrándose en sus conchas, Marianela habló así:

«Madre de Dios y mía, ¿por qué no me hiciste hermosa? ¿Por qué cuando mi madre me tuvo no me miraste desde arriba?... Mientras más me miro, más fea me encuentro. ¿Para qué estoy yo en el mundo?, ¿para qué sirvo?, ¿a quién puedo interesar? A uno solo, Señora y Madre mía, a uno solo que me quiere porque no me ve. ¿Qué será de mí cuando me vea y deje de quererme?...; porque, ¿cómo es posible que me quiera viendo este cuerpo chico, esta figurilla de pájaro, esta tez pecosa, esta boca sin gracia, esta nariz picuda, este pelo descolorido, esta persona mía que no sirve sino para que todo el mundo le dé con el pie? ¿Quién es la Nela? Nadie. La Nela sólo es algo para el ciego. Si sus ojos nacen ahora y los vuelve a mí y me ve, me caigo muerta... Él es el único para quien la Nela no es menos que los gatos y los perros. Me quiere como quieren los novios a sus novias, como Dios manda que se quieran las personas... Señora Madre mía, ya que vas a hacer el milagro de darle vista, hazme hermosa a mí o mátame, porque para nada estoy en el mundo. Yo no soy nada ni nadie más que para uno solo... ¿Siento yo que recobre la vista? No, eso no, eso no. Yo quiero que vea. Daré mis ojos porque él vea con los suyos, daré mi vida toda. Yo quiero que don Teodoro haga el milagro que dicen. ¡Benditos sean los hombres sabios! Lo que no quiero es que mi amo me vea, no. Antes que consentir que me vea, ¡Madre mía!, me enterraré viva, me arrojaré al río... Sí, sí: que se trague la tierra mi fealdad. Yo no debí haber nacido.»

Y luego, dando una vuelta en la cesta, proseguía:

«Mi corazón es todo para él. Este cieguecito que ha tenido el antojo de quererme mucho es para mí lo primero del mundo después de la Virgen María. ¡Oh! ¡Si yo fuese grande y hermosa, si tuviera el talle, la cara y el tamaño..., sobre todo el tamaño de otras mujeres, si yo pudiese llegar a ser señora y componerme!... ¡Ay!, entonces mi mayor delicia sería que sus ojos se recrearan en mí... Si yo fuera como las demás, siquiera como Mariuca..., ¡qué pronto buscaría el modo de instruirme, de afinarme, de ser una señora!... ¡Oh! ¡Madre y Reina mía, lo único que tengo me lo vas a quitar!... ¿Para qué permitiste que le quisiera yo y que él me quisiera a mí? Esto no debió ser así.»

Y derramando lágrimas y cruzando los brazos, añadió medio vencida por el sueño:

«¡Ay! ¡Cuánto te quiero, niño de mi alma! Quiere mucho a la Nela, a la pobre Nela, que no es nada... Quiéreme mucho... Déjame darte un beso en tu preciosísima cabeza..., pero no abras los ojos, no me mires..., ciérralos, así, así.»

XIV

DE CÓMO LA VIRGEN MARÍA SE APARECIÓ A LA NELA

Los pensamientos, que huyen cuando somos vencidos por el sueño, suelen quedarse en acecho para volver a ocuparnos bruscamente cuando despertamos. Así ocurrió a Mariquilla, que habiéndose quedado dormida con los pensamientos más extraños acerca de la Virgen María, del ciego y de su propia fealdad, que ella deseaba ver trocada en pasmosa hermosura, con ellos mismos despertó cuando los gritos de la Señana la arrancaron de entre sus cestas. Desde que abrió los ojos, la Nela hizo su oración de costumbre a la Virgen María, pero aquel día la oración se compuso de la retahíla ordinaria de las oraciones y de algunas piezas de su propia invención, resultando un discurso que si se escribiera habría de ser curioso. Entre otras cosas, la Nela dijo:

«Anoche te me has aparecido en sueños, Señora, y me prometiste que hoy me consolarías. Estoy despierta, y me parece que todavía te estoy mirando y que tengo delante tu cara, más linda que todas las cosas guapas y hermosas que hay en el mundo.»

Al decir esto, la Nela revolvía sus ojos con desvarío en derredor de sí... Observándose a sí misma de la manera vaga que podía hacerlo, pensó de este modo: «A mí me pasa algo».

—¿Qué tienes, Nela? ¿Qué te pasa, chiquilla? —le dijo la Señana, notando que la muchacha miraba con atónitos ojos a un punto fijo del espacio—. ¿Estás viendo visiones, marmota?[202]

La Nela no respondió, porque estaba su espíritu ocupado en platicar consigo propio, diciéndose:

«¿Qué es lo que yo tengo?... No puede ser maleficio, porque lo que tengo dentro de mí no es la figura feísima y negra del demonio malo, sino una cosa celestial, una cara, una sonrisa y un modo de mirar que, o yo estoy tonta o son de la misma Virgen María en persona. Señora y Madre mía, ¿será verdad que hoy vas a consolarme?... ¿Y cómo me vas a consolar? ¿Qué te he pedido anoche?»

—¡Eh..., chiquilla! —gritó la Señana con voz desapacible, como el más destemplado sonido que puede oírse en el mundo—. Ven a lavarte esa cara de perro.

La Nela corrió. Había sentido en su espíritu un sacudimiento como el que produce la repentina invasión de una gran esperanza. Mirose en la trémula superficie del agua y al instante sintió que su corazón se oprimía.

«Nada... —murmuró—, tan feíta como siempre. La misma figura de niña con alma y años de mujer.»

Después de lavarse, sobrecogiéronla las mismas extrañas sensaciones de antes, al modo de congojas[203] placenteras. A pesar de su escasa experiencia, Marianela tuvo tino para clasificar aquellas sensaciones en el orden de los presentimientos.

«Pablo y yo —pensó— hemos hablado de lo que se siente cuando va a venir una cosa alegre o triste. Pablo me ha dicho también que poco antes de los temblores de tie-

---

[202] *marmota*: mujer de pueblo, criada.
[203] *congojas*: tristezas.

rra se siente una cosa particular, y las personas sienten una cosa particular..., y los animales sienten también una cosa particular... ¿Irá a temblar la tierra?»

Arrodillándose tentó el suelo.

«No sé..., pero algo va a pasar. Que es una cosa buena no puedo dudarlo... La Virgen me dijo anoche que hoy me consolaría... ¿Qué es lo que tengo?... ¿Esa Señora celestial anda alrededor de mí? No la veo, pero la siento; está detrás, está delante.»

Pasó por junto a las máquinas de lavado en dirección al plano inclinado, y miraba con despavoridos ojos a todas partes. No veía más que las figuras de barro crudo que se agitaban con gresca[204] infernal en medio del áspero bullicio de las cribas cilíndricas, pulverizando el agua y humedeciendo el polvo. Más adelante, cuando se vio sola, se detuvo, y poniéndose el dedo en la frente, clavando los ojos en el suelo con la vaguedad que imprime a aquel sentido la duda, se hizo esta pregunta: «¿Pero yo estoy alegre o estoy triste?».

Miró después al cielo, admirándose de hallarlo lo mismo que todos los días (y era aquél de los más hermosos), y avivó el paso para llegar pronto a Aldeacorba de Suso. En vez de seguir la cañada de las minas para subir por la escalera de palo, apartóse de la hondonada por el regato[205] que hay junto al plano inclinado, con objeto de subir a las praderas y marchar después derecha y por camino llano a Aldeacorba. Este camino era más bonito, y por eso lo prefería casi siempre. Había callejas pobladas de graciosas y aromáticas flores, en cuya multitud pastaban rebaños de abejas y mariposas, había grandes zarzales llenos del negro

---

204 *gresca*: alboroto.
205 *regato*: arroyuelo.

fruto que tanto apetecen los chicos, había grupos de guinderos, en cuyos troncos se columpiaban las madreselvas, y había también corpulentas encinas, grandes, anchas, redondas, oscuras, que parece se recreaban contemplando su propia sombra.

La Nela seguía andando despacio, inquieta de lo que en sí misma sentía y de la angustia deliciosa que la embargaba. Su imaginación fecunda supo al fin hallar la fórmula más propia para expresar aquella obsesión, y recordando haber oído decir *Fulano o Zutano tiene los demonios en el cuerpo*, ella dijo: «Yo tengo los ángeles en el cuerpo... Virgen María, tú estás hoy conmigo. Esto que siento son las carcajadas de tus ángeles que juegan dentro de mí. Tú no estás lejos, te veo y no te veo, como cuando vemos con los ojos cerrados».

Cerraba los ojos y los abría de nuevo. Habiendo pasado junto a un bosque, dobló el ángulo del camino para llegar adonde se extendía un gran bardo[206] de zarzas, las más frondosas, las más bonitas y crecidas de todo aquel país. También se veían lozanos helechos, madreselvas,[207] parras vírgenes y otras plantas de arrimo,[208] que se sostenían unas a otras por no haber allí grandes troncos. La Nela sintió que las ramas se agitaban a su derecha, miró... ¡Cielos divinos! Allí estaba, dentro de un marco de verdura, la Virgen María Inmaculada, con su propia cara, sus propios ojos, que al mirar reflejaban toda la hermosura del cielo. La Nela se quedó muda, petrificada, con una sensación en que se confundían el fervor y el espanto. No pudo dar un paso,

---

[206] *bardo*: terreno repleto de marojos, arbustos y plantas espinosas.
[207] *madreselvas*: plantas silvestres de flores amarillas.
[208] *plantas de arrimo*: las que crecen trepando por la pared o por un tronco, enredaderas, hiedras.

ni gritar, ni moverse, ni respirar, ni apartar sus ojos de aquella aparición maravillosa.

Había aparecido entre el follaje, mostrando completamente todo su busto y cara. Era, sí, la auténtica imagen de aquella escogida doncella de Nazareth, cuya perfección moral han tratado de expresar por medio de la forma pictórica los artistas de dieciocho siglos, desde san Lucas[209] hasta los contemporáneos. La humanidad ha visto esta sacra persona con distintos ojos, ora con los de Alberto Durero, ora con los de Rafael Sanzio, o bien con los de Van Dyck y Bartolomé Murillo.[210] Aquella que a la Nela se apareció era según el modo rafaelesco, sobresaliente entre todos si se atiende a que en él la perfección de la belleza humana se acerca más que ningún otro recurso artístico a la expresión de la divinidad. El óvalo de su cara era menos angosto que el del tipo sevillano, ofreciendo la graciosa redondez del itálico. Sus ojos, de admirables proporciones, eran la misma serenidad unida a la gracia, a la armonía, con un mirar tan distinto de la frialdad como del extremado relampagueo de los ojos andaluces. Sus cejas eran delicada hechura del más fino pincel y trazaban un arco sutil. En su frente no se concebían el ceño del enfado ni las sombras de la tristeza, y sus labios, un poco gruesos, dejaban ver, al sonreír, los más preciosos dientes que han mordido manzana del Paraíso. Sin querer hemos ido a parar a nuestra

---

[209] *san Lucas*: el evangelista Lucas fue —según la leyenda— el primero en pintar el retrato de la Virgen, cuadro que se conserva en la iglesia de Santa María la Mayor de Roma. Cf. Pérez Galdós, *Marianela*, J. Geddes Jr. y Freeman M. Josselyn Jr., eds., Boston, D.C., Heath & Co. Publishers, 1903, p. 117.

[210] *Alberto Durero... Murillo*: Durero (1471-1528), Rafael Sanzio (1483-1520), Van Dyck (1599-1641) y Bartolomé Murillo (1617-1682), famosos pintores por sus cuadros de la Virgen.

madre Eva, cuando tan lejos está la que dio el triunfo a la serpiente de la que aplastó su cabeza,[211] pero el examen de las distintas maneras de la belleza humana conduce a estos y a otros más lamentables contrasentidos. Para concluir el imperfecto retrato de aquella estupenda visión que dejó desconcertada y como muerta a la pobre Nela, diremos que su tez era de ese color de rosa tostado, o más bien moreno encendido, que forma como un rubor delicioso en el rostro de aquellas divinas imágenes, ante las cuales se extasían lo mismo los siglos devotos que los impíos.

Pasado el primer instante de estupor, lo que ante todo observó Marianela, llenándose de confusión, fue que la bella Virgen tenía una corbata azul en su garganta, adorno que ella no había visto jamás en las Vírgenes soñadas ni en las pintadas. Inmediatamente notó también que los hombros y el pecho de la divina mujer se cubrían con un vestido en el cual todo era semejante a los que usan las mujeres del día. Pero lo que más turbó y desconcertó a la pobre muchacha fue ver que la gentil imagen estaba cogiendo moras de zarza... y comiéndoselas.

Empezaba a hacer los juicios a que daba ocasión esta extraña conducta de la Virgen cuando oyó una voz varonil y chillona que decía:

—¡Florentina, Florentina!

—Aquí estoy, papá, aquí estoy comiendo moras silvestres.

—¡Dale!... ¿Y qué gusto le encuentras a las moras sil-

[211] Se alude aquí al episodio del Génesis (III, 15) en que se narra la expulsión de Adán y Eva del Paraíso por haber mordido, instigados por una serpiente, la fruta prohibida del árbol del bien y del mal. Y el anuncio de Dios a la serpiente de que una mujer, la Virgen, aplastará su cabeza.

vestres?... ¡Caprichosa!... ¿No te he dicho que eso es más propio de los chicuelos holgazanes del campo que de una señorita criada en la buena sociedad..., criada en la buena sociedad?

La Nela vio acercarse con grave paso al que esto decía. Era un hombre de edad madura, mediano de cuerpo, algo rechoncho, de cara arrebolada[212] y que parecía echar de sí rayos de satisfacción como el sol los echa de luz; pequeño de piernas, un poco largo de nariz y magnificado con varios objetos decorativos, entre los cuales descollaba una gran cadena de reloj y un fino sombrero de fieltro de alas anchas.

—Vamos, mujer —dijo cariñosamente el señor don Manuel Penáguilas, pues no era otro—, las personas decentes no comen moras silvestres ni dan esos brincos. ¿Ves? Te has estropeado el vestido..., no lo digo por el vestido, que así como se te compró ése, se te comprará otro..., dígolo porque la gente que te vea podrá creer que no tienes más ropa que la puesta.

La Nela, que comenzaba a ver claro, observó los vestidos de la señorita de Penáguilas. Eran buenos y ricos, pero su figura expresaba a maravilla la transición no muy lenta del estado de aldeana al de señorita rica. Todo su atavío, desde el calzado a la peineta, era de señorita de pueblo en día del santo patrono titular. Mas eran tales los encantos naturales de Florentina que ningún accidente comprendido en las convencionales reglas de la elegancia podía oscurecerlos. No podía negarse, sin embargo, que su encantadora persona estaba pidiendo a gritos una rústica saya,[213] un cabello en trenzas y al desgaire,[214] con aderezo de ama-

---

[212] *arrebolada*: encarnada, encendida.
[213] *rústica saya*: falda campesina.
[214] *al desgaire*: sin cuidado.

polas, un talle en justillo,[215] una sarta de corales; en suma, lo que el pudor y el instinto de presunción hubieran ideado por sí, sin mezcla de invención cortesana.

Cuando la señorita se apartaba del zarzal don Manuel acertó a ver a la Nela a punto que ésta había caído completamente de su burro, y dirigiéndose a ella, gritó:

—¡Oh!..., ¿aquí estás tú?... Mira, Florentina, ésta es la Nela..., recordarás que te hablé de ella. Es la que acompaña a tu primito..., a tu primito. ¿Y qué tal te va por estos barrios?...

—Bien, señor don Manuel. ¿Y usted cómo está? —repuso Mariquilla, sin apartar los ojos de Florentina.

—Yo tan campante, ya ves tú. Ésta es mi hija. ¿Qué te parece?

Florentina corría detrás de una mariposa.

—Hija mía, ¿adónde vas?, ¿qué es eso? —dijo el padre, visiblemente contrariado—. ¿Te parece bien que corras de ese modo detrás de un insecto como los chiquillos vagabundos?... Mucha formalidad, hija mía. Las señoritas criadas entre la buena sociedad no hacen eso..., no hacen eso...

Don Manuel tenía la costumbre de repetir la última frase de sus párrafos o discursos.

—No se enfade usted, papá —repitió la joven, regresando después de su expedición infructuosa hasta ponerse al amparo de las alas del sombrero paterno—. Ya sabe usted que me gusta mucho el campo y que me vuelvo loca cuando veo árboles, flores, praderas. Como en aquella triste tierra de Campó donde vivimos hay poco de esto...

—¡Oh! No hables mal de Santa Irene de Campó,[216] una villa ilustrada, donde se encuentran hoy muchas comodi-

---

[215] *justillo*: prenda ceñida a la cintura y sin mangas.

[216] *Campó*: otro topónimo cuyo territorio está situado al sur de Cantabria y al norte de Palencia.

dades y una sociedad distinguida. También han llegado allá los adelantos de la civilización..., de la civilización. Andando a mi lado juiciosamente puedes admirar la naturaleza; yo también la admiro sin hacer cabriolas como los volatineros.[217] A las personas educadas entre una sociedad escogida se las conoce por el modo de andar y por el modo de contemplar los objetos. Eso de estar diciendo a cada instante: «¡Ah!..., ¡oh!..., ¡qué bonito!... ¡Mire usted, papá!», señalando a un helecho, a un roble, a una piedra, a un espino, a un chorro de agua, no es cosa de muy buen gusto... Creerán que te has criado en algún desierto... Conque anda a mi lado... La Nela nos dirá por dónde volveremos a casa, porque a la verdad, yo no sé dónde estamos.

—Tirando a la izquierda por detrás de aquella casa vieja —dijo la Nela— se llega muy pronto... Pero aquí viene el señor don Francisco.

En efecto; apareció don Francisco, gritando:

—Que se enfría el chocolate...

—¡Qué quieres, hombre!... Mi hija estaba tan deseosa de retozar[218] por el campo que no ha querido esperar, y aquí nos tienes de mata en mata como cabritillos..., de mata en mata como cabritillos.

—A casa, a casa. Ven tú también, Nela, para que tomes chocolate —dijo Penáguilas poniendo su mano sobre la cabeza de la vagabunda—. ¿Qué te parece mi sobrina?... Vaya, que es guapa... Florentina, después que toméis chocolate, la Nela os llevará a pasear a Pablo y a ti, y verás todas las hermosuras del país, las minas, el bosque, el río...

Florentina dirigió una mirada cariñosa a la infeliz criatura, que a su lado parecía hecha expresamente por la na-

<hr>

[217] *volatineros*: acróbatas.
[218] *retozar*: saltar alegremente.

turaleza para hacer resaltar más la perfección y magistral belleza de algunas de sus obras. Al llegar a la casa esperábalos la mesa con las jícaras,[219] donde aún hervía el espeso licor guayaquileño y un montoncillo de rebanadas de pan. También estaba en expectativa la mantequilla, puesta entre hojas de castaño, sin que faltaran algunas pastas y golosinas. Los vasos de fresca y transparente agua reproducían en su convexo cristal estas bellezas gastronómicas, agrandándolas.

—Hagamos algo por la vida —dijo don Francisco, sentándose.

—Nela —indicó Pablo—, tú también tomarás chocolate.

No lo había dicho cuando Florentina ofreció a Marianela el jicarón con todo lo demás que en la mesa había. Resistíase a aceptar el convite, mas con tanta bondad y con tan graciosa llaneza insistió la señorita de Penáguilas que no hubo más que decir. Miraba de reojo don Manuel a su hija, cual si no se hallara completamente satisfecho de los progresos de ella en el arte de la buena educación, porque una de las partes principales de ésta consistía, según él, en una fina apreciación de los grados de urbanidad[220] con que debía obsequiarse a las diferentes personas según su posición, no dando a ninguna ni más ni menos de lo que le correspondía con arreglo al fuero social; y de este modo quedaban todos en su lugar, y la propia dignidad se sublimaba, conservándose en el justo medio de la cortesía, el cual estriba en no ensoberbecerse demasiado delante de los ricos ni humillarse demasiado delante de los pobres... Luego que fue tomado el chocolate, don Francisco dijo:

[219] *jícaras*: tazas pequeñas.
[220] *urbanidad*: buenos modales.

—Váyase fuera toda la gente menuda. Hijo mío, hoy es el último día que don Teodoro te permite salir fuera de casa. Los tres pueden ir a paseo, mientras mi hermano y yo vamos a echar un vistazo al ganado... Pájaros, a volar.

No necesitaron que se les rogara mucho. Convidados de la hermosura del día, volaron los jóvenes al campo.

XV

Los tres

Estaba la señorita de pueblo muy gozosa en medio de las risueñas praderas, sin la traba enojosa de las pragmáticas sociales[221] de su señor padre, y así, en cuanto se vio a regular distancia de la casa, empezó a correr alegremente y a suspenderse de las ramas de los árboles que a su alcance veía para balancearse ligeramente en ellas. Tocaba con las yemas de sus dedos las moras silvestres, y cuando las hallaba maduras cogía tres, una para cada boca.

—Ésta para ti, primito —decía, poniéndosela en la boca—, y ésta para ti, Nela. Dejaré para mí la más chica.

Al ver cruzar los pájaros a su lado no podía resistir movimientos semejantes a una graciosa pretensión de volar y decía: «¿Adónde irán ahora esos bribones?». De todos los robles cogía una rama, y abriendo la bellota para ver lo que había dentro, la mordía, y al sentir su amargor, arrojábala lejos. Un botánico atacado del delirio de las clasificaciones no hubiera coleccionado con tanto afán como ella todas las flores bonitas que le salían al paso, dándole la bienvenida desde el suelo con sus carillas de fiesta. Con lo recolectado en media hora adornó todos los ojales de la americana de su primo, los cabellos de la Nela y, por último, sus propios cabellos.

---

[221] *pragmáticas sociales*: leyes, normas sociales.

—A la primita —dijo Pablo— le gustará ver las minas. Nela, ¿no te parece que bajemos?

—Sí, bajemos... Por aquí, señorita.

—Pero no me hagan pasar por túneles, que me da mucho miedo. Eso sí que no lo consiento —dijo Florentina, siguiéndoles—. Primo, ¿tú y la Nela paseáis mucho por aquí? Esto es precioso. Aquí viviría yo toda mi vida... ¡Bendito sea el hombre que te va a dar la facultad de gozar de todas estas preciosidades!

—¡Dios lo quiera! Mucho más hermosas me parecerán a mí, que jamás las he visto, que a vosotras, que estáis saciadas de verlas... No creas tú, Florentina, que yo no comprendo las bellezas: las siento en mí de tal modo que casi casi suplo con mi pensamiento la falta de la vista.

—Eso sí que es admirable... Por más que digas —replicó Florentina—, siempre te resultarán algunos buenos chascos cuando abras los ojos.

—Podrá ser —dijo el ciego, que aquel día estaba muy lacónico.[222]

La Nela no estaba lacónica, sino muda.

Cuando se acercaron a la concavidad de la Terrible, Florentina admiró el espectáculo sorprendente que ofrecían las rocas cretáceas, subsistentes en medio del terreno después de arrancado el mineral. Comparolo a grandes grupos de bollos, pegados unos a otros por el azúcar; después de mirarlo mucho por segunda vez, lo comparó a una gran escultura de perros y gatos que se habían quedado convertidos en piedra en el momento más crítico de una encarnizada reyerta.[223]

—Sentémonos en esta ladera —dijo—, y veremos pa-

[222] *lacónico*: poco hablador.
[223] *reyerta*: pelea.

sar los trenes con mineral, y además veremos esto, que es muy bonito. Aquella piedra grande que está en medio tiene su gran boca, ¿no la ves, Nela?, y en la boca tiene un palillo de dientes: es una planta que ha nacido sola. Parece que se ríe mirándonos, porque también tiene ojos; y más allá hay una con joroba, y otra que fuma en pipa, y dos que se están tirando de los pelos, y una que bosteza, y otra que duerme la mona, y otra que está boca abajo sosteniendo con los pies una catedral, y otra que empieza en guitarra y acaba en cabeza de perro, con una cafetera por gorro.

—Todo eso que dices, primita —observó el ciego—, me prueba que con los ojos se ven muchos disparates, lo cual indica que ese órgano tan precioso sirve a veces para presentar las cosas desfiguradas, cambiando los objetos de su natural forma en otra postiza y fingida, pues en lo que tienes delante de ti no hay confituras, ni gatos, ni hombres, ni palillos de dientes, ni catedrales, ni borrachos, ni cafeteras, sino simplemente rocas cretáceas y masas de tierra caliza, embadurnadas con óxido de hierro. De la cosa más sencilla hacen tus ojos un berenjenal.

—Tienes razón, primo. Por eso digo yo que nuestra imaginación es la que ve y no los ojos. Sin embargo, éstos sirven para enterarnos de algunas cositas que los pobres no tienen y que nosotros podemos darles.

Diciendo esto, tocaba el vestido de la Nela.

—¿Por qué esta bendita Nela no tiene un traje mejor? —añadió la señorita de Penáguilas—. Yo tengo varios y le voy a dar uno, y además otro, que será nuevo.

Avergonzada y confusa, Marianela no alzaba los ojos.

—Es cosa que no comprendo..., ¡que algunos tengan tanto y otros tan poco!... Me enfado con papá cuando le oigo decir palabrotas contra los que quieren que se reparta por igual todo lo que hay en el mundo. ¿Cómo se llaman esos tipos, Pablo?

—Ésos serán los socialistas, los comunistas —replicó el joven sonriendo.

—Pues ésa es mi gente. Soy partidaria de que haya reparto y de que los ricos den a los pobres todo lo que tengan de sobra... ¿Por qué esta pobre huérfana ha de estar descalza y yo no?... Ni aun se debe permitir que estén desamparados los malos, cuanto más los buenos... Yo sé que Nela es muy buena: me lo has dicho tú anoche, me lo ha dicho también tu padre... No tiene familia, no tiene quien mire por ella. ¿Cómo se consiente que haya tanta y tanta desgracia? A mí me quema la boca el pan cuando pienso que hay muchos que no lo prueban. ¡Pobre Mariquita, tan buena y tan abandonada!... ¡Es posible que hasta ahora no la haya querido nadie, ni nadie le haya dado un beso, ni nadie le haya hablado como se habla a las criaturas!... Se me parte el corazón de pensarlo.

Marianela estaba atónita y petrificada de asombro, lo mismo que en el primer instante de la aparición. Antes había visto a la Virgen Santísima, ahora la escuchaba.

—Mira tú, huerfanilla —añadió la Inmaculada—, y tú, Pablo, óyeme bien: yo quiero socorrer a la Nela, no como se socorre a los pobres que se encuentran en un camino, sino como se socorrería a un hermano que nos halláramos de manos a boca...[224] ¿No dices tú que ella ha sido tu mejor compañera, tu lazarillo, tu guía en las tinieblas? ¿No dices que has visto con sus ojos y has andado con sus pasos? Pues la Nela me pertenece; yo me entiendo con ella. Yo me encargo de vestirla, de darle todo lo que una persona necesita para vivir decentemente, y le

___

[224] *de manos a boca*: de repente.

enseñaré mil cosas para que sea útil en una casa. Mi padre dice que quizá, quizá me tenga que quedar a vivir aquí para siempre. Si es así, la Nela vivirá conmigo; conmigo aprenderá a leer, a rezar, a coser, a guisar; aprenderá tantas cosas que será como yo misma. ¿Qué pensáis? Pues sí, y entonces no será la Nela, sino una señorita. En esto no me contrariará mi padre. Además, anoche me ha dicho: «Florentina, quizá, quizá dentro de poco, no mandaré yo en ti; obedecerás a otro dueño...». Sea lo que Dios quiera, tomo a la Nela por mi amiga. ¿Me querrás mucho?... Como has estado tan desamparada, como vives lo mismo que las flores de los campos, tal vez no sepas ni siquiera agradecer, pero yo te lo he de enseñar..., ¡te he de enseñar tantas cosas!...

Marianela, que mientras oía tan nobles palabras había estado resistiendo con mucho trabajo los impulsos de llorar, no pudo al fin contenerlos, y después de hacer pucheros durante un minuto, rompió en lágrimas. El ciego, profundamente pensativo, callaba.

—Florentina —dijo al fin—, tu lenguaje no se parece al de la mayoría de las personas. Tu bondad es enorme y entusiasta como la que ha llenado de mártires la tierra y poblado de santos el cielo.

—¡Qué exageración! —exclamó Florentina, riendo.

Poco después de esto, la señorita se levantó para coger una flor que desde lejos llamara su atención.

—¿Se fue? —preguntó Pablo.

—Sí —replicó la Nela, enjugando sus lágrimas.

—¿Sabes una cosa, Nela?... Se me figura que mi prima ha de ser algo bonita. Cuando llegó anoche a las diez... sentí hacia ella grande antipatía... No puedes figurarte cuánto me repugnaba. Ahora se me antoja, sí, se me antoja que debe de ser algo bonita.

La Nela volvió a llorar.

—¡Es como los ángeles! —exclamó entre un mar de lágrimas—. Es como si acabara de bajar del cielo. En ella cuerpo y alma son como los de la Santísima Virgen María.

—¡Oh!, no exageres —dijo Pablo con inquietud—. No puede ser tan hermosa como dices... ¿Crees que yo, sin ojos, no comprendo dónde está la hermosura y dónde no?

—No, no, no puedes comprenderlo..., ¡qué equivocado estás!

—Sí, sí...; no puede ser tan hermosa —manifestó el ciego, poniéndose pálido y revelando la mayor angustia—. Nela, amiga de mi corazón, ¿no sabes lo que mi padre me ha dicho anoche?...: que si recobro la vista me casaré con Florentina.

La Nela no respondió nada. Sus lágrimas silenciosas corrían sin cesar, resbalando por su tostado rostro y goteando sobre sus manos. Pero ni aun por su amargo llanto podían conocerse las dimensiones de su dolor. Sólo ella sabía que era infinito.

—Ya sé por qué lloras —dijo el ciego estrechando las manos de su compañera—. Mi padre no se empeñará en imponerme lo que es contrario a mi voluntad. Para mí no hay más mujer que tú en el mundo. Cuando mis ojos vean, si ven, no habrá para ellos otra hermosura más que la tuya celestial; todo lo demás serán sombras y cosas lejanas que no fijarán mi atención. ¿Cómo es el semblante humano, Dios mío? ¿De qué modo se retrata el alma en las caras? Si la luz no sirve para enseñarnos lo real de nuestro pensamiento, ¿para qué sirve? Lo que es y lo que se siente, ¿no son una misma cosa? La forma y la idea, ¿no son como el calor y el fuego? ¿Pueden separarse? ¿Puedes dejar tú de ser para mí el más hermoso, el más amado de todos los seres de la tierra, cuando yo me haga dueño de los dominios de la forma?

Florentina volvió. Hablaron algo más; pero después de lo que se consigna, nada de cuanto dijeron es digno de ser transmitido al lector.

XVI

La promesa

En los siguientes días no pasó nada, mas vino uno en el cual ocurrió un hecho asombroso, capital, culminante. Teodoro Golfín, aquel artífice sublime en cuyas manos el cuchillo del cirujano era el cincel del genio, había emprendido la corrección de una delicada hechura de la naturaleza. Intrépido y sereno, había entrado con su ciencia y su experiencia en el maravilloso recinto cuya construcción es compendio y abreviado resumen de la inmensa arquitectura del Universo. Era preciso hacer frente a los más grandes misterios de la vida, interrogarlos y explorar las causas que impedían a los ojos de un hombre el conocimiento de la realidad visible. Para esto había que trabajar con ánimo resuelto, rompiendo uno de los más delicados organismos, la córnea,[225] apoderarse del cristalino y echarlo fuera, respetando la hialoides[226] y tratando con la mayor consideración al humor vítreo, ensanchar con un corte las dimensiones de la pupila y examinar por inducción o por medio de la catóptrica el estado de la cámara posterior.

---

[225] *córnea*: membrana dura y trasparente situada en la parte más externa del globo del ojo.

[226] *hialoides*: membrana que cubre el humor vítreo.

Pocas palabras siguieron a esta audaz expedición por el interior de un mundo microscópico, empresa no menos colosal que medir la distancia de los astros en las infinitas magnitudes del espacio. Mudos y espantados presenciaban el caso los individuos de la familia. Cuando se espera la resurrección de un muerto o la creación de un mundo, no se está de otro modo. Pero Golfín no decía nada concreto; sus palabras eran:

—Contractilidad de la pupila..., retina sensible..., algo de estado pigmentario..., nervios llenos de vida.

Pero el fenómeno sublime, el hecho, el hecho irrecusable, la visión, ¿dónde estaba?

—A su tiempo se sabrá —dijo Teodoro, empezando la delicada operación del vendaje—. Paciencia.

Y su fisonomía de león no expresaba desaliento ni triunfo, no daba esperanza ni la quitaba. La ciencia había hecho todo lo que sabía. Era un simulacro de creación, como otros muchos que son gloria y orgullo del siglo XIX. En presencia de tanta audacia, la naturaleza, que no permite sean sorprendidos sus secretos, continuaba muda y reservada.

El paciente fue incomunicado con absoluto rigor. Sólo su padre le asistía. Ninguno de la familia podía verle. Iba la Nela a preguntar por el enfermo cuatro o cinco veces, pero no pasaba de la portalada, aguardando allí hasta que salieran el señor don Manuel, su hija o cualquiera otra persona de la casa. La señorita, después de darle prolijos[227] informes y de pintar la ansiedad en que estaba toda la familia, solía pasear un poco con ella. Un día quiso Florentina que Marianela la enseñara su casa, y bajaron a la morada de Centeno, cuyo interior causó no poco disgusto y repug-

---

[227] *prolijos*: largos, muy detallados.

nancia a la señorita, mayormente cuando vio las cestas que a la huérfana servían de cama.

—Pronto ha de venir la Nela a vivir conmigo —dijo Florentina, saliendo a toda prisa de aquella caverna—, y entonces tendrá una cama como la mía, y vestirá y comerá lo mismo que yo.

Absorta se quedó al oír estas palabras la señora de Centeno, así como la Mariuca y la Pepina, y no se les ocurrió sino que a la miserable huérfana abandonada le había salido algún padre rey o príncipe, como se cuenta en los romances.

Cuando estuvieron solas, Florentina dijo a María:

—Pídele a Dios de día y de noche que conceda a mi querido primo ese don que nosotros poseemos y de que él ha carecido. ¡En qué ansiedad tan grande vivimos! Con su vista vendrán mil felicidades y se remediarán muchos daños. Yo he hecho a la Virgen una promesa sagrada: he prometido que si da la vista a mi primo, he de recoger al pobre más pobre que encuentre, dándole todo lo necesario para que pueda olvidar completamente su pobreza, haciéndole enteramente igual a mí por las comodidades y el bienestar de la vida. Para esto no basta vestir a una persona ni sentarla delante de una mesa donde haya sopa y carne. Es preciso ofrecerle también aquella limosna que vale más que todos los mendrugos y que todos los trapos imaginables, y es la consideración, la dignidad, el nombre. Yo daré a mi pobre estas cosas, infundiéndole el respeto y la estimación de sí mismo. Ya he escogido a mi pobre. María, mi pobre eres tú. Con todas las voces de mi alma le he dicho a la Santísima Virgen que si devuelve la vista a mi primo haré de ti una hermana: serás en mi casa lo mismo que soy yo, serás mi hermana.

Diciendo esto, la Virgen estrechó con amor entre sus brazos la cabeza de la Nela y diole un beso en la frente. Es absolutamente imposible describir los sentimientos de la vagabunda en aquella culminante hora de su vida. Un horror instintivo la alejaba de la casa de Aldeacorba, horror con el cual se confundía la imagen de la señorita de Penáguilas, como las figuras que se nos presentan en una pesadilla, y al propio tiempo sentía nacer en su alma admiración y simpatía muy vivas hacia aquella misma persona... A veces creía con pueril candor[228] que era la Virgen María en esencia y presencia. De tal modo comprendía su bondad que creía estar viendo, como el interior de un hermoso paraíso abierto, el alma de Florentina, llena de pureza, de amor, de bondades, de pensamientos discretos y consoladores. Tenía Marianela la rectitud suficiente para adoptar y asimilarse al punto la idea de que no podría aborrecer a su improvisada hermana. ¿Cómo aborrecerla si se sentía impulsada espontáneamente a amarla con todas las energías de su corazón? La antipatía, la desconfianza, eran como un sedimento que al fin de la lucha debía quedar en el fondo para descomponerse al cabo y desaparecer, sirviendo sus elementos para alimentar la admiración y el respeto hacia la misma amiga bienhechora. Pero si la aversión desaparecía, no así el sentimiento que la había causado, el cual, no pudiendo florecer por sí ni manifestarse solo, con el exclusivismo avasallador que es condición propia de tales afectos, prodújole un aplanamiento moral que trajo consigo amarga tristeza. En casa de Centeno observaron que la Nela no comía, que permanecía en silencio y sin movimiento, como una estatua, larguísimos ratos, que hacía mucho tiempo que no cantaba de noche ni de día. Su incapacidad para todo había llegado a ser absoluta, y habiéndola mandado Tanasio por tabaco

---

[228] *pueril candor*: ingenuidad infantil.

a la *Primera de Socartes*, sentose en el camino y allí se estuvo todo el día.

Una mañana, cuando habían pasado ocho días después de la operación, fue a casa del ingeniero jefe, y Sofía le dijo:

—¡Albricias,[229] Nela! ¿No sabes las noticias que corren? Hoy han levantado la venda a Pablo... Dicen que ve algo, que ya tiene vista... Ulises, el jefe del taller, acaba de decirlo... Teodoro no ha venido aún, pero Carlos ha ido allá; muy pronto sabremos si es verdad.

Quedose la Nela, al oír esto, más muerta que viva, y cruzando las manos, exclamó así:

—¡Bendita sea la Virgen Santísima, que es quien lo ha hecho!... Ella, ella sola es quien lo ha hecho.

—¿Te alegras?... Ya lo creo; ahora la señorita Florentina cumplirá su promesa —dijo Sofía en tono de mofa—. Mil enhorabuenas a la señora doña Nela... Ahí tienes tú cómo, cuando menos se piensa, se acuerda Dios de los pobres. Esto es como una lotería..., ¡qué premio gordo, Nelilla!... Y puede que no seas agradecida..., no, no lo serás... No he conocido a ningún pobre que tenga gratitud. Son soberbios, y mientras más se les da más quieren... Ya es cosa hecha que Pablo se casará con su prima. Buena pareja; los dos son guapos chicos, y ella no parece tonta..., y tiene una cara preciosa, ¡qué lástima de cara y de cuerpo con aquellos vestidos tan horribles! ¡Oh!, si necesito vestirme, no me traigan acá a la modista de Santa Irene de Campó.

Esto decía cuando entró Carlos. Su rostro resplandecía de júbilo.

—¡Triunfo completo! —gritó desde la puerta—. Después de Dios, mi hermano Teodoro.

---

[229] *¡Albricias!*: expresión de júbilo, alegría.

—¿Es cierto?...

—Como la luz del día... Yo no lo creí... ¡Pero qué triunfo, Sofía, qué triunfo! No hay para mí gozo mayor que ser hermano de mi hermano... Es el rey de los hombres... Si es lo que digo: después de Dios, Teodoro.

XVII

Fugitiva y meditabunda

La estupenda y gratísima nueva corrió por todo Socartes. No se hablaba de otra cosa en los hornos, en los talleres, en las máquinas de lavar, en el plano inclinado, en lo profundo de las excavaciones y en lo alto de los picos, al aire libre y en las entrañas de la tierra. Añadíanse interesantes comentarios: que en Aldeacorba se creyó por un momento que don Francisco Penáguilas había perdido la razón, que don Manuel Penáguilas pensaba celebrar el regocijado suceso dando un banquete a cuantos trabajaban en las minas y, finalmente, que don Teodoro era digno de que todos los ciegos habidos y por haber le pusieran en las niñas de sus ojos.

No osaba la Nela poner los pies en la casa de Aldeacorba. Secreta fuerza poderosa la alejaba de ella. Anduvo vagando todo el día por los alrededores de la mina, contemplando desde lejos la casa de Penáguilas, que le parecía transformada. En su alma se juntaba, a un gozo extraordinario, una como vergüenza de sí misma; a la exaltación de un afecto noble, la insoportable comezón de un amor propio muy susceptible.

Halló una tregua a las congojosas batallas de su alma en la madre soledad, que tanto había contribuido a la formación de su carácter, y en contemplar las hermosuras de la naturaleza, medio fácil de comunicar su pensamiento con la divinidad. Las nubes del cielo y las flores de la tierra hacían en su espíritu efecto igual al que hacen en otros la pompa de los altares, la elocuencia de los oradores cristianos y las lecturas de sutiles conceptos místicos. En la soledad del campo pensaba ella, y decía mentalmente mil cosas sin sospechar que eran oraciones. Mirando a Aldeacorba, decía:

«No volveré más allá... Ya acabó todo para mí... Ahora, ¿de qué sirvo yo?»

En su rudeza, pudo observar que el conflicto en que estaba su alma provenía de no poder aborrecer a nadie. Por el contrario, érale forzoso amar a todos, al amigo y al enemigo; y así como los abrojos se trocaban en flores bajo la mano milagrosa de una mártir cristiana, la Nela veía que sus celos y su despecho se convertían graciosamente en admiración y gratitud. Lo que no sufría metamorfosis era aquella pasioncilla que antes llamamos vergüenza de sí misma y que la impulsaba a eliminar su persona de todo lo que pudiera ocurrir ya en Aldeacorba. Era como un aspecto singular del mismo sentimiento que en los seres educados y cultos se llama amor propio, por más que en ella revistiera los caracteres del desprecio de sí misma; pero la filiación de aquel sentimiento con el que tan grande parte tiene en las acciones del hombre civilizado se reconocía en que se basaba, como éste, en la dignidad más puntillosa. Si Marianela usara ciertas voces, habría dicho:

«Mi dignidad no me permite aceptar el atroz desaire que voy a recibir. Puesto que Dios quiere que sufra esta humillación, sea, pero no he de asistir a mi destronamiento. Dios bendiga a la que por ley natural ocupará mi puesto, pero no tengo valor para sentarla yo misma en él.»

No pudiendo hablar así, su rudeza expresaba la misma idea de este otro modo:

«No vuelvo más a Aldeacorba... No consentiré que me vea... Huiré con Celipín o me iré con mi madre. Ahora yo no sirvo para nada.»

Pero mientras esto decía, parecíale muy desconsolador renunciar al divino amparo de aquella celestial Virgen que se le había aparecido en lo más negro de su vida extendiendo su manto para abrigarla. ¡Ver realizado lo que tantas veces viera en sueños palpitando de gozo y tener que renunciar a ello!... ¡Sentirse llamada por una voz cariñosa, que le ofrecía fraternal amor, hermosa vivienda, consideración, nombre, bienestar, y no poder acudir a este llamamiento inundada de gozo, de esperanza, de gratitud!... ¡Rechazar la mano celestial que la sacaba de aquella sentina[230] de degradación y miseria para hacer de la vagabunda una persona y elevarla de la jerarquía de los animales domésticos a la de los seres respetados y queridos!...

«¡Ay! —exclamó, clavándose los dedos como garras en el pecho—. No puedo, no puedo... Por nada del mundo me presentaré en Aldeacorba. ¡Virgen de mi alma, ampárame!... ¡Madre mía, ven por mí!...»

Al anochecer marchó a su casa. Por el camino encontró a Celipín con un palito en la mano y en la punta del palo la gorra.

—Nelilla —le dijo el chico—, ¿no es verdad que así se pone el señor don Teodoro? Ahora pasaba por la charca de Hinojales y me miré en el agua. ¡Córcholis!, me quedé pasmado, porque me vi con la *mesma* figura de don Teodoro Golfín... Cualquier día de esta semanita nos vamos a ser médicos y hombres de provecho... Ya tengo juntado lo que quería. Verás cómo nadie se ríe del señor de Celipín.

Tres días más estuvo la Nela fugitiva, vagando por los

---

[230] *sentina*: lugar lleno de basura, de inmundicia.

alrededores de las minas, siguiendo el curso del río por sus escabrosas riberas o internándose en el sosegado apartamiento del bosque de Saldeoro. Las noches pasábalas entre sus cestas, sin dormir. Una noche dijo tímidamente a su compañero de vivienda:

—¿Cuándo, Celipín?

Y Celipín contestó con la gravedad de un expedicionario formal:

—Mañana.

Levantáronse los dos aventureros al rayar el día y cada cual fue por su lado: Celipín a su trabajo, la Nela a llevar un recado que le dio Señana para la criada del ingeniero. Al volver encontró dentro de la casa a la señorita Florentina, que le esperaba. Quedose al verla María sobrecogida y temerosa, porque adivinó con su instintiva perspicacia, o más bien con lo que el vulgo llama corazonada, el objeto de aquella visita.

—Nela, querida hermana —dijo la señorita con elocuente cariño—, ¿qué conducta es ésa?... ¿Por qué no has aparecido por allá en todos estos días?... Ven, Pablo desea verte... ¿No sabes que ya puede decir: «Quiero ver tal cosa»? ¿No sabes que ya mi primo no es ciego?

—Ya lo sé —dijo la Nela, tomando la mano que la señorita le ofrecía y cubriéndola de besos.

—Vamos allá, vamos al momento. No hace más que preguntar por la señora Nela. Hoy es preciso que estés allí cuando don Teodoro le levante la venda... Es la cuarta vez... El día de la primera prueba..., ¡qué día!, cuando comprendimos que mi primo había nacido a la luz, casi nos morimos de gozo. La primera cara que vio fue la mía... Vamos.

María soltó la mano de la Virgen Santísima.

—¿Te has olvidado de mi promesa sagrada —añadió

ésta— o creías que era broma? ¡Ay!, todo me parece poco para demostrar a la Madre de Dios el gran favor que nos ha hecho... Yo quisiera que en estos días nadie estuviera triste en todo lo que abarca el universo; quisiera poder repartir mi alegría, echándola a todos lados, como echan los labradores el grano cuando siembran; quisiera poder entrar en todas las habitaciones miserables y decir: «Ya se acabaron vuestras penas; aquí traigo yo remedio para todos». Esto no es posible, esto sólo puede hacerlo Dios. Ya que mis fuerzas no pueden igualar a mi voluntad, hagamos bien lo poco que podemos hacer..., y se acabaron las palabras, Nela. Ahora despídete de esta choza, di adiós a todas las cosas que han acompañado a tu miseria y a tu soledad. También se tiene cariño a la miseria, hija.

Marianela no dijo adiós a nada, y como en la casa no estaban a la sazón[231] ninguno de sus simpáticos habitantes, no fue preciso detenerse por ellos. Florentina salió, llevando de la mano a la que sus nobles sentimientos y su cristiano fervor habían puesto a su lado en el orden de la familia, y la Nela se dejaba llevar sintiéndose incapaz de oponer resistencia. Pensaba que una fuerza sobrenatural le tiraba de la mano y que iba fatal y necesariamente conducida, como las almas que los brazos de un ángel transportan al cielo. Aquel día tomaron el camino de Hinojales, que es el mismo donde la vagabunda vio a Florentina por primera vez. Al entrar en la calleja, la señorita dijo a su amiga:

—¿Por qué no has ido a casa? Mi tío dijo que tienes modestia y una delicadeza natural que es lástima no haya sido cultivada. ¿Tu delicadeza te impedía venir a reclamar lo que por la misericordia de Dios habías ganado? Eso cree mi tío... ¡Cómo estaba aquel día el pobre señor!...; decía

---

[231] *a la sazón*: en aquel momento.

que ya no le importaba morirse... ¿Ves tú?, todavía tengo los ojos encarnados de tanto llorar. Es que anoche mi tío, mi padre y yo no dormimos: estuvimos formando proyectos de familia y haciendo castillos en el aire toda la noche... ¿Por qué callas? ¿Por qué no dices nada?... ¿No estás tú también alegre como yo?

La Nela miró a la señorita, oponiendo débil resistencia a la dulce mano que la conducía.

—Sigue..., ¿qué tienes? Me miras de un modo particular, Nela.

Así era, en efecto; los ojos de la abandonada, vagando con extravío de uno en otro objeto, tenían al fijarse en la Virgen Santísima el resplandor del espanto.

—¿Por qué tiembla tu mano? —preguntole la señorita—. ¿Estás enferma? Te has puesto muy pálida y das diente con diente. Si estás enferma, yo te curaré, yo misma. Desde hoy tienes quien se interese por ti y te mime y te haga cariños... No seré yo sola, pues Pablo te estima..., me lo ha dicho. Los dos te querremos mucho, porque él y yo seremos como uno solo... Desea verte. Figúrate si tendrá curiosidad quien nunca ha visto...; pero no creas..., como tiene tanto entendimiento y una imaginación que, según parece, le ha anticipado ciertas ideas que no poseen comúnmente los ciegos, desde el primer instante supo distinguir las cosas feas de las bonitas. Un pedazo de lacre[232] encarnado le agradó mucho, y un pedazo de carbón le pareció horrible. Admiró la hermosura del cielo y se estremeció con repugnancia al ver una rana. Todo lo que es bello le produce un entusiasmo que parece delirio; todo lo que es feo le causa horror y se pone a temblar como cuando tenemos mucho

[232] *lacre*: pasta de goma, laca y trementina semejante a la cera que se emplea derretida para sellar cartas.

miedo. Yo no debí parecerle mal, porque exclamó al verme: «¡Ay, prima mía, qué hermosa eres! ¡Bendito sea Dios, que me ha dado esta luz con que ahora te siento!».

La Nela tiró suavemente de la mano de Florentina y soltola después, cayendo al suelo como un cuerpo que pierde súbitamente la vida. Inclinose sobre ella la señorita, y con cariñosa voz le dijo:

—¿Qué tienes?... ¿Por qué me miras así?

Clavaba la huérfana sus ojos con terrible fijeza en el rostro de la Virgen Santísima, pero no brillaban, no, con expresión de rencor, sino con una como congoja suplicante, a la manera de la postrer mirada del moribundo que pide misericordia a la imagen de Dios creyéndola Dios mismo.

—Señora —murmuró la Nela—, yo no la aborrezco a usted, no..., no la aborrezco... Al contrario, la quiero mucho, la adoro...

Diciéndolo, tomó el borde del vestido de Florentina, y llevándolo a sus secos labios lo besó ardientemente.

—¿Y quién puede creer que me aborreces? —dijo la de Penáguilas llena de confusión—. Ya sé que me quieres. Pero me das miedo..., levántate.

—Yo la quiero a usted mucho, la adoro —repitió Marianela, besando los pies de la señorita—, pero no puedo, no puedo...

—¿Que no puedes? Levántate, por amor de Dios.

Florentina extendió sus brazos para levantarla, pero sin necesidad de ser sostenida, la Nela alzose de un salto, y poniéndose rápidamente a bastante distancia, exclamó bañada en lágrimas:

—¡No puedo, señorita mía, no puedo!

—¿Qué?..., ¡por Dios y la Virgen!..., ¿qué te pasa?

—No puedo ir allá.

Y señaló la casa de Aldeacorba, cuyo tejado se veía a lo lejos entre árboles.

—¿Por qué?

—La Virgen Santísima lo sabe —replicó la Nela con cierta decisión—. Que la Virgen Santísima la bendiga a usted.

Haciendo una cruz con los dedos, se los besó. Juraba. Florentina dio un paso hacia ella. Comprendiendo María aquel movimiento de cariño, corrió velozmente hacia la señorita, y apoyando su cabeza en el seno de ella, murmuró entre gemidos:

—¡Por Dios..., deme usted un abrazo!

Florentina la abrazó tiernamente. Apartándose entonces con un movimiento, mejor dicho, con un salto ligero, flexible y repentino, la mujer o niña salvaje subió a un matorral cercano. La hierba parecía que se apartaba para darle paso.

—Nela, hermana mía —gritó con angustia Florentina.

—¡Adiós, niña de mi alma! —dijo la Nela mirándola por última vez.

Y desapareció entre el ramaje. Florentina sintió el ruido de la hierba, atendiendo a él como atiende el cazador a los pasos de la pieza que se le escapa; después todo quedó en silencio, y no se oía sino el sordo monólogo de la naturaleza campestre en mitad del día, un rumor que parece el susurro de nuestras propias ideas al extenderse irradiando por lo que nos circunda. Florentina estaba absorta, paralizada, muda, afligidísima, como el que ve desvanecerse la más risueña ilusión de su vida. No sabía qué pensar de aquel suceso, ni su bondad inmensa, que incapacitaba frecuentemente su discernimiento, podía explicárselo.

Largo rato después hallábase en el mismo sitio, la cabeza inclinada sobre el pecho, las mejillas encendidas, los celestiales ojos mojados de llanto, cuando acertó a pasar don

Teodoro Golfín, que de la casa de Aldeacorba con tranquilo paso venía. Grande fue el asombro del doctor al ver a la señorita sola y con aquel interesante aparato de pena y desconsuelo, que, lejos de mermar[233] su belleza, la acrecentaba.

—¿Qué tiene la niña? —preguntó vivamente—. ¿Qué es eso, Florentina?

—Una cosa terrible, señor don Teodoro —replicó la señorita de Penáguilas, secando sus lágrimas—. Estoy pensando, estoy considerando qué cosas tan malas hay en el mundo.

—¿Y cuáles son esas cosas malas, señorita?... Donde está usted, ¿puede haber alguna?

—Cosas perversas; pero entre todas hay una que es la más perversa de todas.

—¿Cuál?

—La ingratitud, señor Golfín.

Y mirando tras de la cerca de zarzas y helechos, dijo:

—Por allí se ha escapado.

Subió a lo más elevado del terreno para alcanzar a ver más lejos.

—No la distingo por ninguna parte.

—Ni yo —indicó, riendo el médico—. El señor don Manuel me ha dicho que se dedica usted a la caza de mariposas. Efectivamente, esas pícaras son muy ingratas al no dejarse coger por usted.

—No es eso... Contaré a usted, si va hacia Aldeacorba.

—No voy, sino que vengo, preciosa señorita, pero porque usted me cuente alguna cosa, cualquiera que sea, volveré con mucho gusto. Volvamos a Aldeacorba, ya soy todo oídos.

---

[233] *mermar*: disminuir.

XVIII

La Nela se decide a partir

Vagando estuvo la Nela todo el día, y por la noche ron-
dó la casa de Aldeacorba, acercándose a ella todo lo que le
era posible sin peligro de ser descubierta. Cuando sentía
rumor de pasos, alejábase prontamente como un ladrón.
Bajó a la hondonada de la Terrible, cuyo pavoroso aspecto
de cráter en aquella ocasión le agradaba, y después de dis-
currir por el fondo contemplando los gigantes de piedra
que en su recinto se elevaban como personajes congregados
en un circo, trepó a uno de ellos para descubrir las luces de
Aldeacorba. Allí estaban, brillando en el borde de la mina,
sobre la oscuridad del cielo y de la tierra. Después de mirar-
las como si nunca en su vida hubiera visto luces, salió de la
Terrible y subió hacia la Trascava. Antes de llegar a ella sintió pasos, detúvose, y al poco rato vio que por el sendero
adelante venía con resuelto andar el señor de Celipín. Traía
un pequeño lío pendiente de un palo puesto al hombro, y
su marcha, como su ademán, demostraban firme resolución
de no parar hasta medir con sus piernas toda la anchura de
la tierra.

—¡Celipe!..., ¿adónde vas? —le preguntó la Nela, dete-
niéndole.

—¡Nela!..., ¿tú por estos barrios?... Creíamos que estabas en casa de la señorita Florentina, comiendo jamones,

pavos y perdices a todas horas y bebiendo limonada con azucarillos. ¿Qué haces aquí?

—¿Y tú, adónde vas?

—¿Ahora salimos con eso? ¿Para qué me lo preguntas si lo sabes? —replicó el chico, requiriendo el palo y el lío—. Bien sabes que voy a aprender mucho y a ganar dinero... ¿No te dije que esta noche?... Pues aquí me tienes más contento que unas pascuas, aunque algo triste cuando pienso lo que padre y madre van a llorar... Mira, Nela, la Virgen Santísima nos ha favorecido esta noche, porque padre y madre empezaron a roncar más pronto que otras veces, y yo, que ya tenía hecho el lío, me subí al ventanillo y por el ventanillo me eché fuera... ¿Vienes tú o no vienes?

—Yo también voy —dijo la Nela con un movimiento repentino, asiendo el brazo del intrépido viajero.

—Tomaremos el tren, y en el tren iremos hasta donde podamos —afirmó Celipín con generoso entusiasmo—. Y después pediremos limosna hasta llegar a los Madriles del Rey de España, y una vez que estemos en los Madriles del Rey de España, tú te pondrás a servir en una casa de marqueses y condeses y yo en otra, y así, mientras yo estudie tú podrás aprender muchas finuras. ¡Córcholis!, de todo lo que yo vaya aprendiendo te iré enseñando a ti un poquillo, un poquillo nada más, porque las mujeres no necesitan tantas sabidurías como nosotros los señores médicos.

Antes de que Celipín acabara de hablar, los dos se habían puesto en camino, andando tan aprisa cual si estuvieran viendo ya las torres de los Madriles del Rey de España.

—Salgámonos del sendero —dijo Celipín, dando pruebas en aquella ocasión de un gran talento práctico—, porque si nos ven nos echarán mano y nos darán un buen pie de paliza.

Pero la Nela soltó la mano de su compañero de aventuras y, sentándose en una piedra, murmuró tristemente:

—Yo no voy.

—Nela..., ¡qué tonta eres! Tú no tienes como yo un corazón del tamaño de esas peñas de la Terrible —dijo Celipín con fanfarronería—. ¡Recórcholis!, ¿a qué tienes miedo? ¿Por qué no vienes?

—Yo..., ¿para qué?

—¿No sabes que dijo don Teodoro que los que nos criamos aquí nos volvemos piedras?... Yo no quiero ser una piedra, yo no.

—Yo... ¿para qué voy? —dijo la Nela con amargo desconsuelo—. Para ti es tiempo, para mí es tarde.

La chiquilla dejó caer la cabeza sobre su pecho, y por largo rato permaneció insensible a la seductora verbosidad del futuro Hipócrates.[234] Al ver que iba a franquear el lindero de aquella tierra donde había vivido y donde dormía su madre el eterno sueño, se sintió arrancada de su suelo natural. La hermosura del país, con cuyos accidentes se sentía unida por una especie de parentesco; la escasa felicidad que había gustado en él; la miseria misma; el recuerdo de su amito y de las gratas horas de paseo por el bosque y hacia la fuente de Saldeoro; los sentimientos de admiración o de simpatía, de amor o de gratitud que habían florecido en su alma en presencia de aquellas mismas flores, de aquellas mismas nubes, de aquellos árboles frondosos, de aquellas peñas rojas, como asociados a la belleza y desarrollo de aquellas mismas partes de la naturaleza, eran otras tantas raíces, cuya violenta tirantez, al ser arrancadas, producíala vivísimo dolor.

[234] *Hipócrates*: médico griego (460-377 a. C.), considerado el fundador de la medicina. De su nombre deriva el «juramento hipocrático», por el que los médicos se comprometen a buscar sobre todo la curación del enfermo.

—Yo no me voy —repitió.

Y Celipín hablaba, hablaba, cual si ya, subiendo milagrosamente hasta el pináculo[235] de su carrera, perteneciese a todas las Academias creadas y por crear.

—¿Entonces, vuelves a casa? —preguntole al ver que su elocuencia era tan inútil como la de aquellos centros oficiales del saber.

—No.

—¿Vas a la casa de Aldeacorba?

—Tampoco.

—Entonces, ¿te vas al pueblo de la señorita Florentina?

—No, tampoco.

—Pues entonces, ¡córcholis, recórcholis!, ¿adónde vas?

La Nela no contestó nada: seguía mirando con espanto al suelo como si en él estuvieran los pedazos de la cosa más bella y más rica del mundo, que acababa de caer y romperse.

—Pues entonces, Nela —dijo Celipín, fatigado de sus largos discursos—, yo te dejo y me voy, porque pueden descubrirme... ¿Quieres que te dé una peseta, por si se te ofrece algo esta noche?

—No, Celipín, no quiero nada... Vete, tú serás hombre de provecho... Pórtate bien, y no te olvides de Socartes ni de tus padres.

El viajero sintió una cosa impropia de varón tal, formal y respetable, sintió que le venían ganas de llorar, mas sofocando aquella emoción importuna, dijo:

—¿Cómo he de olvidar a Socartes?... ¡Pues no faltaba más!... No me olvidaré de mis padres ni de ti, que me has ayudado a esto... Adiós, Nelilla... Siento pasos.

Celipín enarboló su palo con una decisión que probaba

---

[235] *pináculo*: cima, cumbre.

cuán templada estaba su alma para afrontar los peligros del mundo, pero su intrepidez no tuvo objeto, porque era un perro el que venía.

—Es *Choto* —dijo Nela temblando.

—Agur[236] —murmuró Celipín, poniéndose en marcha. Desapareció entre las sombras de la noche.

La geología había perdido una piedra y la sociedad había ganado un hombre.

Al verse acariciada por *Choto*, la Nela sintió escalofríos. El generoso animal, después de saltar alrededor de ella gruñendo con tanta expresión que faltaba muy poco para que sus gruñidos fuesen palabras, echó a correr con velocidad suma hacia Aldeacorba. Creeríase que corría tras una pieza de caza, pero al contrario de ciertos oradores, el buen *Choto* ladrando hablaba.

A la misma hora, Teodoro Golfín salía de la casa de Penáguilas. Llegose a él *Choto* y le dijo atropelladamente no sabemos qué. Era como una brusca interpelación pronunciada entre los bufidos del cansancio y los ahogos del sentimiento. Golfín, que sabía muchas lenguas, era poco fuerte en la canina, y no hizo caso. Pero *Choto* dio unas cuarenta vueltas en torno de él, soltando de su espumante boca unos al modo de insultos que después parecían voces cariñosas y luego amenazas. Teodoro se detuvo entonces, prestando atención al cuadrúpedo. Viendo *Choto* que se había hecho entender un poco, echó a correr en dirección contraria a la que llevaba Golfín. Éste le siguió, murmurando: «Pues vamos allá».

Choto regresó corriendo como para cerciorarse de que era seguido y después se alejó de nuevo. Como a cien metros de Aldeacorba, Golfín creyó sentir una voz humana que dijo:

[236] *agur*: adiós.

—¿Qué quieres, *Choto*?

Al punto sospechó que era la Nela quien hablaba. Detuvo el paso, prestó atención, colocándose a la sombra de un roble, y no tardó en descubrir una figura que, apartándose de la pared de piedra, andaba despacio. La sombra de las zarzas no permitía descubrirla bien. Despacito siguiola a bastante distancia, apartándose de la senda y andando sobre el césped para no hacer ruido. Indudablemente era ella. Conociola perfectamente cuando entró en terreno claro, donde no oscurecían el suelo árboles ni arbustos.

La Nela avanzó después más rápidamente. Al fin corría. Golfín corrió también. Después de un rato de esta desigual marcha, la chiquilla se sentó en una piedra. A sus pies se abría el cóncavo hueco de la Trascava, sombrío y espantoso en la oscuridad de la noche. Golfín esperó, y con paso muy quedo acercose más. *Choto* estaba frente a la Nela, echado sobre los cuartos traseros, derechas las patas delanteras y mirándola como una esfinge.[237] La Nela miraba hacia abajo... De pronto empezó a descender rápidamente, más bien resbalando que corriendo. Como un león se abalanzó Teodoro a la sima, gritando con voz de gigante:

—¡Nela, Nela!...

Miró y no vio nada en la negra boca. Oía, sí, los gruñidos de *Choto*, que corría por la vertiente en derredor, describiendo espirales, cual si le arrastrara un líquido tragado por la espantosa sima. Trató de bajar Teodoro, y dio algunos pasos cautelosamente. Volvió a gritar, y una voz le contestó desde abajo:

—Señor...

---

[237] *esfinge*: monstruo fabuloso con cabeza, cuello y pecho humanos, y cuerpo y pies de león; suele representarse sentado sobre los cuartos traseros.

—Sube al momento.

No recibió contestación.

—Que subas.

Al poco rato dibujose la figura de la vagabunda en lo más hondo que se podía ver del horrible embudo. *Choto*, después de husmear el tragadero de la Trascava, subía describiendo las mismas espirales. La Nela subía también, pero muy despacio. Detúvose, y entonces se oyó su voz, que decía débilmente:

—Señor...

—Que subas te digo... ¿Qué haces ahí?

La Nela subió otro poco.

—Sube pronto..., tengo que decirte una cosa.

—¿Una cosa?...

—Una cosa, sí, una cosa tengo que decirte.

Mariquilla acabó de subir, y Teodoro no se creyó triunfante hasta que pudo asir fuertemente su mano para llevarla consigo.

XIX

DOMESTICACIÓN

Anduvieron breve rato los dos sin decir nada. Teodoro Golfín, con ser sabio, discreto y locuaz, sentíase igualmente torpe que la Nela, ignorante de suyo y muy lacónica por costumbre. Seguíale sin hacer resistencia, y él acomodaba su paso al de la mujer-niña, como hombre que lleva un chico a la escuela. En cierto paraje del camino donde había tres enormes piedras blanquecinas y carcomidas que parecían huesos de gigantescos animales el doctor se sentó, y poniendo delante de sí en pie a la Nela, como quien va a pedir cuentas de travesuras graves, tomole ambas manos y seriamente le dijo:

—¿Qué ibas a hacer allí?

—Yo..., ¿dónde?

—Allí. Bien comprendes lo que quiero decirte. Responde claramente, como se responde a un confesor o a un padre.

—Yo no tengo padre —replicó la Nela con ligero acento de rebeldía.

—Es verdad, pero figúrate que lo soy yo y responde. ¿Qué ibas a hacer allí?

—Allí está mi madre —le fue respondido de una manera hosca.

—Tu madre ha muerto. ¿Tú no sabes que los que se han muerto están en el otro mundo?

—Está allí —afirmó la Nela con aplomo, volviendo tristemente sus ojos al punto indicado.

—Y tú pensabas ir con ella, ¿no es eso? Es decir, que pensabas quitarte la vida.

—Sí, señor, eso mismo.

—¿Y tú no sabes que tu madre cometió un gran crimen al darse la muerte y que tú cometerías otro igual imitándola? ¿A ti no te han enseñado esto?

—No me acuerdo de si me han enseñado tal cosa. Si yo me quiero matar, ¿quién me lo puede impedir?

—¿Pero tú misma, sin auxilio de nadie, no comprendes que a Dios no puede agradar que nos quitemos la vida?... ¡Pobre criatura, abandonada a tus sentimientos naturales, sin instrucción ni religión, sin ninguna influencia afectuosa y desinteresada que te guíe! ¿Qué ideas tienes de Dios, de la otra vida, del morir?... ¿De dónde has sacado què tu madre está allí? ¿A unos cuantos huesos sin vida llamas tu madre?... ¿Crees que ella sigue viviendo, pensando y amándote dentro de esa caverna? ¿Nadie te ha dicho que las almas, una vez que sueltan su cuerpo, jamás vuelven a él? ¿Ignoras que las sepulturas, de cualquier forma que sean, no encierran más que polvo, descomposición y miseria?... ¿Cómo te figuras tú a Dios? ¿Cómo un señor muy serio que está allá arriba con los brazos cruzados, dispuesto a tolerar que juguemos con nuestra vida y a que en lugar suyo pongamos espíritus, duendes y fantasmas que nosotros mismos hacemos?... Tu amo, que es tan discreto, ¿no te ha dicho jamás estas cosas?

—Sí me las ha dicho, pero como ya no me las ha de decir...

—Pero como ya no te las ha de decir, ¿atentas a tu vida? Dime, tontuela: arrojándote a ese agujero, ¿qué bien pensabas tú alcanzar? ¿Pensabas estar mejor?

—Sí, señor.

—¿Cómo?

—No sintiendo nada de lo que ahora siento, sino otras cosas mejores, y juntándome con mi madre.

—Veo que eres más tonta que hecha de encargo —dijo Golfín, riendo—. Ahora vas a ser franca conmigo. ¿Tú me quieres mal?

—No, señor, no; yo no quiero mal a nadie, y menos a usted, que ha sido tan bueno conmigo y que ha dado la vista a mi amo.

—Bien, pero eso no basta; yo no sólo deseo que me quieras bien, sino que tengas confianza en mí y me confíes tus cosillas. A ti te pasan cosillas muy curiosas, picarona, y todas me las vas a decir, todas. Verás como no te pesa, verás como soy un buen confesor.

La Nela sonrió con tristeza. Después bajó la cabeza, y doblándose sus piernas, cayó de rodillas.

—No, tonta, así estás mal. Siéntate junto a mí; ven acá —dijo Golfín cariñosamente sentándola a su lado—. Se me figura que estabas rabiando por encontrar una persona a quien poder decirle tus secretos. ¿No es verdad? ¡Y no hallabas ninguna! Efectivamente, estás demasiado sola en el mundo... Vamos a ver, Nela, dime ante todo: ¿por qué?..., pon mucha atención..., ¿por qué se te metió en la cabeza quitarte la vida?

La Nela no contestó nada.

—Yo te conocí gozosa, y al parecer satisfecha de vivir, hace algunos días. ¿Por qué de la noche a la mañana te has vuelto loca?...

—Quería ir con mi madre —repuso la Nela, después de vacilar un instante—. No quería vivir más. Yo no sirvo para nada. ¿De qué sirvo yo? ¿No vale más que me muera? Si Dios no quiere que me muera, me moriré yo misma por mi misma voluntad.

—Esa idea de que no sirves para nada es causa de grandes desgracias para ti, ¡infeliz criatura! ¡Maldito sea el que te la inculcó o los que te la inculcaron, porque son muchos!... Todos son igualmente responsables del abandono, de la soledad y de la ignorancia en que has vivido. ¡Que no sirves para nada! ¡Sabe Dios lo que hubieras sido tú en otras manos! Eres una personilla delicada, muy delicada, quizá de inmenso valor; pero, ¡qué demonio!, pon un arpa en manos toscas..., ¿qué harán?, romperla...; porque tu constitución débil no te permita partir piedra y arrastrar tierra como esas bestias en forma humana que se llaman Mariuca y Pepina, ¿se ha de afirmar que no sirves para nada? ¿Acaso hemos nacido para trabajar como los animales?... ¿No tendrás tú inteligencia, no tendrás tú sensibilidad, no tendrás mil dotes preciosas que nadie ha sabido cultivar? No: tú sirves para algo, aún servirás para mucho si encuentras una mano hábil que te sepa dirigir.

La Nela, profundamente impresionada con estas palabras, que entendió por intuición, fijaba sus ojos en el rostro duro, expresivo e inteligente de Teodoro Golfín. Asombro y reconocimiento llenaban su alma.

—Pero en ti no hay un misterio solo —añadió el león negro—. Ahora se te ha presentado la ocasión más preciosa para salir de tu miserable abandono y la has rechazado. Florentina, que es un ángel de Dios, ha querido hacer de ti una amiga y una hermana; no conozco un ejemplo igual de virtud y de bondad..., ¿y tú qué has hecho?..., huir de ella como una salvaje... ¿Es esto ingratitud o algún otro sentimiento que no comprendemos?

—No, no, no —replicó la Nela con aflicción—, yo no soy ingrata. Yo adoro a la señorita Florentina... Me parece que no es de carne y hueso como nosotros y que no merezco ni siquiera mirarla...

—Pues, hija, eso podrá ser verdad, pero tu comportamiento no quiere decir sino que eres ingrata, muy ingrata.

—No, no soy ingrata —exclamó la Nela, ahogada por los sollozos—. Bien me lo temía yo..., sí, me lo temía..., yo sospechaba que me creerían ingrata, y esto es lo único que me ponía triste cuando me iba a matar... Como soy tan bruta, no supe pedir perdón a la señorita por mi fuga, ni supe explicarle nada...

—Yo te reconciliaré con la señorita...; yo, si tú no quieres verla más, me encargo de decirle y de probarle que no eres ingrata. Ahora descúbreme tu corazón y dime todo lo que sientes y la causa de tu desesperación. Por grande que sea el abandono de una criatura, por grande que sean su miseria y su soledad, no se arranca la vida sino cuando tiene motivos muy poderosos para aborrecerla.

—Sí, señor, eso mismo pienso yo.

—¿Y tú la aborreces?...

Nela estuvo callada un momento. Después, cruzando los brazos, dijo con vehemencia:

—No, señor, yo no la aborrezco, sino que la deseo.

—¡A buena parte ibas a buscarla!

—Yo creo que después que uno se muere tiene lo que aquí no puede conseguir... Si no, ¿por qué nos está llamando la muerte a todas horas? Yo tengo sueños, y soñando veo felices y contentos a todos los que se han muerto.

—¿Tú crees en lo que sueñas?

—Sí, señor. Y miro los árboles y las peñas que estoy acostumbrada a ver desde que nací y en su cara veo cosas...

—¡Hola, hola!..., ¿también los árboles y las peñas tienen cara?...

—Sí, señor... Para mí todas las cosas hermosas ven y hablan... Por eso cuando todas me han dicho: «Ven con nosotras; muérete y vivirás sin pena...», yo...

—¡Qué lástima de fantasía! —murmuró Golfín—. Alma enteramente pagana.

Y luego añadió en alta voz:

—Si deseas la vida, ¿por qué no aceptaste lo que Florentina te ofrecía? Vuelvo al mismo tema.

—Porque..., porque..., porque la señorita Florentina no me ofrecía sino la muerte —dijo la Nela con energía.

—¡Qué mal juzgas su caridad! Hay seres tan infelices que prefieren la vida vagabunda y miserable a la dignidad que poseen las personas de un orden superior. Tú te has acostumbrado a la vida salvaje en contacto directo con la naturaleza y prefieres esta libertad grosera a los afectos más dulces de una familia. ¿Has sido tú feliz en esta vida?

—Empezaba a serlo...

—¿Y cuándo dejaste de serlo?

Después de larga pausa, la Nela contestó:

—Cuando usted vino.

—¡Yo!... ¿Qué males he traído?

—Ninguno; no ha traído sino grandes bienes.

—Yo he devuelto la vista a tu amo —dijo Golfín, observando con atención de fisiólogo[238] el semblante de la Nela—. ¿No me agradeces esto?

—Mucho, sí, señor, mucho —replicó ella, fijando en el doctor sus ojos llenos de lágrimas.

Golfín, sin dejar de observarla ni perder el más ligero síntoma facial que pudiera servir para conocer los sentimientos de la mujer-niña, habló así:

—Tu amo me ha dicho que te quiere mucho. Cuando era ciego, lo mismo que después que tiene vista, no ha hecho más que preguntar por la Nela. Se conoce que para él

---

[238] *fisiólogo*: persona que se dedica al estudio de la fisiología, parte de la biología que estudia los órganos y sus funciones.

todo el universo está ocupado por una sola persona, que la luz que se le ha permitido gozar no sirve para nada si no sirve para ver a la Nela.

—¡Para ver a la Nela! ¡Pues no verá a la Nela!... ¡La Nela no se dejará ver! —exclamó ella con brío.

—¿Y por qué?

—Porque es muy fea... Se puede querer a la hija de la Canela cuando se tienen los ojos cerrados, pero cuando se abren los ojos y se ve a la señorita Florentina, no se puede querer a la pobre y enana Marianela.

—¡Quién sabe!...

—No puede ser..., no puede ser —afirmó la vagabunda con la mayor energía.

—Eso es un capricho tuyo... No puedes decir si agradas o no a tu amo mientras no lo pruebes. Yo te llevaré a la casa.

—¡No quiero, que no quiero! —gritó ella, levantándose de un salto y poniéndose frente a don Teodoro, que se quedó absorto al ver su briosa apostura y el fulgor de sus ojuelos negros, señales ambas cosas de un carácter decidido.

—Tranquilízate, ven acá —le dijo con dulzura—. Hablaremos... Verdaderamente no eres muy bonita..., pero no es propio de una joven discreta apreciar tanto la hermosura exterior. Tienes un amor propio excesivo, mujer.

Y sin hacer caso de las observaciones del doctor, la Nela, firme en su puesto como lo estaba en su tema, pronunció solemnemente esta sentencia:

—No debe haber cosas feas... Ninguna cosa fea debe vivir.

—Pues mira, hijita, si todos los feos tuviéramos la obligación de quitarnos de en medio, ¡cuán despoblado se quedaría el mundo, pobre y desgraciada tontuela! Esa idea que me has dicho no es nueva. Tuviéronla personas que vivieron hace siglos, personas de fantasía como tú que vivían en la naturaleza y que, como tú, carecían de cierta luz que a ti te falta por tu ignorancia y abandono, y a ellas, porque aún esa luz no había venido al mundo... Es preciso que te cures esa manía; hazte cargo de que hay una porción de dones más estimables que el de la hermosura, dones del alma que ni son ajados[239] por el tiempo ni están sujetos al capricho de los ojos. Búscalos en tu alma y los hallarás. No te pasará lo que con tu hermosura, que por mucho que en el espejo la busques no es fácil que la encuentres. Busca aquellos dones preciosos, cultívalos, y cuando los veas bien grandes y florecidos, no temas: ese afán que sientes se calmará. Entonces te sobrepondrás fácilmente a la situación desairada en que hoy te ves, y elevándote tendrás una hermosura que no admirarán quizá los ojos, pero que a ti misma te servirá de recreo y orgullo.

Estas sensatas palabras, o no fueron entendidas o no fueron aceptadas por la Nela, que, ocultándose otra vez junto a Golfín, le miraba atentamente. Sus ojos pequeñitos, que a los más hermosos ganaban en la elocuencia, parecían decir: «¿Pero a qué vienen todas esas sabidurías, señor pedante?».

—Aquí —continuó Golfín, gozando extremadamente con aquel asunto y dándole, a pesar suyo, un tono de tesis psicológica— hay una cuestión principal, y es...

La Nela le había adivinado, y se cubrió el rostro con las manos.

—No tiene nada de extraño; al contrario, es muy natural lo que te pasa. Tienes un temperamento sentimental, imaginativo; has llevado con tu amo la vida libre y poética de la naturaleza, siempre juntos, en inocente intimidad. Él es discreto hasta no más y guapo como una estatua... Parece la belleza ciega hecha para recreo de los que tienen vista.

---

[239] *ajados*: estropeados.

Además, su bondad y la grandeza de su corazón cautivan y enamoran. No es extraño que te haya cautivado a ti, que eres niña, casi mujer, o una mujer que parece niña. ¿Le quieres mucho, le quieres más que a todas las cosas de este mundo?...

—Sí; sí, señor —repuso la chicuela sollozando.

—¿No puedes soportar la idea de que te deje de querer?

—No; no, señor.

—Él te ha dicho palabras amorosas y te ha hecho juramentos...

—¡Oh!, sí; sí, señor. Me dijo que yo sería su compañera por toda la vida y yo lo creí...

—¿Por qué no ha de ser verdad?...

—Me dijo que no podría vivir sin mí y que aunque tuviera vista me querría siempre mucho. Yo estaba contenta, y mi fealdad, mi pequeñez y mi facha ridícula no me importaban, porque él no podía verme y allá en sus tinieblas me tenía por bonita. Pero después...

—Después... —murmuró Golfín traspasado de compasión—. Ya veo que yo tengo la culpa de todo.

—La culpa no..., porque usted ha hecho una buena obra. Usted es muy bueno... Es un bien que él haya sanado de sus ojos... Yo me digo a mí misma que es un bien..., pero después de esto yo debo quitarme de en medio..., porque él verá a la señorita Florentina y la comparará conmigo..., y la señorita Florentina es como los ángeles, porque yo... Compararme con ella es como si un pedazo de espejo roto se comparara con el sol... ¿Para qué sirvo yo? ¿Para qué nací?... ¡Dios se equivocó! Hízome una cara fea, un cuerpecillo chico y un corazón muy grande. ¿De qué me sirve este corazón grandísimo? De tormento nada más. ¡Ay!, si yo no le sujetara, él se empeñaría en aborrecer mucho, pero el aborrecimiento no me gusta, yo no sé aborrecer, y antes que llegar a saber lo que es eso, quiero enterrar mi corazón para que no me atormente más.

—Te atormenta con los celos, con el sentimiento de verte humillada. ¡Ay!, Nela, tu soledad es grande. No puede salvarte ni el saber que no posees, ni la familia que te falta, ni el trabajo que desconoces. Dime: la protección de la señorita Florentina, ¿qué sentimientos ha despertado en ti?

—¡Miedo!..., ¡vergüenza! —exclamó la Nela con temor, abriendo mucho sus ojuelos—. ¡Vivir con ellos, viéndoles a todas horas..., porque se casarán, el corazón me ha dicho que se casarán, yo he soñado que se casarán!...

—Pero Florentina es muy buena, te amará mucho...

—Yo la quiero también, pero no en Aldeacorba —dijo la chicuela con exaltación y desvarío—. Ha venido a quitarme lo que es mío..., porque era mío, sí, señor... Florentina es como la Virgen... yo le rezaría, sí, señor, le rezaría porque no quiero que me quite lo que es mío..., y me lo quitará, ya me lo ha quitado... ¿Adónde voy yo ahora, qué soy, ni de qué valgo? Todo lo perdí, todo, y quiero irme con mi madre.

La Nela dio algunos pasos, pero Golfín, como fiera que echa la zarpa, la detuvo fuertemente por la muñeca. Al cogerla, observó el agitado pulso de la vagabunda.

—Ven acá —le dijo—. Desde este momento, que quieras que no, te hago mi esclava. Eres mía, y no has de hacer sino lo que te mande yo. ¡Pobre criatura, formada de sensibilidad ardiente, de imaginación viva, de candidez y de superstición, eres una admirable persona nacida para todo lo bueno pero desvirtuada por el estado salvaje en que has vivido, por el abandono y la falta de instrucción, pues careces hasta de lo más elemental! ¡En qué donosa sociedad vivimos que hasta este punto se olvida de sus deberes y deja perder de este modo un ser preciosísimo!... Ven acá, que no has de separarte de mí; te tomo, te cazo, ésa es la palabra, te cazo con trampa en medio de los bosques, fiececita silvestre, y voy a ensayar en ti un sistema de educación... Veremos si sé tallar este hermoso diamante. ¡Ah, cuántas cosas ignoras! Yo descubriré un nuevo mundo en tu alma, te haré ver mil asombrosas maravillas que hasta ahora no has conocido, aunque de todas ellas has de tener tú una idea confusa, una idea vaga. ¿No sientes en tu pobre alma..., cómo te lo diré, el brotecillo, el pimpollo[240] de una virtud, que es la más preciosa, la madre de todas, la humildad; una virtud por la cual gozamos extraordinariamente, ¡mira tú qué cosa tan rara!, al vernos inferiores a los demás? Gozamos, sí, al ver que otros están por encima de nosotros. ¿No sientes también la abnegación, por la cual nos complacemos en sacrificarnos por los demás y hacernos pequeñitos para que otros sean grandes? Tú aprenderás esto; aprenderás a poner tu fealdad a los pies de la hermosura, a contemplar con serenidad y alegría los triunfos ajenos, a cargar de cadenas ese gran corazón tuyo, sometiéndolo por completo, para que jamás vuelva a sentir envidia ni despecho, para que ame a todos por igual, poniendo por cima de todos a los que te han hecho daño. Entonces serás lo que debes ser, por tu natural condición y por las cualidades que desde el nacer posees. ¡Infeliz!, has nacido en medio de una sociedad cristiana y ni siquiera eres cristiana; vive tu alma en aquel estado de naturalismo poético, sí, ésa es la palabra, y te la digo aunque no la entiendas..., en aquel estado en que vivieron pueblos de que apenas queda memoria. Los sentidos y las pasiones te gobiernan, y la forma es uno de tus dioses más queridos. Para ti han pasado en vano dieciocho siglos, consagrados a enaltecer el

---

[240] *pimpollo*: germen, brote de una planta.

espíritu. Y esta egoísta sociedad que ha permitido tal abandono, ¿qué nombre merece? Te ha dejado crecer en la soledad de unas minas sin enseñarte una letra, sin revelarte las
conquistas más preciosas de la inteligencia, las verdades
más elementales que hoy gobiernan al mundo; ni siquiera
te ha llevado a una de esas escuelas de primeras letras, donde no se aprende casi nada, ni siquiera te ha dado la imper-
fectísima instrucción religiosa de que ella se envanece.
Apenas has visto una iglesia más que para presenciar cere-
monias que no te han explicado, apenas sabes recitar una
oración que no entiendes, no sabes nada del mundo, ni de
Dios, ni del alma... Pero todo lo sabrás; tú serás otra: dejarás de ser la Nela, yo te lo prometo, para ser una señorita
de mérito, una mujer de bien.

No puede afirmarse que la Nela entendiera el anterior
discurso, pronunciado por Golfín con tal vehemencia y
brío que olvidó un instante la persona con quien hablaba.
Pero la vagabunda sentía una fascinación singular, y las
ideas de aquel hombre penetraban dulcemente en su alma,
hallando fácil asiento en ella. Sin duda se efectuaba sobre la
tosca muchacha el potente y fatal dominio que la inteligencia superior ejerce sobre la inferior. Triste y silenciosa, re-
costó su cabeza sobre el hombro de don Teodoro.

—Vamos allá —dijo éste súbitamente.

La Nela tembló toda. Golfín observó el sudor de su
frente, el glacial frío de sus manos, la violencia de su pulso,
pero lejos de cejar[241] en su idea por causa de esta dolencia
física, afirmose más en ella, repitiendo:

—Vamos, vamos, aquí hace frío.

Tomó de la mano a la Nela. El dominio que sobre ella
ejercía era ya tan grande que la chicuela se levantó tras él y

---

[241] *cejar*: ceder, desistir.

dieron juntos algunos pasos. Después Marianela se detuvo y cayó de rodillas.

—¡Oh!, señor —exclamó con espanto—, no me lleve usted.

Estaba pálida, descompuesta, con señales de una espantosa alteración física y moral. Golfín le tiró del brazo.

El cuerpo desmayado de la vagabunda no se elevaba del suelo por su propia fuerza. Era preciso tirar de él como de un cuerpo muerto.

—Hace días —dijo Golfín— que en este mismo sitio te llevé sobre mis hombros porque no podías andar. Esta noche será lo mismo.

Y la levantó en sus brazos. La ardiente respiración de la mujer-niña le quemaba el rostro. Iba decadente y marchita, como una planta que acaba de ser arrancada del suelo dejando en él las raíces. Al llegar a la casa de Aldeacorba sintió que su carga se hacía menos pesada. La Nela erguía su cuello, elevaba las manos con ademán de desesperación, pero callaba.

Entró Golfín. Todo estaba en silencio. Una criada salió a recibirle, y a instancias de don Teodoro condújole sin hacer ruido a la habitación de la señorita Florentina. Hallábase ésta sola, alumbrada por una luz que ya agonizaba, de rodillas en el suelo y apoyando sus brazos en el asiento de una silla, en actitud de orar devotamente. Alarmose al ver entrar a un hombre tan a deshora en su habitación, y a su fugaz alarma sucedió el asombro, observando la carga que Golfín sobre sus robustos hombros traía.

La sorpresa no permitió a la señorita de Penáguilas usar de la palabra cuando don Teodoro, depositando cuidadosamente su carga sobre un sofá, le dijo:

—Aquí la traigo..., ¿qué tal, soy buen cazador de mariposas?

XX

El nuevo mundo

Retrocedamos algunos días.

Cuando don Teodoro Golfín levantó por primera vez el vendaje de Pablo Penáguilas, éste dio un grito de espanto. Sus movimientos todos eran de retroceso. Extendía las manos como para apoyarse en un punto y retroceder mejor. El espacio iluminado era para él como un inmenso abismo en el cual se suponía próximo a caer. El instinto de conservación obligábale a cerrar los ojos. Excitado por Teodoro, por su padre y los demás de la casa, que sentían honda ansiedad, miró de nuevo, pero el temor no disminuía. Las imágenes entraban, digámoslo así, en su cerebro violenta y atropelladamente con una especie de brusca embestida, de tal modo que él creía chocar contra los objetos; las montañas lejanas se le figuraban hallarse al alcance de su mano, y veía los objetos y personas que le rodeaban cual si rápidamente cayeran sobre sus ojos.[242]

Observaba Teodoro Golfín estos fenómenos con viva curiosidad, porque era aquél el segundo caso de curación

---

[242] En este pasaje, en el que Galdós describe las sensaciones que experimenta Pablo al recobrar la vista, Casalduero ha visto la huella de la obra *De l'intelligence* (1870) de Hippolyte Taine, mientras que para Wellington, Galdós pudo inspirarse en la *Lettre sur les avengles* de Diderot.

de ceguera congénita que había presenciado. Los demás no se atrevían a manifestar júbilo, de tal modo les confundía y pasmaba la perturbada inauguración de las funciones ópticas en el afortunado paciente. Pablo experimentaba una alegría delirante. Sus nervios y su fantasía hallábanse horriblemente excitados, por lo cual Teodoro juzgó prudentemente obligarle al reposo. Sonriendo le dijo:

—Por ahora ha visto usted bastante. No se pasa de la ceguera a la luz, no se entra en los soberanos dominios del sol como quien entra en un teatro. Es éste un nacimiento en que hay también dolor.

Más tarde el joven mostró deseos tan vehementes de volver a ejercer su nueva facultad preciosa que Teodoro consintió en abrirle un resquicio del mundo visible.

—Mi interior —dijo Pablo, explicando su impresión primera— está inundado de hermosura, de una hermosura que antes no conocía. ¿Qué cosas fueron las que entraron en mí llenándome de terror? La idea del tamaño, que yo no concebía sino de una manera imperfecta, se me presentó clara y terrible, como si me arrojaran desde las cimas más altas a los abismos más profundos. Todo esto es bello y grandioso, aunque me hace estremecer. Quiero ver repetidas esas sensaciones sublimes. Aquella extensión de hermosura que contemplé me ha dejado anonadado; era una cosa serena y majestuosamente inclinada hacia mí como para recibirme. Yo veía el universo entero corriendo hacia mí, y estaba sobrecogido y temeroso... El cielo era un gran vacío atento, no lo expreso bien..., era el aspecto de una cosa extraordinariamente dotada de expresión. Todo aquel conjunto de cielo y montañas me observaba y hacia mí corría..., pero todo era frío y severo en su gran majestad. Enséñeme una cosa delicada y cariñosa..., la Nela, ¿en dónde está la Nela?

Al decir esto, Golfín, descubriendo nuevamente sus ojos a la luz y auxiliándoles con anteojos hábilmente graduados, le ponía en comunicación con la belleza visible.

—¡Oh, Dios mío!..., ¿esto que veo es la Nela? —dijo Pablo con entusiasta admiración.

—Es tu prima Florentina.

—¡Ah! —exclamó el joven, confuso—. Es mi prima... Yo no tenía idea de una hermosura semejante... ¡Bendito sea el sentido que permite gozar de esta luz divina! Prima mía, eres como una música deliciosa; eso que veo me parece la expresión más clara de la armonía... ¿Y la Nela, dónde está?

—Tiempo tendrás de verla —dijo don Francisco lleno de gozo—. Sosiégate ahora.

—¡Florentina, Florentina! —repitió el ciego con desvarío—. ¿Qué tienes en esa cara, que parece la misma idea de Dios puesta en carnes? Estás en medio de una cosa que debe de ser el sol. De tu cara salen unos como rayos..., al fin puedo tener idea de cómo son los ángeles..., y tu cuerpo, tus manos, tus cabellos vibran mostrándome ideas preciosas..., ¿qué es esto?

—Principia a hacerse cargo de los colores —murmuró Golfín—. Quizá vea los objetos rodeados con los colores del iris. Aún no posee bien la adaptación a las distancias.

—Te veo dentro de mis propios ojos —añadió Pablo—. Te fundes con todo lo que pienso, y tu persona visible es para mí como un recuerdo. ¿Un recuerdo de qué? Yo no he visto nada hasta ahora... ¿Habré vivido antes de esta vida? No lo sé, pero yo tenía noticias de esos ojos tuyos. Y tú, padre, ¿dónde estás? ¡Ah!, ya te veo. Eres tú..., se me presenta contigo el amor que te tengo... ¿Pues y mi tío?... Ambos os parecéis mucho... ¿En dónde está el bendito Golfín?

—Aquí..., en la presencia de su enfermo —dijo Teodoro, presentándose—. Aquí estoy, más feo que Picio...[243] Como usted no ha visto aún leones ni perros de Terranova, no tendrá idea de mi belleza... Dicen que me parezco a aquellos nobles animales.

—Todos son buenas personas —dijo Pablo con gran candor—, pero mi prima a todos les lleva inmensa ventaja... ¿Y la Nela?, por Dios, ¿no traen a la Nela?

Dijéronle que su lazarillo no aparecía por la casa ni podían ellos ocuparse en buscarla, lo que le causó profundísima pena. Procuraron calmarle, y como era de temer un acceso de fiebre, le acostaron, incitándole a dormir. Al día siguiente era grande su postración,[244] pero de todo triunfó su naturaleza enérgica. Pidió que le enseñaran un vaso de agua, y al verlo, dijo:

—Parece que estoy bebiendo el agua sólo con verla.

Del mismo modo se expresó con respecto a otros objetos, los cuales hacían viva impresión en su fantasía. Golfín, después de tratar de remediar la aberración de esfericidad[245] por medio de lentes, que fue probando uno tras otro, principió a ejercitarle en la distinción y combinación de los colores, pero el vigoroso entendimiento del joven propendía siempre a distinguir la fealdad de la hermosura. Distinguía estas dos ideas en absoluto, sin que influyera nada en él ni la idea de utilidad ni aun la de bondad. Pare-

---

[243] *Picio*: en el habla coloquial es el prototipo de la fealdad masculina. Cuenta la leyenda que Francisco Picio, natural de Granada, fue condenado a muerte y ya en capilla fue indultado. Reaccionó ante esta noticia cayéndosele el pelo, las cejas y las pestañas y le salieron una serie de tumores en la cara que lo dejaron totalmente deformado, convirtiéndose así en un modelo de fealdad.

[244] *postración*: desánimo, tristeza, debilidad.

[245] *aberración de esfericidad*: error de la vista.

ciole encantadora una mariposa que extraviada entró en su cuarto. Un tintero le parecía horrible, a pesar de que su tío le demostró con ingeniosos argumentos que servía para poner la tinta de escribir..., la tinta de escribir. Entre una estampa del Crucificado y otra de Galatea[246] navegando sobre una concha con escolta de tritones y ninfas, prefirió esta última, lo que hizo mal efecto en Florentina, que se propuso enseñarle a poner las cosas sagradas cien codos por encima de las profanas. Observaba las caras con viva atención, y la maravillosa concordancia de los accidentes faciales con el lenguaje le pasmaba en extremo. Viendo a las criadas y a otras mujeres de Aldeacorba manifestó desagrado, porque eran o feas o insignificantes. La hermosura de su prima convertía en adefesios a las demás mujeres. A pesar de esto, deseaba verlas a todas. Su curiosidad era una fiebre intensa que de ningún modo podía calmarse, y mientras se mostraba desconsolado por no ver a la Nela, rogaba a Florentina que no dejase de acompañarle un momento.

El tercer día le dijo Golfín:

—Ya se ha enterado usted de gran parte de las maravillas del mundo visible. Ahora es preciso que vea su propia persona.

Trajeron un espejo y Pablo se miró en él.

—Éste soy yo... —dijo con loca admiración—. Trabajo me cuesta el creerlo... ¿Y cómo estoy dentro de esta agua dura y quieta? ¡Qué cosa tan admirable es el vidrio! Parece mentira que los hombres hayan hecho esta atmósfera de

---

[246] *Galatea*: en la mitología griega, bella ninfa de las aguas, hija de Nereo y Polis; se la representaba sobre una concha junto a una corte de tritones. En la literatura española se identifica con la belleza femenina, como en la *Fábula de Polifemo y Galatea*, de Góngora.

piedra... Por vida mía que no soy feo..., ¿no es verdad, prima? ¿Y tú, cuando te miras aquí, sales tan guapa como eres? No puede ser. Mírate en el cielo transparente y allí verás tu imagen. Creerás que ves a los ángeles cuando te veas a ti misma.

A solas con Florentina, y cuando ésta le prodigaba a prima noche[247] las atenciones y cuidados que exige un enfermo, Pablo le decía:

—Prima mía, mi padre me ha leído aquel pasaje de nuestra historia, cuando un hombre llamado Cristóbal Colón descubrió el Mundo Nuevo, jamás visto por hombre alguno de Europa. Aquel navegante abrió los ojos del mundo conocido para que viera otro más hermoso. No puedo figurármelo a él sino como a un Teodoro Golfín, y a la Europa como a un gran ciego para quien la América y sus maravillas fueron la luz. Yo también he descubierto un Nuevo Mundo. Tú eres mi América; tú eres aquella primera isla hermosa donde puso su pie el navegante. Faltole ver el continente con sus inmensos bosques y ríos. A mí también me quedará por ver quizá lo más hermoso.

Después calló en profunda meditación, y al cabo de ella preguntó:

—¿En dónde está la Nela?

—No sé qué la pasa a esa pobre muchacha —dijo Florentina—. No quiere verte, sin duda.

—Es vergonzosa y muy modesta —replicó Pablo—. Teme molestar a los de casa. Florentina, en confianza te diré que la quiero mucho. Tú la querrás también. Deseo ardientemente ver a esa buena compañera y amiga mía.

—Yo misma iré a buscarla mañana.

—Sí, sí..., pero no estés mucho tiempo fuera. Cuando

---

[247] *prima noche*: en las primeras horas de la noche.

no te veo estoy muy solo... Me he acostumbrado a verte, y estos tres días me parecen siglos de felicidad... No me robes ni un minuto. Decíame anoche mi padre que después de verte a ti no debo tener curiosidad de ver a mujer ninguna.

—¡Qué tontería!... —dijo la señorita, ruborizándose—. Hay otras mucho más guapas que yo.

—No, no, todos dicen que no —afirmó Pablo con vehemencia, y dirigía su cara vendada hacia la primita, como si al través de tantos obstáculos quisiera verla aún—. Antes me decían eso y yo no lo quería creer, pero después que tengo conciencia del mundo visible y de la belleza real, lo creo, sí, lo creo. Eres un tipo perfecto de hermosura; no hay más allá, no puede haberlo... Dame tu mano.

El primo estrechó ardientemente entre sus manos la de la señorita.

—Ahora me río yo —añadió él— de mi ridícula vanidad de ciego, de mi necio empeño de apreciar sin vista el aspecto de las cosas... Creo que toda la vida me durará el asombro que me produjo la realidad... ¡La realidad! El que no la posee es un idiota... Florentina, yo era un idiota.

—No, primo; siempre fuiste y eres muy discreto... Pero no excites ahora tu imaginación... Pronto será hora de dormir... Don Teodoro ha mandado que no se te dé conversación a esta hora porque te desvelas... Si no te callas me voy.

—¿Es ya de noche?

—Sí, es de noche.

—Pues sea de noche o de día, yo quiero hablar —afirmó Pablo, inquieto en su lecho, sobre el cual reposaba vestido—. Con una condición me callo, y es que no te vayas del lado mío y de tiempo en tiempo des una palmada en la cama para saber yo que estás ahí.

—Bueno, así lo haré, y ahí va la primer fe de vida —dijo Florentina, dando una palmada en la cama.

—Cuando te siento reír, parece que respiro un ambiente fresco y perfumado, y todos mis sentidos antiguos se ponen a reproducirme tu persona de distintos modos. El recuerdo de tu imagen subsiste en mí de tal manera que vendado te estoy viendo lo mismo...

—¿Vuelve la charla?... Que llamo a don Teodoro —dijo la señorita jovialmente.

—No..., estate quieta. ¡Si no puedo callar!... Si callara, todo lo que pienso, todo lo que siento y lo que veo aquí dentro de mi cerebro me atormentaría más... ¿Y quieres tú que duerma?... ¡Dormir! Si te tengo aquí dentro, Florentina, dándome vueltas en el cerebro y volviéndome loco... Padezco y gozo lo que no se puede decir, porque no hay palabras para expresarlo. Toda la noche la paso hablando contigo y con la Nela... ¡La pobre Nela!, tengo curiosidad de verla, una curiosidad muy grande.

—Yo misma iré a buscarla mañana... Vaya, se acabó la conversación... Calladito... o me marcho.

—Quédate... Hablaré conmigo mismo... Ahora voy a repetir las cosas que te dije anoche, cuando hablábamos solos los dos..., voy a recordar lo que tú me dijiste...

—¿Yo?

—Es decir, las cosas que yo me figuraba oír de tu boca... Silencio, señorita de Penáguilas..., yo me entiendo solo con mi imaginación.

Al día siguiente, cuando Florentina se presentó delante de su primo, le dijo:

—Traía a Mariquilla y se me escapó. ¡Qué ingratitud!

—¿Y no la has buscado?

—¿Dónde?... ¡Huyó de mí! Esta tarde saldré otra vez y la buscaré hasta que la encuentre.

—No, no salgas —dijo Pablo vivamente—. Ella aparecerá, ella vendrá sola.

—Parece loca.

—¿Sabe que tengo vista?

—Yo misma se lo he dicho. Pero sin duda ha perdido el juicio. Dice que yo soy la Santísima Virgen, y me besa el vestido.

—Es que le produces a ella el mismo efecto que a todos. La Nela es tan buena... ¡Pobre muchacha! Hay que protegerla, Florentina, protegerla, ¿no te parece?

—Es una ingrata —afirmó Florentina con tristeza.

—¡Ah!, no lo creas. La Nela no puede ser ingrata. Es muy buena...; la aprecio mucho... Es preciso que la busquen y me la traigan aquí.

—Yo iré.

—No, no, tú no —dijo prontamente Pablo, tomando la mano de su prima—. La obligación de usted, señorita sin juicio, es acompañarme. Si no viene pronto el señor Golfín a levantarme la venda y ponerme los vidrios, yo me la levantaré solo. Desde ayer no te veo, y esto no se puede sufrir; no, no se puede sufrir... ¿Ha venido don Teodoro?

—Abajo está con tu padre y el mío. Pronto subirá. Ten paciencia, pareces un chiquillo de escuela.

Pablo se incorporó con desvarío.

—¡Luz, luz!... Es una iniquidad[248] que le tengan a uno tanto tiempo a oscuras. Así no se puede vivir..., yo me muero. Necesito mi pan de cada día, necesito la función de mis ojos... Hoy no te he visto, prima, y estoy loco por verte. Tengo una sed rabiosa de verte. ¡Viva la realidad!... Bendito sea Dios que te crió, mujer hechicera, compendio de todas las bellezas... Pero si después de criar la hermosu-

---

[248] *iniquidad*: injusticia.

ra, no hubiera criado Dios los corazones, ¡cuán tonta sería su obra!... ¡Luz, luz!

Subió Teodoro y le abrió las puertas de la realidad, inundando de gozo su alma. Pasó el día tranquilo, hablando de cosas diversas. Hasta la noche no volvió a fijar la atención en un punto de su vida que parecía alejarse y disminuir y borrarse, como las naves que en un día sereno se pierden en el horizonte. Como quien recuerda un hecho muy antiguo, dijo:

—¿No ha parecido la Nela?

Díjole Florentina que no, y hablaron de otra cosa. Aquella noche sintió Pablo a deshora ruido de voces en la casa. Creyó oír la voz de Teodoro Golfín, la de Florentina y la de su padre. Después se durmió sosegadamente, siguiendo durante su sueño atormentado por las imágenes de todo lo que había visto y por los fantasmas de lo que él mismo se imaginaba. Su sueño, que principió dulce y tranquilo, fue después agitado y angustioso, porque en el profundo seno de su alma, como en una caverna recién iluminada, luchaban las hermosuras y fealdades del mundo plástico, despertando pasiones, enterrando recuerdos y trastornando su alma toda.[249] Al día siguiente, según promesa de Golfín, le permitirían levantarse y andar por la casa.

[249] Este pasaje parece evocar el mito de la caverna de Platón. El hombre se compara a un prisionero encadenado en una cueva, fuera de ella está el mundo de las ideas, que es para Platón la verdadera realidad. En consecuencia, para acceder al verdadero conocimiento hay que abandonar la cueva, que sólo permite percibir la realidad a través de las sombras que se proyectan en las paredes de la misma.

XXI

Los ojos matan

La habitación destinada a Florentina en Aldeacorba era la más alegre de la casa. Nadie había vivido en ella desde la muerte de la señora de Penáguilas, pero don Francisco, creyendo a su sobrina digna de alojarse allí, arregló la estancia con pulcritud y ciertos primores elegantes que no se conocían en vida de su esposa. Daba el balcón al mediodía y a la huerta, por lo cual la estancia hallábase diariamente inundada de gratos olores y de luz y alegrada por el armonioso charlar de los pájaros. En los pocos días de su residencia allí, Florentina había dado a la habitación el molde, digámoslo así, de su persona. Diversas cosas y partes de aquélla daban a entender la clase de mujer que allí vivía, así como el nido da a conocer el ave. Si hay personas que de un palacio hacen un infierno, hay otras que para convertir una choza en palacio no tienen más que meterse en ella.

Fue aquel día tempestuoso (y decimos aquel día porque no sabemos qué día era: sólo sabemos que era un día). Había llovido toda la mañana. Después aclaró el cielo, y, por último, sobre la atmósfera húmeda y blanca apareció majestuoso un arco iris. El inmenso arco apoyaba uno de sus pies en los cerros de Ficóbriga, junto al mar, y el otro en el bosque de Saldeoro. Soberanamente hermoso en su

263

sencillez, era tal que a nada puede compararse, como no sea a la representación absoluta y esencial de la forma. Es un arco iris como el resumen, o mejor dicho, principio y fin de todo lo visible.

En la habitación estaba Florentina, no ensartando perlas ni bordando rasos con menudos hilos de oro,[250] sino cortando un vestido con patrones hechos de *Imparciales*[251] y otros periódicos. Hallábase en el suelo, en postura semejante a la que toman los chicos revoltosos cuando están jugando, y ora sentada sobre sus pies, ora de rodillas, no daba paz a las tijeras. A su lado había un montón de pedazos de lana, percal, madapolán[252] y otras telas que aquella mañana había hecho traer a toda prisa de Villamojada, y corta por aquí, recorta por allá, Florentina hacía mangas, faldas y cuerpos. No eran un modelo de corte ni había que fiar mucho en la regularidad de los patrones, obra también de la señorita, pero ella, reconociendo los defectos, pensaba que en aquel arte la buena intención salva el resultado. Su excelente padre le había dicho aquella mañana al comenzar la obra:

---

[250] Galdós evoca el *Quijote* (I-XXXI): el episodio en que Sancho describe a don Quijote su encuentro con Dulcinea, que está cribando trigo mientras el hidalgo la imagina de esta guisa: «Todo eso no me descontenta; prosigue adelante —dijo don Quijote—. Llegaste, ¿y qué hacía aquella reina de la hermosura? A buen seguro que la hallaste ensartando perlas, o bordando alguna empresa con oro de cañutillo para este su cautivo caballero».

[251] *Imparciales*: *El Imparcial* fue el periódico liberal del siglo XIX, fundado en 1809. A partir de 1869 se convierte en un órgano importante de la vida cultural, sobre todo con «Los Lunes de *El Imparcial*», páginas en que colaboraron los escritores más notables de la época.

[252] *percal, madapolán*: el primero es una tela fina de algodón; el segundo, tela de percal blanco y de muy buena calidad.

264

—Por Dios, Florentinilla, parece que ya no hay modistas en el mundo. No sé qué me da de ver a una señorita de buena sociedad arrastrándose por esos suelos de Dios con tijeras en la mano... Eso no está bien. No me agrada que trabajes para vestirte a ti misma, ¿y me ha de agradar que trabajes para las demás? ¿Para qué sirven las modistas?..., ¿para qué sirven las modistas, eh?

—Esto lo haría cualquier modista mejor que yo —repuso Florentina riendo—, pero entonces no lo haría yo, señor papá, y precisamente quiero hacerlo yo misma.

Después Florentina se quedó sola; no, no se quedó sola, porque en el testero[253] principal de la alcoba, entre la cama y el ropero, había un sofá de forma antigua, y sobre el sofá dos mantas, una sobre otra. En uno de los extremos asomaba entre almohadas una cabeza reclinada con abandono. Era un semblante desencajado y anémico. Dormía. Su sueño era un letargo inquieto que a cada instante se interrumpía con violentas sacudidas y terrores. No obstante, parecía estar más sosegada cuando al mediodía volvió a entrar en la pieza el padre de Florentina, acompañado de Teodoro Golfín. Éste se dirigió al sofá, y aproximando su cara, observó la de la Nela.

—Parece que su sueño es ahora menos agitado —dijo—. No hagamos ruido.

—¿Qué le parece a usted mi hija? —dijo don Manuel riendo—. ¿No ve usted las tareas que se da?... Sea usted imparcial, señor don Teodoro: ¿no tengo motivos para incomodarme? Francamente, cuando no hay necesidad de tomarse una molestia, ¿por qué se ha de tomar? Muy enhorabuena que mi hija dé al prójimo todo lo que yo le señalo para que lo gaste en alfileres, pero esto, esta manía de

---

[253] *testero*: pared.

ocuparse ella misma en bajos menesteres..., en bajos menesteres...

—Déjela usted —replicó Golfín, contemplando a la señorita de Penáguilas con cierto arrobamiento—.[254] Cada uno, señor don Manuel, tiene su modo especial de gastar alfileres.

—No me opongo yo a que en sus caridades llegue hasta el despilfarro, hasta la bancarrota —dijo don Manuel paseándose pomposamente por la habitación, con las manos en los bolsillos—. ¿Pero no hay otro medio mejor de hacer caridad? Ella ha querido dar gracias a Dios por la curación de mi sobrino..., muy bueno es esto, muy evangélico..., pero veamos..., pero veamos...

Detúvose ante la Nela para honrarla con sus miradas.

—¿No habría sido más razonable —añadió— que en vez de meter en nuestra casa a esta pobre muchacha hubiera organizado mi hijita una de esas solemnidades que se estilan en la corte y en las cuales sabe mostrar sus buenos sentimientos lo más selecto de la sociedad?... ¿Por qué no se te ocurrió celebrar una rifa? Entre los amigos hubiéramos colocado todos los billetes, reuniendo una buena suma, que podrías destinar a los asilos de beneficencia. Podías haber formado una sociedad con todo el señorío de Villamojada y su término, o con el señorío de Santa Irene de Campó, y celebrar juntas y reunir mucho dinero... ¿Qué tal? También pudiste idear una función de aficionados o una corrida de toretes. Yo me hubiera encargado de lo tocante al ganado y lidiadores...[255] ¡Oh! Anoche hemos estado hablando acerca de esto doña Sofía y yo... Aprende, aprende de esa señora. A ella deben

---

[254] *arrobamiento*: embelesamiento, fascinación.
[255] *lidiadores*: toreros.

los pobres qué sé yo cuántas cosas. ¿Pues y las muchas familias que viven de la administración de las rifas? ¿Pues y lo que ganan los cómicos con estas funciones? ¡Oh!, los que están en el hospicio no son los únicos pobres. Me dijo Sofía que en los bailes de máscaras de este invierno sacaron un dineral. Verdad que una gran parte fue para la empresa del gas, para el alquiler del teatro y los empleados..., pero a los pobres les llegó su pedazo de pan... O si no, hija mía, lee la estadística..., o si no, hija mía, lee la estadística.

Florentina se reía, y no hallando mejor contestación que repetir una frase de Teodoro Golfín, dijo a su padre:

—Cada uno tiene su modo de gastar alfileres.

—Señor don Teodoro —indicó con desabrimiento[256] don Manuel—, convenga usted en que no hay otra como mi hija.

—Sí, en efecto —manifestó el doctor con intención profunda, contemplando a la joven—, no hay otra como Florentina.

—Con todos sus defectos —dijo el padre acariciando a la señorita—, la quiero más que a mi vida. Esta pícara vale más oro que pesa... Vamos a ver, ¿qué te gusta más: Aldeacorba de Suso o Santa Irene de Campó?

—No me disgusta Aldeacorba.

—¡Ah, picarona!..., ya veo el rumbo que tomas... Bien, me parece bien... ¿Saben ustedes que a estas horas mi hermano le está echando un sermón a su hijo? Cosas de familia: de esto ha de salir algo bueno. Mire usted, don Teodoro, cómo se pone mi hija: ya tiene en su cara todas las rosas de abril. Voy a ver lo que dice mi hermano..., a ver lo que dice mi hermano.

---

[256] *desabrimiento*: aspereza en el trato, mal humor.

Retirose el buen hombre. Teodoro se acercó a la Nela para observarla de nuevo.

—¿Ha dormido anoche? —preguntó a Florentina.

—Poco. Toda la noche la oí suspirar y llorar. Esta noche tendrá una buena cama, que he mandado traer de Villamojada. La pondré en ese cuartito que está junto al mío.

—¡Pobre Nela! —exclamó el médico—. No puede usted figurarse el interés que siento por esta infeliz criatura. Alguien se reirá de esto, pero no somos de piedra. Lo que hagamos para enaltecer a este pobre ser y mejorar su condición entiéndase hecho en pro de una parte no pequeña del género humano. Como la Nela hay muchos miles de seres en el mundo. ¿Quién los conoce? ¿Dónde están? Se pierden en los desiertos sociales..., que también hay desiertos sociales, en lo más oscuro de las poblaciones, en lo más solitario de los campos, en las minas, en los talleres. A menudo pasamos junto a ellos y no les vemos... Les damos limosna sin conocerles... No podemos fijar nuestra atención en esa miserable parte de la sociedad. Al principio creí que la Nela era un caso excepcional, pero no; he meditado, he recordado y he visto en ella un caso de los más comunes. Es un ejemplo del estado a que vienen los seres moralmente organizados para el bien, para el saber, para la virtud y que por su abandono y apartamiento no pueden desarrollar las fuerzas de su alma. Viven ciegos del espíritu, como Pablo Penáguilas ha vivido ciego del cuerpo teniendo vista.

Florentina, vivamente impresionada, parecía comprender muy bien las observaciones de Golfín.

—Aquí la tiene usted —añadió éste—. Posee una fantasía preciosa, sensibilidad viva, sabe amar con ternura y pasión, tiene su alma aptitud maravillosa para todo aquello que del alma depende, pero al mismo tiempo está llena de supersticiones groseras, sus ideas religiosas son vagas, monstruosas, equivocadas, sus ideas morales no tienen más guía que el sentido natural. No posee más educación que la que ella misma se ha dado, como planta que se fecunda con sus propias hojas secas. Nada debe a los demás. Durante su niñez no ha oído ni una lección, ni un amoroso consejo, ni una santa homilía.[257] Se guía por ejemplos que aplica a su antojo. Su criterio es suyo, propiamente suyo. Como tiene imaginación y sensibilidad, como su alma se ha inclinado desde el principio a adorar algo, adora la naturaleza lo mismo que los pueblos primitivos. Sus ideales son naturalistas, y si usted no me entiende bien, querida Florentina, se lo explicaré mejor en otra ocasión.

»Su espíritu da a la forma, a la belleza, una preferencia sistemática. Todo su ser, sus afectos todos giran en derredor de esta idea. Las preeminencias[258] y las altas dotes del espíritu son para ella una región confusa, una tierra apenas descubierta de la cual no se tienen sino noticias vagas por algún viajero náufrago. La gran conquista evangélica, que es una de las más gloriosas que ha hecho nuestro espíritu, apenas llega a sus oídos como un rumor..., es como una sospecha semejante a la que los pueblos asiáticos tienen del saber europeo, y si no me entiende usted bien, querida Florentina, más adelante se lo explicaré mejor...

»Pero ella está hecha para realizar en poco tiempo grandes progresos y ponerse al nivel de nosotros. Alúmbresele un poco, y recorrerá con paso gigantesco los siglos...; está muy atrasada, ve poco, pero teniendo luz, andará. Esa luz no se la ha dado nadie hasta ahora, porque Pablo Penáguilas, por su ignorancia de la realidad visible, contribuía sin quererlo a aumentar sus errores. Ese idealis-

---

[257] *homilía*: sermón religioso.
[258] *preeminencias*: cuestiones o asuntos elevados.

ta exagerado y loco no es el mejor maestro para un espíritu de esta clase. Nosotros enseñaremos la verdad a esta pobre criatura, resucitado ejemplar de otros siglos, le haremos conocer las dotes del alma, la traeremos a nuestro siglo, daremos a su espíritu una fuerza que no tiene, sustituiremos su naturalismo y sus rudas supersticiones con una noble conciencia cristiana. Aquí tenemos un campo admirable, una naturaleza primitiva en la cual ensayaremos la enseñanza de los siglos, haremos rodar el tiempo sobre ella con las múltiples verdades descubiertas, crearemos un nuevo ser, porque esto, querida Florentina (no lo interprete usted mal), es lo mismo que crear un nuevo ser, y si usted no lo entiende, en otra ocasión se lo explicaré mejor.

Florentina, a pesar de no ser sabionda, algo creyó entender de lo que en su original estilo había dicho Golfín. También ella expresaría más de una observación sobre aquel tema, pero en el mismo instante despertó la Nela. Sus ojos se revolvieron temerosos observando toda la estancia; después se fijaron alternativamente en las dos personas que la contemplaban.

—¿Nos tienes miedo? —le dijo Florentina dulcemente.

—No, señora, miedo, no —balbuceó la Nela—. Usted es muy buena. El señor don Teodoro también.

—¿No estás contenta aquí? ¿Qué temes?

Golfín le tomó una mano.

—Háblanos con franqueza —le dijo—: ¿a cuál de los dos quieres más, a Florentina o a mí?

La Nela no contestó. Florentina y Golfín sonreían, pero ella guardaba una seriedad taciturna.[259]

—Oye una cosa, tontuela —prosiguió el médico—. Ahora has de vivir con uno de nosotros. Florentina se que-

[259] *taciturna*: silenciosa, melancólica.

da aquí; yo me marcho. Decídete por uno de los dos. ¿A cuál escoges?

Marianela dirigió sus miradas de uno a otro semblante sin dar contestación categórica. Por último, se detuvieron en el rostro de Golfín.

—Se me figura que soy yo el preferido... Es una injusticia, Nela; Florentina se enojará.

La pobre enferma sonrió entonces, y extendiendo una de sus débiles manos hacia la señorita de Penáguilas, murmuró:

—No quiero que se enoje.

Al decir esto, María se quedó lívida; alargó su cuello, sus ojos se desencajaron. Su oído prestaba atención a un rumor terrible. Había sentido pasos.

—¡Viene! —exclamó Golfín, participando del terror de su enferma.

—Es él —dijo Florentina, apartándose del sofá y corriendo hacia la puerta.

Era él. Pablo había empujado la puerta y entraba despacio, marchando en dirección recta, por la costumbre adquirida durante su larga ceguera. Venía riendo, y sus ojos, libres de la venda que él mismo se había levantado, miraban hacia adelante. No habiéndose familiarizado aún con los movimientos de rotación del ojo, apenas percibía las imágenes laterales. Podría decirse de él, como de muchos que nunca fueron ciegos de los ojos, que sólo veía lo que tenía delante.

—Primita —dijo, avanzando hacia ella—. ¿Cómo no has ido a verme hoy? Yo vengo a buscarte. Tu papá me ha dicho que estás haciendo trajes para los pobres. Por eso te perdono.

Florentina, contrariada, no supo qué contestar. Pablo no había visto al doctor ni a la Nela. Florentina, para alejarle del sofá, se dirigió hacia el balcón, y recogiendo algunos trozos de tela, sentose en ademán de ponerse a trabajar. Bañábala la risueña luz del sol, coloreando espléndidamente su costado izquierdo y dando a su hermosa tez moreno-rosa un tono encantador. Brillaba entonces su belleza como personificación hechicera de la misma luz. Su cabello en desorden, su vestido suelto, llevaban al último grado la elegancia natural de la gentil doncella, cuya actitud, casta y noble, superaba a las más perfectas concepciones del arte.

—Primito —dijo contrayendo ligeramente el hermoso entrecejo—, don Teodoro no te ha dado todavía permiso para quitarte hoy la venda. Eso no está bien.

—Me lo dará después —replicó el mancebo riendo—. No puede sucederme nada. Me encuentro bien. Y si algo me sucede, no me importa. No, no me importa quedarme ciego otra vez después de haberte visto.

—¡Qué bueno estaría eso!... —dijo Florentina en tono de represión.

—Estaba en mi cuarto solo; mi padre había salido, después de hablarme de ti. Tú ya sabes lo que me ha dicho...

—No, no sé nada —replicó la joven, fijando sus ojos en la costura.

—Pues yo sí lo sé... Mi padre es muy razonable. Nos quiere mucho a los dos... Cuando salió, levanteme la venda y miré al campo... Vi el arco iris y me quedé asombrado, mudo de admiración y de fervor religioso... No sé por qué, aquel sublime espectáculo, para mí desconocido hasta hoy, me dio la idea más clara de la armonía del mundo... No sé por qué al mirar la perfecta unión de sus colores, pensaba en ti... No sé por qué, viendo el arco iris, dije: «Yo he sentido antes esto en alguna parte...». Me produjo sensación igual a la que sentí al verte, Florentina de mi alma.

El corazón no me cabía en el pecho: yo quería llorar...; lloré, y las lágrimas cegaron por un instante mis ojos. Te llamé, no me respondiste... Cuando mis ojos pudieron ver de nuevo, el arco iris había desaparecido... Salí para buscarte, creí que estabas en la huerta...; bajé, subí, y aquí estoy... Te encuentro tan maravillosamente hermosa que me parece que nunca te he visto bien hasta hoy..., nunca hasta hoy, porque ya he tenido tiempo de comparar... He visto muchas mujeres..., todas son horribles junto a ti... ¡Si me cuesta trabajo creer que hayas existido durante mi ceguera!... No, no; lo que me ocurre es que naciste en el momento en que se hizo la luz dentro de mí, que te creó mi pensamiento en el instante de ser dueño del mundo visible... [260] Me han dicho que no hay ninguna criatura que a ti se compare. Yo no lo quería creer, pero ya lo creo; lo creo como creo en la luz.

Diciendo esto puso una rodilla en tierra. Alarmada y ruborizada, Florentina dejó de prestar atención a la costura, murmurando:

—¡Primo..., por Dios!...

—¡Prima..., por Dios! —exclamó Pablo con entusiasmo candoroso—, ¿por qué eres tú tan bonita?... Mi padre es muy razonable..., nada puede oponerse a su lógica ni a su bondad... Florentina, yo creí que no podría quererte, creí posible querer a otra más que a ti... ¡Qué necedad! Gracias a Dios que hay lógica en mis afectos... Mi padre, a quien he confesado mis errores, me ha dicho que yo amaba a un monstruo... Ahora puedo decir que idolatro a un ángel. El estúpido ciego ha visto ya, y al fin presta homenaje a la verdadera hermosura... Pero yo tiemblo..., ¿no me

[260] Pablo manifiesta una de las ideas capitales de la filosofía idealista: las cosas sólo existen cuando alguien las percibe.

ves temblar? Te estoy viendo y no deseo más que poder cogerte y encerrarte dentro de mi corazón, abrazándote y apretándote contra mi pecho... fuerte, muy fuerte.

Pablo, que había puesto las dos rodillas en tierra, se abrazaba a sí mismo.

—Yo no sé lo que siento —añadió con turbación, torpe la lengua, pálido el rostro—. Cada día descubro un nuevo mundo, Florentina. Descubrí el de la luz, descubro hoy otro. ¿Es posible que tú, tan hermosa, tan divina, seas para mí? ¡Prima, prima mía, esposa de mi alma!

Creyérase que iba a caer al suelo desvanecido. Florentina hizo ademán de levantarse. Pablo le tomó una mano; después, retirando él mismo la ancha manga que lo cubría, besole el brazo con vehemente ardor, contando los besos.

—Uno, dos, tres, cuatro... ¡Yo me muero!...

—Quita, quita —dijo Florentina poniéndose en pie y haciendo levantar tras ella a su primo—. Señor doctor, ríñale usted.

Teodoro gritó:

—¡Pronto!... ¡Esa venda en los ojos, y a su cuarto, joven!

Confuso, volvió Pablo su rostro hacia aquel lado. Tomando la visual recta vio al doctor junto al sofá de paja cubierto de mantas.

—¿Está usted ahí, señor Golfín? —dijo acercándose en línea recta.

—Aquí estoy —repuso don Teodoro seriamente—. Creo que debe usted ponerse la venda y retirarse a su habitación. Yo le acompañaré.

—Me encuentro perfectamente... Sin embargo, obedeceré... Pero antes déjenme ver esto.

Observaba las mantas, y entre ellas un rostro cadavérico, de aspecto muy desagradable. En efecto: parecía que la nariz de la Nela se había hecho más picuda, sus ojos más

274

chicos, su boca más insignificante, su tez más pecosa, sus cabellos más ralos,[261] su frente más angosta. Con los ojos cerrados, el aliento fatigoso, entreabiertos los cárdenos[262] labios, hallábase al parecer la infeliz en la postrera agonía, síntoma inevitable de la muerte.

—¡Ah! —dijo Pablo—, supe por mi tío que Florentina había recogido a una pobre... ¡Qué admirable bondad!... Y tú, infeliz muchacha, alégrate, has caído en manos de un ángel... ¿Estás enferma? En mi casa no te faltará nada... Mi prima es la imagen más hermosa de Dios... Esta pobrecita está muy mala, ¿no es verdad, doctor?

—Sí —dijo Golfín—, le conviene la soledad... y el silencio.

—Pues me voy.

Pablo alargó una mano hasta tocar aquella cabeza, en la cual veía la expresión más triste de la miseria y de la desgracia humanas. Entonces la Nela movió los ojos y los fijó en su amo. Creyose Pablo mirado desde el fondo de un sepulcro, tanta era la tristeza y el dolor que en aquella mirada había. Después la Nela sacó de entre las mantas una mano flaca, morena y áspera, y tomó la mano del señorito de Penáguilas, quien, al sentir su contacto, se estremeció de pies a cabeza y lanzó un grito en que toda su alma gritaba.

Hubo una pausa angustiosa, una de esas pausas que preceden a las catástrofes, como para hacerlas más solemnes. Con voz temblorosa, que en todos produjo trágica emoción, la Nela dijo:

—Sí, señorito mío, yo soy la Nela.

Lentamente, y como si moviera un objeto de gran pe-

---

[261] *cabellos ralos*: cabellos muy separados.
[262] *cárdenos*: amoratados.

sadumbre, llevó a sus secos labios la mano del señorito y le dio un beso... después un segundo beso..., y al dar el tercero, sus labios resbalaron inertes sobre la piel de la mano.

Después callaron todos. Callaban mirándola. El primero que rompió la palabra fue Pablo, que dijo:

—¡Eres tú..., eres tú!

Pasaron por su mente ideas mil, mas no pudo expresar ninguna. Era preciso para ello que hubiera descubierto un nuevo lenguaje, así como había descubierto dos nuevos mundos: el de la luz y el del amor por la forma. No hacía más que mirar, mirar, y hacer memoria de aquel tenebroso mundo en que había vivido, allá donde quedaban perdidos entre la bruma sus pasiones, sus ideas y sus errores de ciego. Florentina se acercó derramando lágrimas para examinar el rostro de la Nela, y Golfín, que la observaba como hombre y como sabio, pronunció estas lúgubres palabras:

—¡La mató! ¡Maldita vista suya!

Y después, mirando a Pablo con severidad, le dijo:

—Retírese usted.

—Morir..., morirse así, sin causa alguna... Esto no puede ser —exclamó Florentina con angustia poniendo la mano sobre la frente de la Nela—. ¡María!... ¡Marianela!

La llamó repetidas veces, inclinada sobre ella, mirándola como se mira y como se llama, desde los bordes de un pozo, a la persona que se ha caído en él y se sumerge en las hondísimas y negras aguas.

—No responde —dijo Pablo con terror.

Golfín tentaba aquella vida próxima a extinguirse, y observó que bajo su tacto aún latía la sangre. Pablo se inclinó sobre ella, y acercando sus labios al oído de la moribunda, gritó:

—¡Nela, Nela, amiga querida!

Agitose la mujercita, abrió los ojos, movió las manos.

Parecía volver desde muy lejos. Viendo que las miradas de Pablo se clavaban en ella con observadora curiosidad, hizo un movimiento de vergüenza y terror, y quiso ocultar su pobre rostro como se oculta un crimen.

—¿Qué es lo que tiene? —dijo Florentina con ardor—. Don Teodoro, no es usted hombre si no la salva... Si no la salva, es usted un charlatán.

La insigne joven parecía colérica en fuerza de ser caritativa.

—¡Nela! —repitió Pablo, traspasado de dolor y no repuesto del asombro que le había producido la vista de su lazarillo—. Parece que me tienes miedo. ¿Qué te he hecho yo?

La enferma alargó entonces sus manos, tomó la de Florentina y la puso sobre su pecho; tomó después la de Pablo y la puso también sobre su pecho. Después las apretó allí desarrollando un poco de fuerza. Sus ojos hundidos les miraban, pero su mirada era lejana, venía de allá abajo, de algún hoyo profundo y oscuro. Hay que decir, como antes, que miraba desde el lóbrego hueco de un pozo que a cada instante era más hondo. Su respiración fue de pronto muy fatigosa. Suspiró, oprimiendo sobre su pecho con más fuerza las manos de los dos jóvenes. Teodoro puso en movimiento toda la casa: llamó y gritó, hizo traer medicinas, poderosos revulsivos,[263] y trató de suspender el rápido descenso de aquella vida.

—Difícil es —decía— detener una gota de agua que resbala, que resbala, ¡ay!, por la pendiente abajo y está ya a dos pulgadas del océano, pero lo intentaré.

Mandó retirar a todo el mundo. Sólo Florentina quedó en la estancia. ¡Ah!, los revulsivos potentes, los excitantes nerviosos, mordiendo el cuerpo desfallecido para irritar la

[263] *revulsivos*: estimulantes.

vida, hicieron estremecer los músculos de la infeliz enferma, pero a pesar de esto, se hundía más a cada instante.

—Es una crueldad —dijo Teodoro con desesperación, arrojando la mostaza y los excitantes—, es una crueldad lo que hacemos. Echamos perros al moribundo para que el dolor de las mordidas le haga vivir un poco más. Afuera todo eso.

—¿No hay remedio?

—El que mande Dios.

—¿Qué mal es éste?

—La muerte —vociferó con inquietud delirante, impropia de un médico.

—¿Pero qué mal le ha traído la muerte?

—La muerte.

—No me explico bien. Quiero decir que de qué...

—¡De muerte! No sé si pensar que muere de vergüenza, de celos, de despecho, de tristeza, de amor contrariado. ¡Singular patología! No, no sabemos nada..., sólo sabemos cosas triviales.

—¡Oh!, ¡qué médicos!

—No sabemos nada. Conocemos algo de la superficie.

—¿Esto qué es?

—Parece una meningitis[264] fulminante.

—¿Y qué es eso?

—Cualquier cosa... ¡La muerte!

—¿Es posible que se muera una persona sin causa conocida, casi sin enfermedad?... Señor Golfín, ¿qué es esto?

—¿Lo sé yo acaso?

—¿No es usted médico?

---

[264] *meningitis*: inflamación de las meninges o membranas que envuelven el encéfalo y la médula espinal. Es una enfermedad grave que en algunos casos podía ocasionar la muerte.

—De los ojos, no de las pasiones.

—¡De las pasiones! —exclamó hablando con la moribunda—. Y a ti, pobre criatura, ¿qué pasiones te matan?

—Pregúnteselo usted a su futuro esposo.

Florentina se quedó absorta, estupefacta.

—¡Infeliz! —exclamó con ahogado sollozo—. ¿Puede el dolor del alma matar de esta manera?

—Cuando yo la recogí en la Trascava, estaba ya consumida por una fiebre espantosa.

—Pero eso no basta, ¡ay!, no basta.

—Usted dice que no basta. Dios, la naturaleza, dicen que sí.

—Si parece que ha recibido una puñalada.

—Recuerde usted lo que han visto hace poco estos ojos que se van a cerrar para siempre; considere que la amaba un ciego, y que ese ciego ya no lo es, y la ha visto... ¡La ha visto!... ¡La ha visto!, lo cual es como un asesinato.

—¡Oh!, ¡qué horroroso misterio!

—No, misterio no —gritó Teodoro con cierto espanto—: es el horrendo desplome de las ilusiones, es el brusco golpe de la realidad, de esa niveladora implacable que se ha interpuesto al fin entre esos dos nobles seres. ¡Yo he traído esa realidad, yo!

—¡Oh!, ¡qué misterio! —repitió Florentina, que por el estado de su ánimo no comprendía bien.

—Misterio no, no —volvió a decir Teodoro, más agitado a cada instante—: es la realidad pura, la desaparición súbita de un mundo de ilusiones. La realidad ha sido para él nueva vida; para ella ha sido dolor y asfixia, la humillación, la tristeza, el desaire, el dolor, los celos..., ¡la muerte!

—Y todo por...

—¡Todo por unos ojos que se abren a la luz..., a la realidad!... No puedo apartar esta palabra de mi mente.

Parece que la tengo escrita en mi cerebro con letras de fuego.

—Todo por unos ojos... ¿Pero el dolor puede matar tan pronto?..., ¡casi sin dar tiempo a ensayar un remedio!

—No sé —replicó Teodoro inquieto, confundido, aterrado, contemplando aquel libro humano de caracteres oscuros en los cuales la vista científica no podía descifrar la leyenda misteriosa de la muerte y la vida.

—¡No sabe! —dijo Florentina con desesperación—. Entonces, ¿para qué es médico?

—No sé, no sé, no sé —exclamó Teodoro golpeándose el cráneo melenudo con su zarpa de león—. Sí, una cosa sé, y es que no sabemos más que fenómenos superficiales. Señora, yo soy un carpintero de los ojos, y nada más.

Después fijó los suyos con atención profunda en aquello que fluctuaba entre persona y cadáver y con acento de amargura exclamó:

—¡Alma!, ¿qué pasa en ti?

Florentina se echó a llorar.

—¡El alma —murmuró, inclinando su cabeza sobre el pecho— ya ha volado!

—No —dijo Teodoro, tocando a la Nela—. Aún hay aquí algo, pero es tan poco... Podríamos creer que ha desaparecido ya su alma y han quedado sus suspiros.

—¡Dios mío!... —exclamó la de Penáguilas, empezando una oración.

—¡Oh!, ¡desgraciado espíritu! —dijo Golfín—. Es evidente que estaba muy mal alojado...

Los dos la observaron de cerca.

—Sus labios se mueven —gritó Florentina.

—Habla.

Sí, los labios de la Nela se movieron. Había articulado una, dos, tres palabras.

—¿Qué ha dicho?

—¿Qué ha dicho?

Ninguno de los dos pudo comprenderlo. Era, sin duda, el idioma con que se entienden los que viven la vida infinita. Después sus labios no se movieron más. Estaban entreabiertos y se veía la fila de blancos dientecillos. Teodoro se inclinó, y besando la frente de la Nela, dijo así con firme acento:

—Mujer, has hecho bien en dejar este mundo.

Florentina se echó a llorar, murmurando con voz ahogada y temblorosa:

—Yo quería hacerla feliz, y ella no quiso serlo.

XXII

¡ADIÓS!

¡Cosa rara, inaudita! La Nela, que nunca había tenido cama, ni ropa, ni zapatos, ni sustento, ni consideración, ni familia, ni nada propio, ni siquiera nombre, tuvo un magnífico sepulcro que causó no pocas envidias entre los vivos de Socartes. Esta magnificencia póstuma[265] fue la más grande ironía que se ha visto en aquellas tierras calaminíferas. La señorita Florentina, consecuente con sus sentimientos generosos, quiso atenuar la pena de no haber podido socorrer en vida a la Nela con la satisfacción de honrar sus pobres despojos después de la muerte. Algún positivista[266] empedernido criticola por esto, pero no faltó quien viera en tan desusado hecho una prueba más de la delicadeza de su alma.

Cuando la enterraron, los curiosos que fueron a verla —¡esto sí que es inaudito y raro!— la encontraron casi bonita; al menos así lo decían. Fue la única vez que recibió adulaciones. Los funerales se celebraron con pompa,[267] y los clérigos de Villamojada abrieron tamaña boca al ver que se les daba dinero por echar responsos[268] a la hija de la

---

[265] *póstuma*: después de la muerte.
[266] *positivista*: materialista.
[267] *pompa*: de forma solemne.
[268] *responsos*: oraciones por los difuntos.

Canela. Era estupendo, fenomenal, que un ser cuya importancia social había sido casi casi semejante a la de los insectos fuera causa de encender muchas luces, de tender paños y de poner roncos a sochantres[269] y sacristanes. Esto, a fuerza de ser extraño, rayaba en lo chistoso. No se habló de otra cosa en seis meses.

La sorpresa y..., dígase de una vez, la indignación de aquellas buenas muchedumbres llegaron a su colmo cuando vieron que por el camino adelante venían dos carros cargados con enormes piezas de piedra blanca y fina. ¡Ah!, en el entendimiento de la Señana se producía una espantosa confusión de ideas, un verdadero cataclismo intelectual, un caos, al considerar que aquellas piedras blancas y finas eran el sepulcro de la Nela. Si ante la Señana volara un buey o discurriera su marido, ya no le llamaría la atención.

Fueron revueltos los libros parroquiales de Villamojada, porque era preciso que después de muerta tuviera un nombre la que se había pasado sin él la vida, como lo prueba esta misma historia, donde se la nombra de distintos modos. Hallado aquél, requisito indispensable para figurar en los archivos de la muerte, la magnífica piedra sepulcral ostentaba orgullosa, en medio de las rústicas cruces del cementerio de Aldeacorba, estos renglones:

R. I. P.[270]

MARÍA MANUELA TÉLLEZ

RECLAMOLA EL CIELO

EN 12 DE OCTUBRE DE 186...

---

[269] *sochantres*: cantores en los oficios religiosos.

[270] *R.I.P.*: abreviatura de la frase latina *Requiescat in pace*, que significa «descanse en paz».

Guirnalda de flores primorosamente tallada en el mármol coronaba la inscripción. Algunos meses después, cuando ya Florentina y Pablo Penáguilas se habían casado y cuando (dígase la verdad, porque la verdad es antes que todo)..., cuando nadie en Aldeacorba de Suso se acordaba ya de la Nela, fueron viajando por aquellos países unos extranjeros de esos que llaman *turistas*, y luego que vieron el sarcófago[271] de mármol erigido en el cementerio por la piedad religiosa y el afecto sublime de una ejemplar mujer, se quedaron embobados de admiración, y sin más averiguaciones escribieron en su cartera estos apuntes, que con el título de *Sketches from Cantabria*[272] publicó más tarde un periódico inglés:

Lo que más sorprende en Aldeacorba es el espléndido sepulcro que guarda las cenizas de una ilustre joven, célebre en aquel país por su hermosura. *Doña Mariquita Manuela Téllez* perteneció a una de las familias más nobles y acaudaladas de Cantabria: la familia de Téllez Girón y de Trastamara. De un carácter *espiritual*, poético y algo caprichoso, tuvo el antojo [*take a fancy*] de andar por los caminos tocando la guitarra y cantando odas de Calderón,[273] y se vestía de andrajos para confundirse con la turba[274] de mendigos, buscones,[275] *trovadores*,[276]

---

[271] *sarcófago*: tumba.
[272] *Sketches from Cantabria*: *Instantáneas de Cantabria*.
[273] Pedro Calderón de la Barca (1600-1681), dramaturgo del Barroco español. Autor de comedias como *El alcalde de Zalamea*, *El médico de su honra*; autos sacramentales, *La vida es sueño*, *El gran teatro del mundo*, loas, entremeses y otras obras menores.
[274] *turba*: muchedumbre.
[275] *buscones*: ladrones.
[276] *trovadores*: poetas.

toreros, frailes, hidalgos, gitanos y *muleteros*[277] que en las *kermesas*[278] forman esa abigarrada plebe española que subsiste y subsistirá siempre, independiente y pintoresca, a pesar de los *rails*[279] y de los periódicos que han empezado a introducirse en la Península Occidental.

El *abad*[280] de Villamojada lloraba hablándonos de los caprichos, de las virtudes y de la belleza de la aristocrática ricahembra, la cual sabía presentarse en los saraos,[281] fiestas y *cañas*[282] de Madrid con el porte (*deportment*) más aristocrático. Es incalculable el número de bellos *romanceros*, sonetos y madrigales compuestos en honor de esta gentil doncella por todos los poetas españoles.

Bastaba leer esto para comprender que los dignos *reporters* habían visto visiones. Averiguada la verdad, de ella resultó este libro.

Despidámonos para siempre de esa tumba, de la cual se ha hablado en *El Times*.[283] Volvamos los ojos hacia otro lado, busquemos a otro ser, rebusquémosle, porque es tan

---

[277] *muletero*: mozo que alquila mulas.

[278] *kermesas*: fiestas populares.

[279] *rails*: voz inglesa, «ferrocarril».

[280] *abad*: cura.

[281] *sarao*: bailes y fiestas nocturnas.

[282] *cañas*: antigua fiesta en que varias cuadrillas a caballo se arrojaban cañas como si fueran lanzas.

[283] *El Times*: prestigioso periódico londinense fundado por John Walter en 1785 como *The Daily Universal Register*. Tras tres años, el 1 de enero de 1788 pasó a llamarse definitivamente *The Times*. Muy pronto consiguió una extraordinaria difusión e importancia en el campo de la prensa europea con importantes colaboraciones en el campo de la política, la economía, la ciencia, la literatura y las artes.

chico que apenas se ve; es un insecto imperceptible, más pequeño sobre la faz del mundo que el *philloxera*[284] en la breve extensión de la viña. Al fin le vemos; allí está, pequeño, mezquino, atomístico. Pero tiene alientos y logrará ser grande. Oíd su historia, que no carece de interés.

Pues señor...

Pero no, este libro no le corresponde. Acoged bien el de Marianela, y a su debido tiempo se os dará el de Celipín.[285]

---

[284] *philloxera*: insecto que ataca a la vid.

[285] Galdós añadió este último párrafo en la 2.ª edición de 1878, cuando ya debía de tener en mente el argumento de *El doctor Centeno* (1883), novela en la que narra las dificultades de Celipín hasta conseguir una buena formación. Este personaje aparecía también en *La familia de León Roch* (1878) y en *Tormento* (1884). La técnica de Galdós de trasvasar personajes de una novela a otra la imitaba de la empleada por Balzac en *La comédie humaine* (1799-1850) y por Zola en *Les Rougon-Macquart* (1871-1893).